Slumberland

Paul Beatty

Slumberland

A batida perfeita

tradução
Rogerio W. Galindo

todavia

Para Yvonne W. Beatty, minha mãe

Parte I

Os Coçadores de Barba

I

Você podia achar que a essa altura eles já teriam se acostumado comigo. Quer dizer, será que eles não sabem que depois de quatrocentos anos a farsa da negritude acabou? Que nós, os negros, que já fomos uma eterna modinha, o povo que já foi tão atual quanto a Hora de Greenwich, de hoje em diante somos tão antigos quanto ferramentas de pedra, o velocípede e o canudinho de papel? O Negro agora é oficialmente humano. Todo mundo diz isso, até os ingleses. Não importa se alguém de fato acredita nisso; somos tão medíocres e mundanos quanto o resto da espécie. As almas inquietas dos nossos mortos agora são livres para ser quem realmente são debaixo daquela pátina primitiva moderna. Josephine Baker pode tirar o osso do nariz, deixando seu esqueleto de joelhos juntos e pés separados com a cota original de 206 peças. O fantasma de Langston Hughes, atormentado por amores não correspondidos, pode largar a caneta tinteiro Montblanc (um presente) e abrir bem a boca. Não para recitar suas rimas populistas, mas para lamber e chupar o pinto imenso de um cafajeste qualquer do Harlem e praticar aquilo que é, no fim das contas, a verdadeira tradição oral. Nossos revolucionários podem depor suas armas. A guerra acabou. Tanto faz quem ganhou, pegue sua pistola, o três-oitão, a escopeta, as armas que você balançou gritando foda-se-o-homem-branco na frente das crianças, pegue essas armas e guarde num estojo de vidro para que elas possam repousar passivamente sobre o feltro vermelho ao lado do bacamarte e do arcabuz português e do mosquete dos milicianos da guerra de Independência. O grito de guerra, mesmo dos nossos mais corajosos, não é mais "Te vejo no inferno!", e sim "Te vejo no tribunal". E se você ainda está chateado com a História, ligue pra um advogado e tente fazer um acordo para receber uma indenização pela escravidão. A negritude é obsoleta, e pra falar a verdade, estou é feliz da vida, porque agora se quiser posso ir a um salão fazer bronzeamento artificial, e eu quero.

Entrego o cupom para a recepcionista. Na parte da frente há uma foto aérea lustrosa de uma praia caribenha. Ela vira o papel e olha desconfiada do meu rosto para o verso do cartão, que diz: SALÃO DE BRONZEAMENTO PRAIA ELÉTRICA. COMPRE DEZ BANHOS DE LUZ E LEVE 1 GRÁTIS. Debaixo do texto, em duas fileiras de cinco, há dez círculos do tamanho de moedas de pfennig; e cada círculo tem carimbado em tinta vermelha um sol ardente com um sorriso cheio de dentes e óculos escuros. Hoje é o dia glorioso em que vou resgatar meu bronzeamento gratuito. Mas de algum modo essa mulher, que carimbou pessoalmente pelo menos sete dos dez soizinhos sorridentes, reluta em me indicar uma sala de bronzeamento. Normalmente ela carimba meu cartão e sussurra baixinho: *Malibu*, *Waikiki* ou *Ibiza*, e eu vou cuidar da minha vida.

Um sorriso de familiaridade meio perplexa aparece lentamente no rosto dela. Um olhar que diz: Acho que já vi você em algum lugar. Você não me estuprou terça passada? Você não é o professor de sapateado do meu filho?

"Acapulco."

Até que enfim. Ela escreve a lápis meu nome na agenda. Aponto para o protetor solar na vitrine atrás dela.

"Coppertone", digo.

Um tubo de Tropical Blend desliza pelo balcão como um torpedo em miniatura. O fator de proteção solar é dois. Muito fraco. Se o gloss labial branco-baunilha da recepcionista tem FPS três, a cor natural da minha pele é pelo menos um seis. Mando o torpedo de volta. "*Zu schwach. Ich brauche etwas Stärkeres*", digo, pedindo algo mais forte.

Talvez os mamíferos devessem ser classificados por fatores de proteção solar. FPS3, casada, trinta e cinco anos, procura homem não fumante, espontâneo, FPS4 ou mais claro, para relacionamento discreto. Rinoceronte FPS7 Corre Risco de Extinção. É o FPS50ão que manda aqui. *Acima de tudo, a mim o que chocou foi a FPS2zidade da baleia. Porém que esperanças posso ter de me explicar aqui; e no entanto, de algum modo vago, aleatório, é mister que me explique, ou inúteis podem ser estes capítulos todos.*

A sala Acapulco, sem janelas, dá a sensação macabra de uma clínica de quimioterapia em Tijuana. Como as lojas de bebidas, as quadras de basquete e as igrejas que funcionam em antigos prédios comerciais na minha terra natal, os salões de bronzeamento são refúgios ubíquos em Berlim. Lugares que servem como último recurso para doentes terminais, pobres e pecadores terminais, pálidos terminais. Lugares a que você pode ir quando os médicos dizem que não há mais nada a fazer. Quando o mundo diz que o que você está fazendo não basta.

Um ventilador de teto gira eficiente em meio ao cheiro de mofo. Numa parede azul-calcinha desbotada há dois pedaços de pergaminho com cara de documentos oficiais; o primeiro é um certificado de inspeção do Departamento de Saúde e Segurança de Berlim e o outro, com letras ornamentadas, é um diploma de algo chamado Solarologia na Faculdade da Colheita Eterna. No meio da sala fica a cama de bronzeamento, uma panaceia de vidro e metal cromado feita no paraíso, ou para ser mais preciso, em Taiwan. Tiro a roupa e passo o protetor, deixando a porta aberta só um tiquinho.

Depois de anos de bronzeamento, minha pele perdeu boa parte da elasticidade. Se belisco o antebraço, o montinho de carne fica ali por uns segundos antes de voltar lentamente ao lugar. Minha pele escureceu um pouco; continua um marrom bacana não ameaçador de crioulo de sitcom, mas tem um toque de roxo-romã que dependendo da luz me dá um brilho mais de vilão. Metade da informação que tenho sobre as novidades da cultura pop afro-americana vem de berlinenses que me param na rua e dizem: *Du siehst aus wie...*, e aí eu chego em casa e vou procurar Urkel, Homey the Clown e Dave Chappelle na internet. Ultimamente as semelhanças têm sido com personagens mais sinistros de filmes B baseados na ficção barata do Elmore Leonard.

Alugo esses filmes — *Jackie Brown*, *Irresistível paixão*, *O nome do jogo* — e assisto correndo da tela da tevê para o espelho do banheiro. Acho que não tenho nada a ver com esses caras, esses canastrões de um só papel cujo carisma se resume à voz de baixo e à inflexão que usam pra dizer *filho da puta*. Sam Jackson, Don Cheadle, o gordinho babaca de *O outro nome do jogo*, eles são sempre espertos e maus, mas nunca espertos o suficiente para enganar o cara branco nem malvados o bastante para cometer um crime realmente hediondo.

Várias vezes me pego pensando que teria sido mais fácil crescer na geração do meu pai. Na época, só existiam quatro crioulos para você ser parecido: Jackie Robinson, Bill "Bojangles" Robinson, Louis Armstrong e o Uncle Ben, o sujeito de lábio grosso com chapéu de mestre-cuca na caixa do arroz instantâneo. Hoje em dia todo preto é parecido com alguém. Um atleta, um cantor ou um idiota de celuloide. Na época do pai, para descrever um negro que a pessoa não conhecia, você dizia que era o tipo de crioulo que ia te dar um chute no saco; hoje você diz que ele parece o Magic Johnson ou o Chris Rock, o tipo de crioulo que ia puxar o teu saco.

A maior parte das loções é gelada e relaxante, mas o protetor solar é diferente. O treco cheira a salmoura e tem a consistência de manteiga rançosa. Minha pele escura parece repelir aquilo. Posso esfregar o quanto quiser que o creme não desaparece, muito menos hidrata. Os redemoinhos gordurosos ficam ali na pele igualzinho a cera de carro antes de polir. Silencio o ventilador de teto puxando firme a cordinha. Não sei dizer se o ventilador ficou mais lento ou mais rápido. Mais um puxão. Dá na mesma. Desajeitado, subo na cama de bronzeamento e ergo a mão até as pás do ventilador baterem nos dedos e lentamente começarem a parar. Fica um resíduo gorduroso, fibroso na minha mão, que limpo na parede.

Ponho os óculos. A cama de bronzeamento é fria mas logo esquenta. Como uma febre na infância, o bronzeamento esquenta seu corpo de dentro para fora. Meus ossos brancos como cinzas viram carvão de cálcio, lenhas da alma. Logo estou de novo na parte de baixo do meu beliche, a radiação ultravioleta substituindo minha mãe superprotetora que empilhava cobertor em cima de acolchoado em cima de cobertor em cima do seu menino. O calor das lâmpadas fica indistinguível daquele que saía das mãos secas e calejadas da mãe. Minha própria pele parece vitrificar, e uso o pouco espaço que tenho para mexer os braços e colocar um CD no aparelho de som embutido e apertar play.

Música. Minha música. Não no sentido que casaizinhos no banco de trás de um carro têm sua música, nem no sentido que o rock 'n' roll dos anos 1950 pertence ao diabo, mas minha no sentido de que eu sou dono da música. Fui eu que compus. Registrei. Todos os direitos reservados. A faixa se chama "Engarrafamento rumo ao Sul". Começa com uma melodia retumbante, dez faixas de trânsito congestionado na hora do rush pela manhã sobre um solo de guitarra sampleado de Kokomo Arnold. Ao fundo, duas saídas adiante e logo atrás do riff de guitarra, está o intermezzo, uma carreta de nove eixos que se mescla à melodia com o motor a pleno vapor e a buzina ressoando duas vezes. Depois de deslizar dezesseis compassos de guitarra e dos carros deslizando no engarrafamento (ninguém nunca entende a piada), um sedã japonês de repente freia bruscamente. As rodas travam. A derrapagem é assustadoramente longa e constante. Não sei dizer quantas vezes já ouvi essa faixa, mas mesmo assim toda vez que escuto aquele guincho agudo eu me preparo para o impacto. Antecipo o som de placas de metal amassando em estéreo. Um para-brisa explode e dez mil cubinhos de vidro temperado caem no asfalto da pista da esquerda com o tilintar acelerado digitalmente de um instrumento de percussão brasileiro. O falsete triste de Sun Ra indica a urgência.

Portanto se erga com leveza da terra.
E teste as suas asas. Teste já.
Enquanto a escuridão é invisível.

A guitarra sobe, o trânsito não anda. Kokomo murmura e geme. Os joelhos da recepcionista estralam. Ela está na porta, espiando pela fresta. Olhando a protuberância na minha sunga, escutando a minha música e tentando entender o porquê. Como é que se chega a esse ponto?

Talvez você ache que a essa altura eu tivesse me acostumado com isso... essa falta de sol. Mas o inverno em Berlim não é bem uma estação, é quase uma época. Oito meses de céu cinza-cobertor-de-presidiário, somados à vida noturna esfumaçada e à solenidade das passadas dos berlinenses com suas botas de cano baixo, dão à cidade um ar de intriga de matinê em preto e branco. Se não fosse tão frio eu ia achar que estava fazendo uma ponta num melodrama antigo de Hollywood. Para sacudir o cenário monocromático que vai de setembro a abril, eu me pego colorindo coisas. Os olhos de Ingrid Bergman, a linguagem das prostitutas polonesas, a cobertura das *Schoko-Taler* na vitrine da *Bäckerei*, os trechos de céu numa tarde que vai de parcialmente nublada a nublada, tudo são falsas memórias de um tom de azul. Um azul que não existe na natureza, e que vive só na minha cabeça e no timbre da guitarra de Kokomo.

Nos dias em que o céu está limpo e com aquele tom forte de azul que esqueci há muito tempo, saio correndo do apartamento em direção à tarde ofuscante em busca de afeto e serotonina. Por um instante esqueço onde estou, depois percebo a distância pequena entre os eixos dos carros estacionados na rua com uma precisão de pátio de montadora. Na esquina da Schlüterstrasse com a Mommenstrasse, cachorros, donos de cachorros e alunos de escolas infantis desacompanhados, todos igualmente bem-comportados, esperam pacientemente o sinal de pedestres abrir para atravessar a rua. Olho para meus sapatos esquisitos e lembro onde estou. *Berlim, sim, Berlim.*

A estranha funcionalidade dos sapatos alemães, assim como a dos Fuscas e a da Bauhaus, conquista o sujeito. Se você for um criacionista, o Adão e a Eva do sapateiro alemão são os sapatos de boliche e os das enfermeiras, respectivamente. Os darwinistas dos sapatos, como eu, acreditam que a piramboia da espécie seja o Birkenstock de trezentos anos. Eu tenho um par de Birkenstocks bem evoluídos, umas botas de escalada Hush Puppy que servem para qualquer ocasião e que se adaptam ao ambiente em constante mutação como se fossem camaleões de camurça. É com esses tenazes prodígios da seleção natural que caminho pela cidade freneticamente em busca do sol com o mesmo pânico que se abate sobre mim quando procuro minhas chaves. Os clichês da dedução passam pela minha cabeça: *Onde você viu o sol pela última vez? Tem certeza que você estava com ele quando saiu de casa?* Refaço meu caminho no sentido inverso, saindo das sombras dos guarda-chuvas de Cinzano em frente aos cafés ao ar livre, e vou rumo ao distrito comercial da Ku'damm. Os cristais esmigalhados na calçada cintilam. Turistas acenam do topo de ônibus de dois andares. O sol realmente "saiu", mas nunca consigo encontrá-lo no céu.

Nenhuma tribo germânica tinha um deus sol. Pagãos como professores de filosofia, os visigodos, os francos e os vândalos eram espertos o suficiente para não acreditarem em algo que não viam. Rá, Hélios, Huitzilopochtli... o meu nome pro sol é Charlie. Passo costurando pelos pedestres imaginando que dois mil anos atrás algum huno andava à toa por esse mesmo caminho, calçado não com Birkenstocks, mas com sandálias de palha, procurando pistas do sol nessa selva que hoje é de concreto. Mas só vejo de relance a deidade amarela, seu halo cintilante em meio às folhas das árvores do parque Tiergarten, a luminosidade do xampu de ervas nos cabelos lisos da loura alta, quem sabe um reflexo na fachada glacial de um arranha-céu. Minhas visões nunca passam de eclipses parciais; um parapeito de castelo, uma torre de igreja, algo sempre está no meio do caminho.

Sabendo que os egípcios não fizeram nada digno de nota em três mil anos, os engenheiros civis de Berlim devem ter aprendido alguma coisa com os antigos. Os sábios de Gizé construíram as pirâmides de Quéops para se alinhar com o polo celeste, e os urbanistas berlinenses fizeram o mesmo, criando uma lei de zoneamento que aparentemente estipula que toda estrutura, seja prédio, outdoor, poste de luz ou ninho de passarinho, seja erguida de tal maneira ou que chegue a uma determinada altura de modo a impedir que qualquer pessoa de estatura normal que esteja de pé em qualquer ponto dentro dos limites da cidade tenha uma visão clara e desobstruída do sol.

Sempre abandono a minha busca convenientemente na Winterfeldtplatz, os sinos de são Matias tocando ao crepúsculo e assinalando o fim da caçada. O céu escurece. O cheiro acre de pão árabe e *shawarma* chamuscados paira no ar. Um velho pedala uma bicicleta de duas marchas rangente. Uma mulher xinga a filha que não ajuda. As luzes dentro do bar Slumberland bruxuleiam. Em todo o tempo que moro aqui só vi o pôr do sol uma vez. E se não fosse a reunificação da Alemanha, nem isso teria acontecido.

A campainha soa, mas antes que eu desça da máquina a recepcionista programa o timer da cama de bronzeamento para mais quinze minutos, reinicia a minha música e faz um sinal para que eu volte a deitar. Ela senta de novo em sua cadeira e ouve a música, com um canto da boca erguido num sorriso profundamente impressionado. De repente aquele canto se abaixa e ela franze a testa, pensativa. Os dedos param de dançar. Os pés param de marcar o tempo. Ela quer saber por quê. Por que eu faço bronzeamento. Por que vim para a Alemanha. Digo a ela que vou precisar de mais de quinze minutos para responder. Vai precisar que nós dois tenhamos um daqueles bons relacionamentos horizontais, do tipo que a verticalidade dos encontros, caminhadas e passeios olhando vitrines do dia a dia acaba destruindo em dois anos. Quando eu já tiver chegado ao ponto de mandar cartões-postais com haicais acidentais rabiscados às pressas no verso...

Na cama é bom. Beijos.
Mas é pôr os pés no chão...
E vira uma merda

... a pergunta dela ainda vai continuar sem resposta, e aí eu vou ligar, choroso: “Te mandei um cartão-postal, por favor não leia”. Ela ia querer terminar tudo, mas a gente ia continuar junto porque ela ainda não descobriu o porquê.

Ela ajeita a bunda roliça na cadeira. A cadeira range. Meu esfíncter aperta. Fora isso não me mexo. Me mexer ia estragar o nível de conforto, e há anos eu não me sentia tão confortável.

Quando saímos da Praia Elétrica meu rosto recém-irradiado rapidamente perde a batalha contra a noite gelada. Sempre limpa, nas noites de inverno Berlim é uma cidade especialmente antisséptica. Juro que muitas vezes tem um leve cheirinho de amônia no ar. Não é a esterilidade hermética de um hospital particular suíço, e sim a umidade escorregadia de um corredor de supermercado cheio de Mop & Glo que me deixa pensando que tipo de enchente histórica eles estavam combatendo.

As placas comemorativas que estão em todo lugar, expostas com o máximo cuidado para serem ao mesmo tempo perceptíveis e discretas, anunciam esses desastres como caixas cansados no turno da madrugada. *Temos um Holocausto no corredor dois. Lojas de cristais quebradas no corredor cinco. Milli Vanilli no setor de congelados.* Esses post-its metálicos não são citações religiosas nem frases de autoajuda como as que colam nos espelhos de banheiro e nas portas de geladeira, e sim lembretes para nunca esquecermos, demarcações morais fundidas em pilares, encrustadas em calçadas, gravadas em paredes de granito e, se tudo der certo, polidas em nossas mentes. HÁ MUITO TEMPO, E PROVAVELMENTE AMANHÃ, NO EXATO LUGAR EM QUE VOCÊ ESTÁ AGORA, ACONTECEU UMA COISA. SEJA O QUE FOR QUE ACONTECEU, PELO MENOS UMA PESSOA SE IMPORTOU, E PELO MENOS UMA PESSOA NÃO SE IMPORTOU. QUAL VOCÊ TERIA SIDO? QUAL VOCÊ VAI SER?

Na estação da Nollendorfplatz U-bahn nós nos pegamos olhando à toa para uma placa de mármore que homenageia as vítimas homossexuais do nazismo. Gente que segundo a inscrição teve seus corpos espancados até a morte (*totgeschlagen*) e suas histórias silenciadas até a morte (*totgeschwiegen*).

"O que você fez ontem à noite?"

É uma pergunta esquisita. Do tipo que em geral só se faz a um melhor amigo depois de uma tragada num cigarro emprestado ou de tirar um cabelo desconhecido de um ombro conhecido. Mas sou grato a isso. Ela não quer se alongar no passado-não-tão-distante, nem eu.

"Nada. E você?"

"Nada."

"E antes de ontem?", ela pergunta, se aproximando o suficiente para tirar o ar da minha japona.

"Antes de ontem?", eu digo, pondo a mão nas minhas costas e diminuindo a pressão que a mão dela fazia. "Antes de ontem eu estava superocupado."

Ela fica magoada por eu me recusar a contar, mas anteontem é pessoal demais. Antes de ontem foi o dia mais importante da minha vida.

Nos trilhos elevados acima de nós o trem dela para. Ela está tentando fazer com que eu olhe para os seus olhos; porém minha atenção está concentrada num lugar que não consigo ver mas que sei que está ali. Um lugar que fica a duas quadras e uma curva para a esquerda atrás dela... o bar Slumberland. Meu beijo de boa-noite condescendente na testa é rapidamente rebatido por um beijo dela. Um beijo longo na boca que me dá uma ideia do que poderia ser o nosso futuro, uma longa série de depois-de-amanhãs que seriam suaves, impulsivos, ligeiramente salgados e quatro centímetros mais altos do que eu. *Tim-tom*. A campainha eletrônica de duas notas soa, as portas pneumáticas assobiam ao fechar, e num certo sentido nós dois perdemos nossos trens.

Sem conseguir a resposta que esperava de mim, a recepcionista rapidamente cruza os braços, indignada, as mãos apertadas nos sovacos. Quero pedir para ela fazer isso de novo. Não me beijar, cruzar os braços. O som de lixa das mangas de linho do jaleco dela se esfregando faz a ponta do meu pau coçar. É hora de dizer tchau. Estendo a mão para erguer o crachá mal preso na lapela da recepcionista. Está escrito *Empfangsdame*, que quer dizer recepcionista em alemão.

Começo a recuar, esperando que sua imagem desapareça na noite. Não desaparece. O jaleco dela é brilhante demais. Ela fica lá de pé como um fantasma teimoso do meu passado, presente e futuro de sátiro que se recusa a ir embora.

É uma noite calma de segunda-feira; o Slumberland está escuro e silencioso. Só as luzes piscando no jukebox e um nigeriano que tenta impressionar uma loura com truques de seu isqueiro Zippo interrompem a imobilidade bolorenta. Peço uma cerveja de trigo, depois ponho um pouco de dinheiro no jukebox. Aperto 4701, "In a Sentimental Mood". Os *legati* lânguidos de Duke Ellington entram pisando leve no bar e, como prometido, me deixam sentimental em relação a anteontem.

A maioria dos idiomas tem uma palavra para o dia antes de ontem. *Anteayer* em espanhol. *Vorgestern* em alemão. No inglês não há uma palavra para isso. É um idioma que tenta manter o passado simples e perfeito, livre da névoa subjuntiva da memória e do humor. Pego uma caneta, fico batendo impaciente com a ponta num guardanapo sobre o balcão enquanto tento bolar uma palavra em inglês para "o dia antes de ontem".

Eu me considero um refugiado político-linguístico, vim para a Alemanha procurando asilo num país onde não preciso ouvir as pessoas dizerem "imperturbável" quando querem dizer "indiferente", ou ter de escutar um porta-voz das Forças Armadas se referir eufemisticamente a um helicóptero que bateu numa montanha dizendo que ele fez uma "aterrissagem forçada", e não tenho nem como começar a explicar o quanto é libertador passar por todos os domingos do outono sem ter que ouvir nenhuma vez alguém dizer que "A única coisa que a defesa preventiva previne é a vitória do seu time". Ouvir os americanos falarem hoje em dia é como ouvir o Rei Lear destronado usando sua parolagem real para transformar camundongos e sombras em inimigos concretos. Os americanos estão sempre inventando frases vazias como "seja autêntico", "design inteligente", "geração hip-hop" e "paramédicos" para disfarçar o vácuo e o mundanismo.

Ironicamente, embora o som da retórica americana seja um dos motivos para eu ter ido embora, hoje ela é um dos únicos vínculos que ainda tenho com meu país natal. A única pessoa com quem me correspondo é Matta Ouropel III, editor sênior do *Dicionário de inglês americano padrão Kensington--Merriwether*. Nosso relacionamento é contencioso, e como se eu fosse um revolucionário da palavra no exílio, tento aprimorar à distância a repressão linguística. Até o momento submeti quatro palavras para inclusão na próxima edição: *etimolófilo*, *corfuniano*, *hip-hópera* e *memória fonográfica*. Gosto das minhas palavras; elas são autoexplicativas e, acredito, muito necessárias. Quem acreditaria que o inglês é a única língua indo-europeia sem um adjetivo que descreva os habitantes da ilha de Corfu? Matta Ouropel diz que não precisamos de *corfuniano*. Em suas pedantes cartas de rejeição ele afirma que o povo de Corfu é chamado de grego, e que um etimolófilo não seria um amante das palavras, e sim um amante da origem das palavras. Cheio de condescendência ele diz que *hip--hópera* quase mereceria uma entrada por ser uma fusão inovadora que reúne alta e baixa culturas; no entanto, a expressão não tinha "a perspicácia franca crioulástica das novas entradas deste ano, por exemplo, *popozuda*, *milgrau*, *novinha*, *arlequina*, *galo*, *parça* e *avonts*", só pra citar algumas gírias efêmeras. E apesar de eu ter incluído depoimentos da minha mãe e um vídeo de mim mesmo, aos doze anos de idade, ganhando vinte e cinco mil dólares no *Qual é a música?*, Matta Ouropel não acredita que eu, nem nenhuma das centenas de bilhões de pessoas que andaram sobre essa terra nos últimos cinquenta mil anos, jamais tivemos uma memória fonográfica — mas eu tenho. Eu me lembro de tudo que ouvi. Cada moedinha caindo, cada pingo de chuva, cada tênis rangendo e cada balido de ovelha. Cada canção de pular corda, adoletá e unidunitê para escolher quem vai fazer alguma coisa. Eu me lembro de cada letra cheia de energia de R&B no rádio e de cada riff distorcido do Hendrix. Cada pizzicato de Itzhak Perlman e os gemidos de cada agarração contorcida no banco de trás do carro. Ainda ouço cada Ei, bicho, cada Você é o cara, e cada nota de bombardino de John Philip Sousa e cada farfalhar de árvore e o rumor de cada esquina. Me lembro de todo som que já ouvi. É como se minha vida inteira fosse uma música que não consigo tirar da cabeça.

"Ai." O nigeriano se queimou. Ele balança a mão violentamente e puxa o ar por entre os dentes. A moça que está com ele ri, pega a mão dele e lambe e encosta os dedos queimados no rosto.

A balada do jukebox termina com uma nota que Ellington faz soar com a suavidade de uma criança que acomoda um passarinho machucado numa caixa de sapato forrada com papel de seda. Uma série de palavras para "o dia antes de ontem" morre na minha garganta — *penultidiem... pré-pré-hoje... aquém-d'ontem...* —, e como alguém com síndrome de Tourette, deixo escapar da minha boca uma palavra para "o dia antes de ontem". "Doratrás!" A loura e o nigeriano me olham esquisito. Vou mandar para Matta Ouropel III do *Kensington-Merriwether*. Doratrás vai ficar linda na página 438 da Quarta Edição Universitária, aninhada entre *dor* e *doravante*.

"Você ainda pode escolher mais umas músicas."

O nigeriano está de pé ao lado do jukebox.

"Coloca a 1007. Depois pode escolher o que você quiser."

O rock 'n' roll passeia pela sala. Riffs sobrepostos de guitarra que não soam como maneirismos, uma bateria que impele a música com o amor duro em stacatto de um sargento atencioso no comando de um exercício militar, e o baixo, o baixo está acima disso tudo, suspenso sobre as cordas, os sintetizadores e a percussão com uma confiança convencida, sempre ameaçando se mostrar mas sem nunca chegar a fazer isso.

"Quem é isso?"

"The Magnum Opus."*

Eles são do sul da Califórnia, displicentes, vagos, inconstantes, tão underground quanto pode ser uma banda que vendeu vinte mil discos. Os críticos aclamam bandas como Smashing Pumpkins e Pearl Jam como os portadores do novo rock 'n' roll, preferindo a insipidez da heroína à profundidade, os cortes de cabelo à musicalidade, a palidez da cabeça aos pés dos meninos brancos a uma banda mexicano/afro/americana/*guapo* politizada, cuja música não tem nada a ver com ser mexicano, americano, preto ou bonito. Agudos, à beira do estridente mas já tendo passado do lógico, os vocais aquaplanam sobre a melodia.

"Eles são bons", o nigeriano diz.

"Eles são bons", eu queria dizer, "mas duas noites atrás, não muito longe de onde você está agora, eu e o maior músico do qual você jamais ouviu falar tocamos dois minutos e quarenta e sete segundos de perfeição musical tão atemporal quanto a bomba de hidrogênio e o *Saturday Night Live*. Uma batida perfeita a ponto de tornar nulos e vazios os rótulos musicais. Uma melodia transcendente a ponto de declarar a negritude oficialmente obsoleta. Finalmente, nós, as pessoas de cor, vamos ser

* Banda de garagem obscura porém seminal de Los Angeles que, em 1982, fez um show revolucionário no Roxy, durante o qual o vocalista, Manuel Ozuma, supostamente inventou o *crowd surfing*.

olhados com uma alegre indiferença, não com a piedade erotizada nem com a aversão da projeção freudiana. É o que a gente sempre disse que queria, não é? Sermos julgados 'não pela cor de nossa pele, mas pelo conteúdo de nosso caráter'? Cara, mas o que a gente tocou não foi o conteúdo do nosso caráter e sim algo que revelou *um caráter* independente da nossa cor. Foi uma música que por mero acaso era de uma negritude indeterminada e dançante pra caralho."

2

Sinto falta de Los Angeles, o lugar onde os sons na minha cabeça começaram. Sinto falta da poluição do meio do dia; eu gostava da dor que sentia nos pulmões depois de correr atrás do cachorro pelo quintal, em volta da figueira e do limoeiro, o cachorro, quase tão sem fôlego quanto eu, me lambendo para tirar a areia do meu rosto, tirar a ardência dos meus olhos. Sinto falta do meu emprego no Trader Joe's, uma loja de conveniência para ricos que não comem glúten que, enquanto eu espremia laranjas em cima de um suco de laranja fresquinho, vinham na minha direção com duas garrafas de vinho me perguntar qual eu recomendava para harmonizar com uma refeição indonésia leve, o Chianti ou o Beaujolais? Essa era uma das coisas legais do trabalho: você podia dizer "Beaujolais", "Gouda" e "Reblochon". Sinto falta de dizer "Reblochon". Sinto falta dos desmoronamentos e dos incêndios ambientais. Para nós que vivíamos abaixo da linha da pobreza, que em Los Angeles fica uns duzentos metros abaixo do nível do mar, a Mãe Natureza era a grande equalizadora dos pobres da planície. Ah, a *schadenfreude* sem culpa de ver, no noticiário da noite, uma viúva de Coldwater Canyon de pé em cima do telhado da casa de campo armada com uma mangueira de jardim, se desviando das brasas e combatendo as chamas espalhadas pelos ventos fortes e pelo meu cinismo. Sinto falta das mansões de Malibu desabando encharcadas montanha abaixo. Os proprietários chafurdando na lama com seus impermeáveis italianos, suas casas dos sonhos de frente para o mar de cinco milhões de dólares transformadas em pilhas de madeira molhada. Em Los Angeles, as noites memoráveis são tão incontáveis quanto as possibilidades de montagem do double-king-chili-cheese do Fatburger. São quentes e predominantes como os ventos de Santa Ana que as anunciam e se desenrolam como filmes estudantis, irregulares, não lineares, experimentais, autoindulgentes e superexpostos. Noites regadas a garrafas furtadas de Volnay, Bordeaux e magnuns da Louis Roederer. Noites que terminavam quando os personagens de desenho animado induzidos pela psilocibina paravam de brincar no tapete da sala e subiam de volta para o aparelho de tevê, se transformando em homens com sotaques americanos arrastados genéricos, perguntando: "Deus entrou em contato com você hoje?".

Sinto falta daquelas noites, mas o que não me faz falta é o medo. Em Los Angeles, meu medo era audível. *Que que tá rolando, meu chapa? Qualé, sangue bom?* Pinche mayate, *que cê tá fazendo nesse bairro,* ese*? Mãos na cabeça, cara no chão! Certeza que você tem grana pra pagar isso aqui?* Entre aquela pose toda, a cara fechada na hora da enterrada, a ousadia do hip-hop, a indiferença Tô-nem-aí da classe média e o rapper trepando sem camisinha com homens e mulheres você nunca ia adivinhar que os negros têm medo de muita coisa, entre elas a polícia, a água e as perguntas de matemática do exame do ensino médio; mas o que a gente mais tem medo é que um dos quatrocentos e cinquenta milhões de pretos que habitam este planeta seja um criminoso reincidente à solta, um cara mais malvado e menos simpático que o Stagolee, um crioulo em fuga do tipo parado-aí-vagabundo-ou-eu-estouro-os-seus-miolos e que tenha exatamente a sua cara.

Me mudar para Berlim reduziu quase a zero o medo de ser confundido com outra pessoa. Parei de ter o sonho recorrente de entrar numa agência dos correios e ver pregado num quadro de avisos um pôster dizendo PROCURADO POR FURTO, ESCRAVIDÃO BRANCA E CRIMES CONTRA A HUMANIDADE. As fotos de perfil e de frente não se pareciam comigo, mas era eu que estava ali. Embora fosse um eu que eu não conhecesse. Um eu com olhar duro, pálpebras semicerradas, irônico, que tinha uma série de apelidos absolutamente reveladores: Pol Pot Johnson, Steve Mussolini, Mugabe von Quisling. Abaixo da ficha criminal estavam as regras a serem seguidas por quem me encontrasse e o valor da recompensa cívica. "Este homem é considerado armado, feio e perigoso como uma fusão nuclear. Se tiver informações sobre seu paradeiro, por favor, avise imediatamente as autoridades! Recompensa: US$ 500 000 e a Eterna Gratidão de Seu Governo e dos Seus Concidadãos."

Mas aquele medo de mim mesmo era quem eu era. Era tudo que eu e muitos outros habitantes de Los Angeles tínhamos. Eu esperava ser apontado em meio à multidão, descrito pela América branca e, se não por ela, um beijo de Velma Reinhardt, a megera loura peituda da vizinhança, serviria. No entanto, por vontade do destino, a América chegaria na frente de Velma.

Aos quinze anos recebi uma carta do Distrito Escolar de Los Angeles avisando que eu devia me apresentar à Universidade da Califórnia de Los Angeles para "testes especiais". Enfim eu tinha sido identificado, apontado em meio à multidão. Essa carta deixou a mim e a meus pais apavorados, pois não muito tempo atrás homens negros eram infectados de propósito com sífilis, forçados a ingerir doses grandes de LSD e cronometrados na corrida de trinta e seis metros, tudo sob o disfarce dos "testes especiais". Com a voz embargada, meu pai ligou para a Secretaria de Educação. "Sim, senhor. Entendo completamente, senhor." Ele cobriu o telefone com a mão e sussurrou: "É uma prova de matemática. Vai ter três outros negros, dois latinos e um esquimó lá". Minha mãe tirou os óculos e disse, solene: "Meninos brancos também?".

"Sim", meu pai acenou com a cabeça. O cachorro arranhou a porta dos fundos. Minha mãe chorou e virou as páginas. Eu não achava que alguém pudesse ler E. L. Doctorow tão rápido.

Eu era um desses meninos que gostava de ficar em primeiro lugar, e tomei providências para garantir, sem parecer muito desonesto, que eu fosse o primeiro a chegar na sala, fingindo ser o primeiro aluno negro sem-bolsa-atlética a reintegrar a UCLA desde a morte da ação afirmativa. Sentei perto das janelas abertas que davam para o pátio e pus a cabeça para fora da torre de marfim, uma Rapunzel de carapinha. *O ar dos brancos é mais refrescante*, pensei comigo mesmo. *O vento é mais rápido, mais revigorante. A sombra é mais sombrosa. Os esquilos são mais esquilentos.* O monitor chamou meu nome — *Ei!* — e me levou para a última fila, uma fila que a essa altura estava ocupada por dois meninos negros com roupa de domingo e uma menina de cor usando aquilo que devia ser o vestido de noiva da mãe adaptado. O menino esquimó, com o lábio inferior inchado pelo tabaco que mascava, foi o último a chegar.

"Uukkarnit Kennedy?", o monitor perguntou.

Sem pensar duas vezes Uukkarnit disse com uma voz grave, arrastada, defumada, filtrada: "Com certeza não é Ladies Love Cool James". Todo mundo riu, já que a gente, na Costa Oeste, detestava o sentimentaloide LL Cool J e preferia as letras perversas do rap de Too Short.

"Sente onde quiser, sr. Kennedy", disse o monitor, e embora a seção para brancos tivesse muitos lugares vagos, Uukkarnit sentou com a gente. Ele deu oi acenando com a cabeça ao modo dos negros, com o queixo erguido. Depois de depositar cheio de indiferença uma pasta de baba amarronzada em seu copo de cuspe, ele deixou aquilo no canto da carteira. Sentar com a gente era um ato de solidariedade. O equivalente do final do século XX a um protesto de alunos sentados no bandejão da escola; e até aquela altura da minha vida, eu nunca tinha visto nada tão corajoso quanto aquele menino colocando a escarradeira de isopor na carteira bem diante dos olhos dos meninos brancos. Às vezes se sentir em casa é revolucionário.

O monitor andava pelos corredores para lá e para cá, pondo uma lapiseira e um caderno de perguntas lacrado em cada carteira.

"Se você está nesta sala, significa que teve uma nota maior do que noventa e oito por cento dos alunos no Teste Tennessee de Proficiência Matemática para Estudantes de Oitavo Ano Não Asiáticos. Esse caderno de perguntas que estou colocando diante de vocês é a Avaliação de Habilidades Matemáticas feita com todos os calouros do curso de matemática que chegam à Universidade da Califórnia em Los Angeles. Não abram o caderno até eu autorizar."

Uma tosse nervosa. Lá de baixo, no pátio, vinham sons de meninas jogando futebol americano. Me inclinei para a frente e perguntei a Uukkarnit o que significava o nome dele. Sem olhar para trás ele respondeu: "Se você raspar o pelo do urso-polar, vai descobrir que a pele dele é preta".

"Verdade?"

"O significado do nome ou a história da pele preta?"

"Os dois."

"A primeira parte é verdade; quanto à segunda, nunca fui a lugar nenhum ao norte de Santa Barbara, quanto mais ver uma porra de um urso-polar de pelo raspado."

As notas foram postas do lado de fora da sala em ordem descendente. Foi a primeira impressão de computador que eu vi. Ver meu nome e a minha nota — FERGUSON W. SOWELL: 100/100 — no topo da lista numa espécie de fonte futurista de telex foi reafirmador. Parecia oficial. Eu era real. Um a um fomos chamados a uma sala pequena. Quando chegou a minha vez, o sujeito atrás da escrivaninha começou uma ladainha rápida e decorada sobre a Guerra Fria e sobre "encontrar candidatos adequados para treinamento nas ciências aeronáuticas e nucleares". Ao dizer "adequados", ele diminuiu a velocidade, até parar no meio do discurso de vendedor. Depois que a minha inadequação inerente ficou clara para ele, ele não tinha mais nada a dizer, exceto: "Pode ficar com a lapiseira".

Os estudantes brancos foram colocados em uma turma de matemática avançada na universidade; nós, os negros, e a única menina, recebemos instrumentos e fomos mandados para a Academia de Música Wilmer Jessop. Nunca mais vi Uukkarnit.

Não vou dizer que não aprendi nada na Academia Jessop, mas eles nunca me ensinaram Por quê? Por que eu estava tocando? Por que a música era tão poderosa? O que eu podia fazer com a música? Ela pode curar? Pode matar? Também nunca me ensinaram quem era Wilmer Jessop, pensando bem. Aprendi mais sobre música vendo Spencer Tracy na Turner Classic Movies do que em qualquer aula de composição. Escolha um filme, qualquer filme — *Com os braços abertos*, *Conspiração do silêncio* —, quando Spencer Tracy entra numa sala, ele olha sério para o chão, procurando sua marca. Ele anda lentamente até ela, olha de soslaio para ela, bate com o dedão do pé nela, casualmente põe as mãos nos quadris, ergue aquele rosto beatífico dele e faz uma atuação do caralho. Tentei aprender a tocar como Spencer Tracy atuava. Incorporando o "em busca da minha marca" nos meus solos de trompete, tendo consciência enquanto toco de que a busca por identidade e a sensação de pertencimento são tanto um processo quanto um resultado, e que o truque é levar a plateia a pensar que você sabe exatamente aonde está indo. Aquela nota no teste de matemática foi a primeira vez que vi minha marca no palco. Eu sabia onde me posicionar. Eu existia e continuaria a me diferenciar cada vez mais dos outros machos negros com um resultado nos testes do ensino médio de matemática que até hoje levo no bolso de trás da calça, e quando alguém pede meus documentos posso mostrar minha nota e declarar: "Não sei que outro crioulo fez o que para quem, mas não pode ser eu. Olha só, Matemática, 800".

Na época eu sonhava em ser o tipo do jazzista despreocupado, imaginando que meu nome de batismo, Ferguson W. Sowell, garantiria que em poucos anos meu rosto, fumando um cachimbo, estaria na capa de uma série de álbuns homônimos da Blue Note. Eu tinha uma gaveta de escrivaninha cheia de tiras de papel com os títulos de alguns desses discos não lançados: *Sowell Brother*, *Sowell um sobrevivente*, *O Sowell mio*, *Sowell e mais ninguém*, *Sowellstício de verão*. Eu realmente tinha um certo talento; minha memória fonográfica me permitia reproduzir qualquer música perfeitamente. Mas eu nunca sabia o que estava tocando. Meu professor de música podia dizer quantas vezes quisesse que as músicas soavam como seus títulos, mas mesmo assim eu nunca sabia diferenciar um tema do Thelonious Monk do outro.

"*Bum baba bum. Bum baba bum*", ele cantava. "*Bum ba bum ba bum bababa bum*. Que música é essa, sr. Sowell?"

"'Epistrophy'?"

"'Blue Monk', seu surdo ignorante!"

Fui retirado aos poucos do programa de jazz da Academia Jessop e me tornei o único aluno matriculado em "Estudos Audiovisuais", o equivalente à educação especial em uma escola de música. Eu passava a maior parte do tempo me preparando para uma futura carreira como roadie, montando baterias, afinando instrumentos e levando projetores e equipamentos de som de uma sala para outra. No meu tempo livre eu me trancava no almoxarifado e fuçava nos computadores e nos toca-discos. Eu precisava entregar um trabalho de conclusão de curso explicando como fazer uma boa microfonagem de um baterista que também faz backing vocals, mas em vez disso entreguei uma versão do *Messias* de Haendel inteiramente composta com elementos do álbum *Licensed to Ill* dos Beastie Boys. Meu oratório barroco/brat-rap/mash-up se tornou o discurso de orador da turma daquele ano. Depois de formado decidi desistir do trompete, me matricular na faculdade e virar um DJ.

Ser DJ era muito mais fácil. Fácil demais, na verdade. Toque "Knee Deep" na recepção de casamento e até a vó da noiva vai pra pista chacoalhar o quadril quebradiço e balançar os seios pendulares.

Veja, sou o primeiro a admitir, não sou o disc jockey tecnicamente mais talentoso a já ter colocado a agulha num vinil. Canhotez aguda, medo de multidões e aquilo que considero ser meu saudável ódio à autopromoção de um nome artístico chamativo, DJ Darky — Aquele Cara Cerebralmente-Destro, Egocentrado e Agorafóbico, e não o seu prototípico dervixe do beat-juggling e do speed-mixing gritando "Isso é arte! Isso é arte!" depois de cada contorção corporal e cada scratch. Boa parte das vezes que eu faço scratching, e raramente faço, é por acidente, e compenso a falta de habilidade e de negritude com uma superabundância de bom gosto e uma coleção de discos que gosto de pensar que está para a discotecagem assim como o Louvre está para a pintura.

Eu invejo o curador do Louvre. Seja ele quem for, está numa situação melhor que a minha. Você não precisa ficar procurando o próximo fenômeno do impressionismo. *Tem esse cara chamado Monet, você tem que ver. A pincelada dele é impecável.* Você não precisa ficar folheando portfólios, ouvindo fitas, na esperança de que o seu suspiro forte exprima curiosidade, não exasperação. Ninguém jamais pergunta o que você acha do Jeff Koons. Duas vezes por ano o curador pega um elevador lento com temperatura controlada, vai ao porão, cumprimenta com um aceno condescendente o guarda argelino armado com um blazer de poliéster roxo e pede que ele escolha uma letra, qualquer letra, e tira a poeira do Degas e do Delacroix. *Vamoz ezibirr essez aqui, non?*

Todas as decisões importantes foram tomadas por ele lá em 1793 quando o Louvre abriu suas portas douradas e disse: *Enculez le chic*, foda-se o chique. No fim do século XVIII, o neoclassicismo era cultura pop. Goya era um artista de grafite. A litografia era computação gráfica. Mozart botava a casa abaixo com um permanente Suzy-Q no cabelo que levaria qualquer gângster rapper de L.A. que viajasse no tempo e fosse digno de sua chapinha e de sua touca de banho a perguntar onde podia comprar uma peruca daquelas, mas sem o pó. Quando Zerezo transformou o bolero, uma dança popular espanhola, em balé francês, ele podia muito bem ser o Crazy Legs ou o Rock Steady ensinando break para as madames urbanas, cabelos em rabos e os outros rabos pro ar.

... e patina, patina... e demi-plié, demi-plié.

Nunca vi a Mona Lisa, e pelo que ouço falar o quadro é superestimado. Mas o que não é? Da Vinci deu sorte. Todo gênio dá, especialmente os prolíficos. Penso do Leonardo o mesmo que penso de Tupac e Edgar Allan Poe. Dois autores levados por suas olheiras e por sua fecundidade, mais ou menos do mesmo modo como o milionésimo macaco na milionésima máquina de escrever datilografa Shakespeare, escrevendo algumas poucas peças aleatórias brilhantes em meio a resmas de coitadinho-de-mim cheias de rimas repetidas e vazias. "O corvo", "How Do U Want It", "O coração revelador", "Dear Mama", "California Love", são todas obras-primas, mas quando foi a última vez que um professor dessas escolas de ensino médio de meninos ricos chamou um aluno de cardigã para recitar "Tamerlão, "To F—s S. O—d" ou "O verme vencedor"? E naquele que é o mais sagrado dos feriados, o aniversário de Tupac, toda estação de rádio urbana-contemporânea do mundo sabe que não deve tocar "Honk if U Lov Honkies", "Thugs, Slugs and Butt Plugs" e "Real Niggaz Get Manicures". Para mim a Mona Lisa é pouco mais do que um pôster de uma *Playboy* renascentista. Com os defeitinhos e a penugem mediterrânea tirados na base do aerógrafo, ela foi retocada até chegar a uma perfeição sem sentido. Mas eu entendo o valor da tela: a sedução de uma obra de arte que nem todo mundo adora, mas que ninguém odeia. Na minha coleção de discos faltava uma Mona Lisa, uma música apolítica, simples e ao mesmo tempo sutilmente complexa que ninguém consegue desprezar. Uma batida que quando você ouve em uma festa faz você se achar especial mesmo que esteja vestindo, falando, bebendo, dançando e pensando exatamente do mesmo jeito que todo mundo. Essa batida que falasse diretamente com você e mais ninguém. Dizendo para você de maneira incontestável que você está vivo.

Eu não sabia na época, mas eu estava iniciando a busca pela música fodástica quintessencial que acabou me levando a Berlim.

Buda teve sua primeira revelação debaixo de uma figueira sagrada. Eu tive a minha sob influência de Vicodin, Seconal e um troço que um sujeito chamado Nervoso me disse que eram os dois últimos comprimidos de metaqualona ao sul de San Luis Obispo. *Aqui nesta cabine de DJ meu corpo pode murchar; minha pele, meus ossos, minha carne, podem se dissolver; mas meu corpo só sairá desta cabine quando eu tiver chegado à Iluminação, tão difícil de obter tomando tantas caipirinhas.*

Era um evento para angariar fundos, uma maratona de rave onde toquei dezesseis horas seguidas, botando no toca-discos um sutra sedativo de música eletrônica e dance que incluía duzentos discos com melodias e bpms tão semelhantes que podiam ter sido lançados num único vinil do tamanho de um bueiro. Eu ainda não tinha alcançado a iluminação e estava chegando ao meu último disco, um single de techno que de alguma maneira foi parar na minha caixa do mesmo modo que um besouro devorador de lavouras entra num país numa saca de grãos de café. O techno é o único estilo musical que considero absolutamente incompreensível. Não vou dizer que é ruído. Ruído pelo menos tem uma fonte. Toquei o disco; a batida incessante tom-tomeou pela boate. Meu raga virou uma festa indígena. Hordas de universitários sem camisa iluminados por estrobos adornados com colares fluorescentes ziguezagueavam indo de curandeiro em curandeiro, soltando gritos de guerra para se libertar de suas preocupações, enquanto doces universitárias dançavam em minúsculos círculos Ojibwa.

Iluminado pela percepção de que tocar discos em casamentos e raves não era o caminho para a iluminação, cheguei ao fim do meu período meditativo. Quando o DJ Fagulha, meu melhor amigo e colega do coletivo fonográfico Coçadores de Barba, chegou com a caixa de discos de que eu precisava, ele estava duas horas atrasado. Seus olhos estavam vermelhos de fumar maconha. A minha maconha.

"Certeza que você queria *esta* caixa?" Fiz que sim com a cabeça e acenei para que ele me desse um disco, qualquer disco. "Esses branquelos vão te linchar. Não por olhar imprudentemente para uma branca, e sim por tocar rap imprudentemente." Ele me passou o próximo disco da caixa, um disco que, apesar da promessa do nosso coletivo de compartilhar todos os recursos, não queria que ele soubesse que eu tinha. Coloquei no toca-discos e pus no ponto. Na época tocar hip-hop nova-iorquino em uma boate Inland Empire lotada de garotos brancos que esperavam ouvir música industrial e synthpop era o equivalente a ser Hernán Cortés atracando nas praias de

Hispaniola. Cada nota ressonante do baixo era um tiro de canhão a estibordo passando sobre as cabeças dos primitivos e entrando na floresta tropical. "A partir deste instante eu reclamo vossas almas pagãs em nome do *South Bronx, do South South Bronx*!" Uma chuva de estilhaços de cascas de árvore, scratching e rimas toantes caiu sobre os nativos. Ninguém dançou. Mas ninguém me mandou parar também.

Fagulha esticou o pescoço para olhar o disco girando. O selo tinha sido arrancado mas ele achou que talvez conseguisse alguma informação do número de série riscado depois da última faixa. Agora eu posso dizer o que era, o "It's My Turn", do Stezo.

O funk não faz só você se mover, ele pode remover... ele limpa os seus chacras; admito isso. Mas não é iluminação. Nada é. Jazz, música clássica, blues, dancehall, bhangra — são todos capítulos espalhados do Bhagavad Gita sonoro.

Fagulha e eu fomos para casa com as janelas do carro abertas, com a brisa e um jazz tranquilos de FM batendo no rosto. Clifford Brown passava dançante por "Cherokee" e pensei em todas as coisas das Índias e dos índios: a peregrinação do Buda, Jim Thorpe, Satyajit Ray, peiote, Tonto, cordeiro korma, extinção, superpopulação, críquete, Bob "Rapid Robert" Feller e motos antigas de trezentas cilindradas.

De volta ao meu quarto, tentei amortecer os ecos do techno que seguiam reverberando na minha cabeça. Para isso consultei meus budas, tanto a estatueta de metal verde oxidada sentada tranquilamente no meu *gohonzon* quanto a *buddha-bless* num saquinho de sanduíche soterrado no fundo da gaveta de cuecas. Não foi nessa noite que decidi vir para a Alemanha, porém a mais longa jornada começa com uma única tragada.

A maconha era boa. Uma mistura suave de erva medicinal da clínica alternativa e do que sobrou da variedade hidropônica que parasitei do Alice in Chains. Acendi o baseado e fiz o voto obrigatório do maconheiro: "De agora em diante, cara, tudo vai ser diferente. Assim que eu me formar na SMCC com habilitação em biblioteconomia, a coisa vai ser doida. O mundo vai ser minha lista de contatos".

A maconha bateu brabo. A erva não apaga meus flashbacks auditivos mas mitiga tudo mais ou menos como a mão esquerda e os comentários contagiantes de Fats Waller evitam que a pessoa preste atenção nas letras insossas das cançõezinhas de Tin Pan Alley que ele era forçado a cantar.

Naquela noite, além do techno, eu estava sendo atormentado pela minha pior memória sonora. O som de um ferimento brutal que a endorfina me impediu de sentir mas não de ouvir. Eu tinha oito anos. Jogando basquete. Era eu contra o cachorro. Tenho à minha frente uma avenida para tentar a enterrada, mas não chego a pular. Só o que se ouve é o som da minha tíbia partindo em duas como um par gigante de pauzinhos de comida chinesa, seguido pelo som rascante de velcro de um dos lados do osso fraturado rompendo o músculo e ferrando com a minha perna, deslocando a patela com um estouro de sessenta decibéis que soou como um menino pisando numa caixa de leite vazia. O cachorro. O cachorro está gemendo, latindo, se arrastando, tentando sair de debaixo do meu corpo quebrado.

Já fui maníaco por som alto. Tentava afogar minhas memórias sonoras ficando ao lado de operadores de britadeiras, botando a mão em torno do ouvido quando as sirenes dos bombeiros chegavam perto, ou enfiando a cabeça coberta de areia na ferroada ensurdecedora e entorpecente dos chuveiros do calçadão de Venice Beach. Fora duas semanas de um bem-aventurado zumbido causado por um show de oitenta mil watts do Blue Öyster Cult no Fabulous Forum, esses escapismos ruidosos sempre tiveram vida curta. O zunido nos ouvidos acabava diminuindo, uma pedra da calçada do bulevar batia na minha cara ou um casal de velhinhos folgados se apropriava do meu chuveiro, desviando a água do meu fluxo para seus púbis distendidos solidificados pela água do mar. De qualquer jeito, sou um dos poucos que ficam felizes com o bebê berrando num avião lotado.

Quanto mais chapado eu ficava aquela noite, mais suave e alegre era a minha fuga. Com o tempo, os sons mais frágeis e sutis do meu passado começaram a dominar meus pensamentos: a fofura de cada espirro de filhote que ouvi na vida, a liberdade do zunido de um pelotão da Volta da França descendo ladeira abaixo, a possibilidade artística ilimitada no clique de uma caneta de quatro cores, a expectativa presente no chiado do pavio de uma bombinha. Eu peneirava esses sons e tentava encontrar o som mais reconfortante da minha infância, algo que, caso estivesse no meu leito de morte, realmente desejaria que fosse a última coisa que eu fosse ouvir.

Lembrei como eu ficava sentado no escritório só para ouvir minha mãe lendo a *New Yorker*. Naquela época a qualidade da literatura e do papel da revista era muito mais alta. As páginas tinham um peso intelectual e literal. Pareciam pergaminho, um pergaminho que nenhuma família jamais ousou cometer a temeridade de jogar fora. Minha mãe lia o Bellow e as páginas farfalhavam como se o conto tivesse sido impresso em folhas de outono numeradas. Decidi que se pudesse condensar todas as minhas memórias num único som, seria o som daquelas páginas virando. Quebradiças. Incisivas. Urbanas como um cachimbo. Fui até o toca-discos e tentei reproduzir aquilo. Foi aí que comecei a garimpar os sons favoritos no banco da minha memória, na esperança de um dia compor uma trilha sonora que tocasse infinitamente na minha cabeça. Eu, como tantos especialistas em fusão de sons antes de mim — Count Basie, a síndrome do coração de atleta, e o inimitável Afrika Bambaataa —, estava em busca da batida perfeita, a confluência entre melodia e ritmo que transcenda humor e tempo. Uma batida que possa ser assobiada, batucada na mesa do almoço ou explodir em alto-falantes fodidos e submodulados de carros sem perder a dignidade e a capacidade de fazer o dedão do pé marcar o tempo. Uma batida que fizesse todas as damas da casa dizerem Ei! sem ser incitadas por um rapper com uma triste necessidade de melhorar sua presença de palco. Uma batida que não pudesse ser comercializada e trivializada pelos publicitários da Madison Avenue, reduzida a trinta segundos de venda agressiva/sedutora. Uma batida atemporal, que nunca vire "um clássico das antigas", destinada a ser sempre fresca como pão francês. A Mona Lisa sonora.

Em cima dos meus aparelhos de som ficava pendurada uma foto colorida de vinte por vinte e cinco de uma festa em que toquei um tempo atrás em uma casa. Na foto eu estava posicionado numa garagem Mar Vista qualquer exatamente como eu estava naquele dia, debruçado sobre as picapes, rosto praticamente invisível, ombro esquerdo estranhamente elevado até a orelha para manter o fone no lugar. As pontas dos dedos recém-lambidas e repousadas suavemente sobre o vinil como se eu estivesse testando a temperatura de um ferro de passar. Minha camiseta vermelha XXXL da Piru com as palavras TRADER JOE'S/PRONTO MARKET estampadas um pouco acima do bolso no peito, ondulando para longe do meu corpo magricela. Fagulha está no fundo, de perfil, com óculos escuros Locs, gorro de lã preta puxado até embaixo das orelhas, congelado no meio de um pop-lock, um tributo tolteca à América Central pós-hispânica. Atrás dele, recostado na parede da garagem em meio às ferramentas de jardinagem e às pranchas de surfe, um elenco multidisfuncional de bandidos, amigos e gatinhas de todas as raças, intelectos e níveis de lealdade ao basquete dos Lakers. Olhei para aquela foto e soube que tudo que eu conhecia era som, e que o som era tudo que eu jamais iria conhecer.

"Aquilo foi incrível, cara."

Era o Fagulha. Ele segurava duas canecas de cerveja barata de estanho mas com um visual superintrincado, dois fardinhos com seis latas de cerveja cada, e cantava o comercial da Löwenbräu: "Um brinde aos bons amigos/ Hoje a noite não deixa de ser especial/ A cerveja vai fluir, de algum jeito é preciso dizer algo mais/ Que a noite hoje seja Löwenbräu".

"Isso aí é Löwenbräu?"

"Não, só estou cantando a música... minha irmã não ia me mandar um troço que a gente pode roubar no Trader Joe's, isso aqui é aquele troço impronunciável."

Aparentemente a irmã mais velha do Fagulha, uma mecânica de tanques de guerra em missão na Alemanha, tinha mandado para ele uma caixa daquela cerveja forte com cor de couro que a gente adorava. Uma cerveja que, independente de quanto a gente bebesse, nunca deixava ninguém de ressaca, apenas com uma necessidade de obedecer a ordens.

Quando a cerveja caiu nas canecas, brindamos batendo uma na outra.

"À *Reinheitsgebot*."

"*Reinheitsgebot!*"

"Que troço radical era aquilo que você estava tocando?"

"Tentando encontrar a batida perfeita."

"Estava bem perto, mano. Lembra no último ano da faculdade quando teve aquela tempestade no mar e a gente foi para Zuma? Ondas de dois metros e meio, perfeitamente sincronizadas, pareciam de vidro, com umas rampas foda pra caralho, uns tubos gigantes, lembra disso?"

"Lembro, até a sessão do fim da tarde foi boa pacas."

"Se o vento estivesse uns dez quilômetros por hora mais devagar as condições iam estar absolutamente perfeitas."

"O vento deixava os ombros um tiquinho tortos."

"Então, o seu set é bem assim. A batida é de longe a melhor que eu já ouvi, e provavelmente é a melhor que vou ouvir na vida, mas a velocidade do vento é uns quilômetros por hora alta demais."

A cerveja e a erva se complementaram bem. Eu estava bêbado e chapado ao mesmo tempo. Fechava o olho esquerdo e estava chapado, fechava o direito e estava bêbado.

Chapado.

Bêbado.

Chapado.

Bêbado.

Atravessei a neblina mental de olhos semicerrados e olhei os detalhes da caneca. Os castelos, as renas e os Kaisers de bigode ganharam vida. Uma moça cervejeira, cabelos arranjados em cachos grossos como salsicha, sussurrou meu nome.

Nos meses seguintes trabalhei duro tentando compor minha batida perfeita, tirando um quilômetro por hora de vento aqui e um pouquinho mais ali. Acabei conseguindo um amálgama de dois minutos e quarenta e sete segundos com samples, gravações de rua e frases originais. Mostrei o resultado, um pouco ansioso, para o Fagulha e o resto dos Coçadores de Barba. Os Coçadores de Barba eram nossa associação musical, batizada assim em função de nosso intelectualismo inconstante e desperdiçado, do modo como ouvíamos jazz com rostos contorcidos de agonia como se estivéssemos com uma enxaqueca tão torturante quanto a comichão crônica nos nossos queixos mal barbeados. Embora os Coçadores de Barba, como a maioria dos DJs, fossem plagiários inveterados, ladrões incorrigíveis que roubavam para si qualquer ritmo ou melodia que não tivessem sido registrados em pelo menos três vias, eu não estava preocupado com a possibilidade de alguém roubar aquilo. Era impossível reproduzir aquela batida. Camadas demais, riffs obscuros de bandas pop que nunca foram pop, música tradicional de países sem tradição, músicas de marinheiros de países sem acesso ao mar, tudo sobreposto aos meus sons idiossincráticos favoritos e prensados num minério musical tão impossível de identificar quanto um fragmento de disco voador de um filme de ficção científica dos anos 1950. O que eu temia era que aquilo fosse muito longo para uma batida ou para um break. Eu tinha medo de ter composto um interlúdio ou, pior ainda, uma canção.

Quando a música acabou, todos os Coçadores de Barba coçaram suas barbas, à exceção de Elaine Dupree, a DJ Uhuru, única integrante do grupo para quem ter barba era uma impossibilidade. Mas Elaine não estava nem passando a mão no queixo: estava pegando o telefone para ligar para alguém.

"Pra quem você está telefonando?"

"Fala Sério."

Fala Sério era uma rapper mais velha que chegou a ser disco de platina e que comprava batidas nossas de vez em quando, sempre que a nova reinvenção de sua carreira exigia algum esoterismo sonoro. Uma vez ela disse que eu sempre parecia inseguro quando tocava, mesmo que o público estivesse dançando freneticamente ou ouvindo com atenção. Parecia que eu tinha sentido cheiro de gás mas não tinha como perguntar se mais alguém tinha sentido, muito menos tinha coragem de acender um fósforo.

Elaine pôs o telefone no viva-voz e ficou segurando.

"Alô, aqui é Fala Sério, a única estrela de lamê maravilhosa do rock mundial, gato. Por favor, deixe um recado."

Depois do bipe, Elaine acenou para que eu apertasse o play. Bastaram dez segundos da batida para Fala Sério atender o telefone: "Eu não sei o que é, mas te dou trinta mil dólares em dinheiro agora mesmo por essa faixa".

Elaine desligou.

Trinta mil dólares era uma quantia absurda para pagar por uma batida, e depois do fracasso de vendas do último lançamento dela, *Fala Sério canta o songbook de Cole Porter em ritmo de rap*, eu duvidava que ela tivesse metade disso na conta bancária. Mesmo assim, era um gesto significativo.

"Então isso é uma batida?", eu perguntei.

"Uma batida quase perfeita, *presque parfait*, como diriam os franceses", disse o DJ Umbra. "O que tem aí? Disseca a parada aí, mano, disseca aí!"

Comecei a isolar alguns dos samples mais óbvios, até o Mantronix exigido pela etiqueta, quando Elaine me interrompeu dizendo abruptamente "Popsicle!" — o nome da única banda pop sueca que valia a pena dizer de supetão. E foi com certa ansiedade que o DJ Skillanator disse, na sequência: "Foreigner, 'Feels Like the First Time', primeira frase, segundo e terceiro acordes transpostos com as palmas de 'My Boyfriend's Back' dos Angels, interpoladas no tempo fraco".

O DJ Tão Tão Surdo, um beat jockey que de fato era surdo, e que conseguia tirar uma grana razoável tocando música com baixo pesado em festas em escolas e universidades para deficientes auditivos, agitou as mãos e gesticulou loucamente em sua linguagem de sinais cheia de gírias de B-boy. O irmão dele, o DJ Você Pode Me Chamar de Ray Você Pode Me Chamar de Jay Mas Você Não Tem que Me Chamar de Johnson, cuja especialidade eram discos cômicos e temas de séries de tevê dos anos 1970, interpretou. "Tão Tão Surdo está dizendo que 'Só o grito epiglótico do Roger Daltrey em 'Won't Get Fooled Again' faz os pelos do braço dele se eriçarem assim'. Ele adorou o uso que você deu."

Encostei a mão nos meus lábios e mandei um beijo em linguagem de sinais para Tão Tão Surdo como agradecimento pelo elogio. Enquanto a música tocava, nossos pensamentos se voltaram para a batida *presque parfait*.

Ninguém mais tentou adivinhar e os Coçadores de Barba se inclinaram para a frente, ávidos por uma amostra que fosse dos elementos da batida; e vendo os olhos arregalados de cachorrinho curiosos deles, eu me vi obrigado a recitar o único truísmo verdadeiro que já ouvi. "Tenho que avisar antes da gente começar", disse em voz alta e com um tom de urgência, como se estivesse prestes a ler uma fala do último ato de uma peça de Tennessee Williams, "que não vou necessariamente dizer a verdade."

Os Coçadores de Barba fizeram que sim com a cabeça.

O DJ Close-n-Play perguntou: "Isso é uma citação do *Apanhador no campo de centeio*?".

Era a fala de abertura do saxofonista Masayoshi Urabe na entrevista para a revista *Opróbrio*, mas eu não quis começar com as perguntas do tipo "Quem é ele?" e "O que quer dizer 'opróbrio'?", então simplesmente aumentei o volume e disse: "Não, é o meu lema", e passei a citar algumas fontes que usei.

"Isso é 'Insider Tradin' on My Mind', do Penthouse Red", sussurrei, "do *Work Songs and Office Hollers of the Corporate Elite*."

"Não foi esse cara que fez 'My Trophy Wife (Makes Me Feel Like a Loser)'?", perguntou o DJ Você Pode Me Chamar de Ray etc.

"Não, você está pensando no Greedy Steve McNeely."

Fui em frente.

"O segundo áudio é 'Top Billin' traduzido para a linguagem assobiada do povo chepang, do Nepal."

"Eu sabia!", Umbra disse, batendo na testa em sinal de vergonha musicológica.

Continuei com a lista: "O chiado da jaqueta de couro de Marlon Brando em *O selvagem*, um carrinho de supermercado tombando na margem de concreto do rio Los Angeles, Mothers of Invention, uma pedra roçando a superfície do lago Diamond, os cílios de Paul Newman durante uma piscada amplificados dez mil vezes, um moleque fedido chamado Beck que estava tocando guitarra em frente à Igreja da Cientologia,

Ray Charles muito, muito, muito no início da carreira, Etta James, Sonic Youth, a *Millennium Falcon* entrando em hiperdrive, Frangolino, Foghat, Melvin Tormé, também conhecido como 'Névoa de Veludo', Issa Bagayogo, o chiado de um bife a cavalo numa lanchonete do Al no exato momento em que a sra. Teng põe a cebola...".

Fagulha ergueu a mão. "Chega", ele disse. "Você está estragando. Você está explicando um arco-íris, seu bosta."

Ele deixou a música tocar, depois continuou: "Sabe o que essa sua batida me lembra?".

"Não", respondi, rebobinando a fita.

"Me lembra o Código de Hamurabi, a Declaração de Independência do DJ, a Constituição, um troço assim."

Todos os outros acenaram concordando, mas eu não entendi a comparação.

"Olha, cara, você sampleou a sua vida, misturou esses sons com o funk preexistente e estabeleceu um sistema de governo de dezesseis compassos para toda a nação do ritmo. Elevou o DJ à categoria de Poder Executivo, Legislativo e Judiciário. Quero dizer, depois de ouvir a sua batida, tudo que eu ouvi na rádio comercial nos últimos cinco anos fica parecendo uma violação dos meus direitos civis."

Nós, os verdadeiros amantes da música do mundo, para formar um ritmo mais perfeito...

Não me entenda mal, gostei do elogio do Fagulha, mas não gostei de ver a minha música sendo comparada a um pedaço de papel, e disse isto: "Vejo essa batida mais como uma obra de arte atemporal, sabe, como a Mona Lisa da música. A sua metáfora da Constituição é política demais. Você faz parecer que minha música é propaganda".

Apertando o play, Fagulha riu: "Cara, ninguém te disse que toda arte é propaganda? Tanto faz se você acha que devia ser ou não, simplesmente é, e meu caro, você está sentado numa

Magna Carta dançante. Uma batida incrivelmente foda que está perto pacas de se tornar a lei suprema do país — mas do jeito que está hoje ela não passa de uma Emenda dos Direitos Iguais musicada, uma ideia brilhante e necessária fadada à lata de lixo da mudança".

A música silenciou a sala com uma irrefutabilidade rítmica que realmente ficava a um passo da perfeição. Desliguei.

"Então o que está faltando?", perguntei.

O Fagulha se recostou na cadeira e alisou o cavanhaque. "Como todo documento importante, ele precisa ser ratificado."

"Levar a minha faixa para as treze colônias originais e pedir para as pessoas votarem se gostaram ou não?"

Elaine coçou a mandíbula. "Não, ele só está dizendo que você precisa do aval de alguém especial", ela disse. "Pense no Mick Jagger ratificando 'You're So Vain' da Carly Simon."

Umbra puxou os pelos debaixo do lábio inferior e deu mais um exemplo: "Charlie Christian ratificando 'A Smo-o-o-oth One' do Benny Goodman".

Tão Tão Surdo parou de brincar com a barba imperial pontuda por tempo suficiente para gesticular: "Como Kool G Rap com 'The Symphony' de Marley Marl".

"Então quem pode ratificar minha batida?", perguntei.

Fagulha me olhou como se eu fosse burro. "O Schwa", ele disse, se persignando e mandando um beijo para o céu. "Quem mais?" Nós todos baixamos a cabeça em reverência. Realmente, quem mais?

Charles Stone, também conhecido como o Schwa, é um músico de jazz de vanguarda pouco conhecido que nós, DJs do Westside, apelidamos de Schwa porque o som dele, assim como a vogal indeterminada, não é acentuada, fica de cabeça para baixo, e de trás para a frente. Indefinível, mas que você reconhece quando ouve. Para nós o Schwa era a batida definitiva. O boom bip. O *oo-ee oo ah ah ting tang walla walla bing bang*. O *om*. Ele é a parte do Pagliacci em que a porra do palhaço começa a chorar.

Ele teve um único disco que fez algum sucesso, uma versão hard-bop de "L'Internationale" que ironicamente apareceu nas paradas na fase inicial da Guerra do Vietnã. "L'Internationale" está em seu álbum seminal *Polemics*. Gravado em 1964, *Polemics* é uma obra-prima envolvente, provocativa e com uma produção meia-boca. Ouvir esse disco é como participar de um seminário improvisado do seu professor favorito, meio bebum, no bar do campus. Compasso por compasso, o Schwa desconstrói cantigas infantis, jingles e os mais sonoros hinos do mundo. Cada melodia, de "Dez indiozinhos" a "O hino de Batalha de Andorra", passando pela música da mola maluca, é cuidadosamente virada do avesso e tocada num estilo livre a ponto de deixar a entropia com inveja. Aninhada entre a Canção de Horst Wessel do Partido Nazista e o clássico caipira de Johnny Rebel "Some Niggers Never Die (They Just Smell That Way)", "Do-Re-Mi", a música mais branca de todos os tempos, deixa de ser só uma canção que eu detesto: o Schwa expõe a verdadeira natureza da cantiga alpina, uma música de ódio.

Mas "L'Internationale" se destaca. Sou do tipo que prefere ouvir uma música cem vezes a ouvir cem músicas uma vez. E ouvi essa música mil vezes seguidas, seus sons majestosos fazendo parte do meu dia a dia como um cereal matinal. Era uma música que me deixava com vontade de ser jovem na Guerra Civil Espanhola, dividir uma trincheira com George Orwell. Era uma canção que teria envergonhado Stálin e dado fama a Paul Robeson. Na verdade, tenho quase certeza de que, se essa música tivesse tocado mais vezes na rádio, os americanos jamais iriam parar de comprar produtos de trabalhadores sindicalizados.

Havia poucas informações sobre o Schwa. Esquadrinhei as revistas underground de jazz e os livros de referência e a única coisa que consegui encontrar foi esta mirrada entrada na *Enciclopédia do jazz*:

> **Stone, Charles** — n. 17/4/33, Los Angeles, Califórnia. Respeitado músico capaz de improvisar com competência dentro das técnicas do movimento free jazz, de quem pouco se sabe.

E uma cópia de um breve arquivo do FBI com várias informações censuradas:

> Caro sr. Hoover,
>
> Conforme solicitado por ████████ Charles Stone ██████████████████████ suspeito de ser um simpatizante do comunismo. Responsáveis pela vigilância informam que o elemento não demonstra simpatia de qualquer tipo, seja política ou de outro tipo. ████████████████████████████████ ████████████████████████████████ █████ crioulo geniozinho do tipo sabe-tudo. ████████████████████████████████ ████████████████████████████
>
> Siga sendo americano, meu chapa!
> Buddy Rich

Também havia aqui e ali algumas resenhas de shows do início dos anos 1950 elogiando a "fisicalidade da apresentação". Parece que o Schwa tocava com o corpo contorcido em posições sinistras. Às vezes ficava no palco girando os quadris ou deslocando os ombros por cinco minutos antes de produzir qualquer som. A maior parte dos críticos teorizava que sua intenção com esses mecanismos corporais era ilustrar o fato de que fazer música é mais do que um processo mental, que um músico leva para o palco não só seu cérebro, mas também seu corpo.

A discografia do Schwa era pequena: três álbuns e um compacto simples mono de baixa tiragem. O mais recente era *Darker Side of the Moon*, uma incursão no fusion cuja capa mostrava a bunda de um negro e que teve a sorte de ser lançado ao mesmo tempo que o multiplatinado *Dark Side of the Moon* do Pink Floyd. Graças a erros de funcionários das lojas e a fãs de rock psicodélico sob influência de microdoses de ácido, o disco teve vendas estáveis, talvez até mesmo boas, pelo correio. Mas depois disso o Schwa desapareceu de cena completamente, o que só me levou a gostar ainda mais dele. Há um lugar especial no meu coração para artistas que desaparecem inexplicavelmente quando estão em seu melhor momento. É uma lista curta: Gigi Gryce, Louise Brooks, Rimbaud, D'Angelo, Francis Ford Coppola.* Admiro esses estetas por se retirarem sabendo que não têm mais nada a dizer e que têm menos vontade ainda de ouvir o que os outros têm a dizer a eles. Foi por isso que nunca li *O apanhador no campo de centeio*. Não quis que o romance estragasse uma bela reclusão.

Elaine me tirou do transe. "Cara, quase vale a pena encontrar o Schwa só para ele tocar por cima dessa sua batida."

* Todos os filmes depois de *Apocalypse Now* foram dirigidos por um sósia contratado pela indústria cinematográfica para manter o sonho vivo.

"Eu dou a primeira contribuição", disse o Fagulha, jogando sessenta dólares no chão. "Sério, você tem que encontrar o Schwa. A chance da verdadeira perfeição não aparece todo dia."

O telefone tocou. "É a Fala Sério", Elaine anunciou em voz baixa, com a mão cobrindo o telefone. "Ela diz que paga cinquenta mil dólares pela batida."

3

Em Los Angeles, eu fazia trilha sonora de filmes pornô. Ainda faço quando a grana aperta. Não tem muita diferença entre a obscenidade americana e a alemã, exceto pelo fato de os pornógrafos alemães não verem os três Ps, pentelhos, personagens e peitos empinados, como anacronismos. No começo eu levava o trabalho a sério. A maioria dos caras só mandava alguma composição antiga que não tinha conseguido vender. Não estavam nem aí se a música combinava com o clima. Eu realmente assisto o bagulho. Às vezes até componho temas diferentes para cada personagem. Por um tempo cheguei a trabalhar como engenheiro de gravação, achando que isso ia me fazer entender melhor a mise en scène da pornografia. Mas minha pudicícia latente foi revelada quando boquiaberto e de olhos arregalados pela surpresa descobri 1) fêmeas ejaculam, 2) elas são capazes de expelir a tal ejaculação a longas distâncias, 3) aquilo é salgado e 4) arde pra burro! A única coisa que aprendi com minha abordagem de pôr mãos enluvadas na massa para compor trilhas de filmes pornô foi por que grandes compositores de cinema como Michel Legrand e Lalo Schifrin ficavam longe do set de filmagens.

Depois de deixar de lado *le beat presque parfait*, compus a trilha sonora de um filme de sexo explícito chamado *O exterminador do seu furo*. Rick Chess, um diretor com quem já tinha trabalhado, achou o resultado "musical demais". Expliquei como a superposição da progressão harmônica e o glissando prolongado combinavam com a música natural do ato sexual. As batidas rítmicas dos testículos do cara na bunda da estrela do filme acentuavam os melismas do trombone. O canto gutural dela dizendo "me-fode-seu-filho-da-puta-mais-forte-porra" fazia contraponto com o registro grave do xilofone. Rick começou a perguntar o que queria dizer mise en scène, e só chegou até o "mise" antes de me pegar pelo cotovelo e me levar ao departamento de bestialidades. Ele tirou uma fita de vídeo de um envelope pardo e colocou na ilha de edição. Um sujeito de óculos, calças abaixadas até o tornozelo, fodia uma galinha. Rick girou um botão. A música subiu. Um som tão bonito que devia ser incongruente com a imagem na tela, mas que em vez disso foi algo transformador. O sujeito estava fazendo amor com a galinha, e a galinha gostava. Reconheci o músico imediatamente. Só podia ser o Schwa.

Rick Chess ficou mexendo na sua cadeira hidráulica que ficava diante do computador, erguendo e baixando o assento seguindo o ritmo da música.

"Essa cena é de alto nível, mas não tem como usar. A música é boa demais. Agora a porra virou um filme de arte. O pervertido que entra numa cabine do Santa Monica Boulevard não quer bater punheta vendo arte... quer safadeza."

"Quem é esse?", eu perguntei ao Rick.

Ele me olhou parecendo louco. "Como é que eu vou saber? Chegou pelo correio, alguém tentando vender pra gente."

Ele jogou o envelope para mim. O endereço do remetente era "Schallplattenunterhalter Dunkelmann, bar Slumberland, Goltzstraβe 24, 10781, Berlim, Alemanha."

"Posso ficar com isso?", perguntei.

Rick fez que sim com a cabeça. "Claro, fique. Quero que você pense nisso como um exemplo do que não fazer, porque você está voltando a ser como era." Ele passou a mão pelos cabelos ralos e gordurosos e ficou com ela lá. "Eu quero a fuleiragem de novo. Quero o DJ Darky que criou o fundo musical ordinário para *Duro de sentar* e *Amor à queima-rosca*, que deu o clima de intriga apolítica em *Todos os rombos do presidente*. Não quero o gênio com conceitos abstratos."

"Tá, beleza."

Imperturbável no sentido definido pelo *Kensington-Merriwether*, eu só ouvia pela metade a ladainha de Rick. Eu mal podia acreditar que o legato característico que se repetia na minha cabeça vinha do Schwa. Não sou o tipo de cara que acredita que "tudo acontece por um motivo, Deus tem um plano, tudo vai funcionar igual a um programa da HBO". Antes de Rick Chess me mostrar aquele vídeo, o único evento serendipitoso na minha vida foi ter errado a soletração de "serendipidade" num concurso local de soletração e por sorte não estar a bordo do ônibus que levava os melhores soletradores da região para as finais municipais quando ele despencou do viaduto de Sepulveda.

Isso não era um acaso feliz. Voltei a prestar atenção no vídeo. Apaziguados por um diminuendo primorosamente delicado, o ator e a galinha cacarejaram e gemeram juntos ao chegar a um orgasmo simultâneo.

Chess me deu um cutucão com o cotovelo nas costelas. "Quem gozou primeiro, o ovo ou a galinha?"

Ao chegar em casa fiquei um bom tempo olhando para o envelope. Eu não precisava ser o Easy Rawlins para descobrir que não foi o Schwa que mandou a fita. O uso do *esszet ligatur* em "Goltzstraβe". O 7 cortado. A caligrafia parecia alemã demais.

Liguei para o serviço de informações da Alemanha Ocidental, e numa conexão cheia de chiado, pedi o número de telefone da Schallplattenunterhalter Dunkelmann em Berlim Ocidental.

A operadora não conseguia parar de rir.

"Você está tirando sarro de mim. Deve ser aquilo que fazem na tevê americana..." Dava para ouvir as páginas do dicionário dela virando. "... *Agarradinha*."

Ela queria dizer *pegadinha*, mas a US$ 3,75 por minuto eu não estava a fim de corrigir.

"Então não existe Schallplattenunterhalter Dunkelmann na lista telefônica de Berlim?"

"*Nein*. Temos um Andreas Dunkelmann auf der Lausitzerstrasse. Um Dieter Dunkelmann na Derfflingerstrasse. Um Hugo na..."

"E bar Slumberland?"

"Por favor, espere na linha."

"Alô, Slumberland", a garçonete, uma mulher com voz rouca e sensual à la Mae West gritou no telefone, tentando se fazer ouvir por cima da música e do barulho estridente. Me lembro de pensar que o lugar parecia perigoso. Perguntei pelo Dunkelmann.

"Tem muitos caras *dunkel* aqui. Com quem você quer falar?", ela perguntou, com uma voz meio desconfiada. Tive a impressão de que eu estava fazendo um trote internacional.

"Queria falar com Schallplattenunterhalter Dunkelmann."

A garçonete parou por um instante. "Talvez você queira falar com um DJ Negro ou com um DJ Pessoa Escura?"

De repente o criptograma ficou evidente. "Schallplattenunterhalter Dunkelmann" era uma aproximação de meu *nom de musique*, DJ Darky. A garçonete explicou que em alemão *Dunkelmann* significa "obscuro" ou, mais literalmente, "homem escuro", e que *Schallplattenunterhalter* era um termo usado na Alemanha Ocidental para "disc jockey". A Alemanha Ocidental era um lugar onde o predomínio global do inglês ainda não tinha acabado com a graça do arcaísmo contorcedor de línguas do idioma.

O telefonema foi decisivo: eu tinha que ir para a Alemanha. Obviamente alguém lá tinha escutado a minha música e gostado o suficiente para achar que eu era digno de encontrar o Schwa. O que eu não conseguia descobrir era por que todos esses subterfúgios. Por que não me dizer simplesmente onde ele estava?

A história da música está cheia de colaborações óbvias que deviam ter acontecido mas nunca aconteceram. Charlie Parker e Arnold Schoenberg. Os Osmonds e os Jackson Five. Os Archies e Josie and the Pussycats, e embora eu fosse menos conhecido do que Valerie Smith, a moça que chacoalhava um pandeiro ao lado de Josie, jamais a perda de uma oportunidade como essa recairia sobre o Schwa e o Schallplattenunterhalter Dunkelmann. Se eu descobrisse como conseguir dinheiro para transportar minha bunda e minha coleção de discos para a Alemanha, a história teria a sua batida perfeita.

Claro, eu não ia vender minha batida para Fala Sério nem para qualquer outro rapper desesperado por uma faixa, por isso comecei a economizar dinheiro e a implorar uma bolsa e um visto para todo instituto e toda organização de arte que conhecia na Alemanha. Mas depois de descobrir que DJs e compositores de trilha sonora de filme pornográfico não são considerados músicos nem artistas, passei a usar outra estratégia. Virei um sommelier de jukebox.

4

Tive a ideia do sommelier de jukebox pouco depois de ouvir a música do sexo com a galinha, numa noite no Sunny Glens, um bar pé-sujo na Robertson Boulevard frequentado por alunos da Escola Secundária Hamilton que se formaram com notas inferiores à de dois terços de seus veteranos nos últimos vinte anos. Bridgette Lopez e eu estávamos em um dos nossos raros encontros públicos. Tinha dias em que eu achava que podia casar com a Bridgette. Ela era uma divorciada de quarenta e cinco anos que, nas minhas apresentações de domingo à noite no La Marina, na Playa Del Rey, sentava ao lado da cabine do DJ, com as pernas rechonchudas cruzadas na altura dos joelhos e que pareciam dois botos presos em redes de pesca. Ela ficava me passando cosmopolitans e notas de cinco dólares, arranhando meu braço com uma unha decorada roxa e pedindo músicas ou um pouco de sexo. O mais comum era eu atender os dois pedidos, e a gente terminava a noite cantando doces duetos de doo-wop com ahs e murmúrios e fazendo juras românticas de amor eterno. Fora ter de ouvir Heatwave ad infinitum pelo resto da vida, viver com a Bridgette não ia ser ruim.

Ela botou fichas na mesa de sinuca e fui pegar as bebidas. Precisei gritar por causa dos riffs altos e chorosos da guitarra de Van Halen na fase pós-*Diver Down* que saíam da Wurlitzer arco-íris. "O que você quer tomar, *pendeja*?", gritei. A Bridgette adorava quando eu usava palavrões com ela.

"*Dame una vaso de vino, mayate.*" E eu adorava quando ela me chamava de crioulo no seu espanhol lamentável.

"Tinto ou branco, *puta*?"

"*Rojo, cabrón.*"

"Vinho tinto", gritei na orelha do barman. Ele sacudiu a cabeça e cravou na mesa duas garrafas de vinho vagabundo que não eram nem tintos nem brancos. Disse para ele servir o verde, embora ele tentasse me empurrar o laranja.

Sempre que penso em Bridgette penso no som dela abrindo uma partida de bilhar. É algo molecular que soa como uma introdução a um livro didático de química orgânica. Adorava gravar esse som. A bola branca voando em direção à pirâmide de neutrinos de mármore pintados como se tivesse sido arremessada por um acelerador de partículas.

Bridgette encaçapou duas bolas lisas numa abertura limpa com um som maravilhosamente cruel, e enquanto preparava a próxima tacada, ela tomou o primeiro gole do seu Chateau du Guetô. "Quem é o sommelier dessa merda... Big Daddy Kane?", ela disse com a língua grossa e a cara de quem tomou xarope pra tosse.

Nós dois rimos e passamos o resto da noite jogando sinuca, imaginando se vinho verde devia ser servido gelado ou a temperatura ambiente, e fazendo piadas ruins sobre bebida ruim.

"Quando o barman disse: 'Vocês gostariam do vinho da casa', eu não sabia que ele estava falando do vinho da *casa de custódia*."

Em algum momento a gente cansou do rock 'n' roll clássico que pulsava no jukebox. Tem um limite para a quantidade de imitação de blues negro tocado pelo Eric Clapton que o sujeito pode aguentar, e comentei vagamente que podia reprogramar o jukebox. "Eu podia ser um sommelier de jukebox." Eu nunca tinha dito *sommelier* antes e gostei do som da palavra saindo da minha boca. Queria um pretexto para dizer de novo, mas a Bridgette nem me deu tempo.

"Você *podia* ser um sommelier de jukebox", ela sugeriu, falando supersério. "Ninguém dedica tempo suficiente pensando no que está no jukebox. É sempre a mesma seleção, CDs com os cinquenta maiores hits, uma antologia medíocre da Motown, o essencial de Billy Joel, uma miscelânea dos quarenta maiores sucessos de dois anos atrás, CDs dos Los Lobos e aquela merda daquele disco do Bob Marley."

"*Legend.*"

"Esse, *Legend*. Meu Deus do céu, frequentar bares me fez odiar essa droga desse disco. Moleques brancos bêbados cantando 'Get Up, Stand Up'."

Apalpei a bunda da Bridgette e fui levando ela até a porta.

"Quer ir pra minha casa e ouvir um pouco de música boa?", perguntei.

"Não se a tal música boa for aquela droga de clássico que você pôs pra tocar da última vez."

"Ah, vai, você se acostuma."

"Esse é o problema, você escuta muito aquela merda e acaba achando que é rico e branco. E achar que é rico e branco não ajuda nada na vida de alguém que não é nem uma coisa nem outra."

Naquela noite Bridgette Lopez se tornou a primeira de um grupo não-tão-seleto de mulheres a ouvir a música do sexo com a galinha. Na época, a manobra sexual da moda era borrifar um pouco de cocaína no pênis ereto pouco antes da penetração. Nunca fiz, mas dizem que o prazer é ilimitado, que os orgasmos simultâneos são mais intensos e mais duradouros que um campeonato de xadrez. Ouvir a música do sexo com a galinha com ela aquela noite foi como borrifar um pouco de cocaína no meu coração.

Nunca gostei de intrusões artificiais no sexo. Prefiro a luz natural e detesto brinquedos, pílulas e negligées. Meu único aditivo coital é a música do sexo com a galinha. Jogo uma toalha sobre a tevê, coloco a fita no videocassete e toco para os meus casinhos e para qualquer outra que tenha o azar de acabar nos meus braços. A música adiciona uma pungência de duplo--suicídio à la Romeu e Julieta às minhas noitadas que, a não ser por isso, são em geral desprovidas de amor e significado. De repente tudo que digo parece algo que Khalil Gibran desejaria ter dito. Todo beijo e toda carícia têm a honestidade do tipo tudo-ou-nada, me-dê-intimidade-ou-me-dê-a-morte de um poema da Sylvia Plath. Na minha cabeça, minha cama king size cheia de ondulações se transforma na praia de *A um passo da eternidade* e eu sou o primeiro-sargento Burt Lancaster transando com uma voluptuosa ruiva de Rhode Island numa praia úmida e arenosa do Havaí, os lençóis esfarrapados caindo sobre nossas cabeças em ondas de algodão e raiom.

A manhã seguinte com Bridgette deu o tom de tudo que viria a seguir. Foi difícil e esquisito, um café da manhã com ovos moles, conversa constrangida e os dois evitando o olhar do outro. Aquela música tem algo que te deixa constrangido e envergonhado como se tivessem te flagrado tirando catota do nariz em público.

A última coisa que Bridgette disse para mim foi: "Estou falando sério, faça isso do sommelier de jukebox". E eu fiz. Escrevi uma carta para o bar Slumberland em Berlim pedindo emprego como sommelier de jukebox, anexando um currículo e uma fita sem etiqueta. Duas semanas depois recebi um pequeno pacote pelo correio contendo a papelada para obter um visto, uma passagem de avião só de ida, uma bolacha de chope e uma breve carta dizendo qual seria o meu salário e comparando a descoberta da minha fita à escavação do túmulo do rei Tutancâmon.

Parte 2

Deutschland über alles

I

Cheguei a Berlim numa tarde nebulosa de outono, saindo da poltrona da classe econômica enrugado como uma framboesa, faminto, com frio e fedido, mas feliz como um escravo fugido.

A corrida de táxi até o hostel foi numa Mercedes-Benz. Fora a vez que dirigi por três quadras um Cadillac Seville roubado, foi a primeira vez que andei num carro de luxo. Afundei no banco de couro, pensando que caso eu não tivesse chegado à terra prometida, a Alemanha no mínimo era uma terra de talvezes e quem sabes.

Berlim Ocidental parecia uma cidade povoada por abolicionistas quacres. Todo mundo supergentil... até certo ponto. Quando fui alugar meu primeiro apartamento, o dono abateu setenta e cinco marcos do preço por causa dos reparos necessários, mas não apertou minha mão para fechar o negócio. Com o tempo a conversa-fiada com o jornaleiro passou do "O que você está achando da Alemanha? Tem planos de ficar?" para sutis reflexões dá-o-fora-do-meu-país-crioulo, do tipo: "Wow, nem acredito que já faz três meses que você está aqui. Quando você volta pros Estados Unidos?". Quando eu ia a bares de jazz como o Quasimodo ou o A Train, clientes regulares me pagavam uma bebida como pretexto para perguntar sobre jazz e sobre o racismo nos Estados Unidos. Eis uma conversa típica.

"Valeu pela cerveja."

"*Kein Problem*. Aposto que você está feliz por não ter que tomar aquela porcaria de cerveja americana. Blergh, que coisa horrorosa."

"Verdade, essas Pilsen de vocês são o que há..."

Então Willi, Karl-Ludwig e Bruno elogiavam o expatriado americano fazendo um solo medíocre de saxofone que inexplicavelmente botava o lugar abaixo. No bar, meu novo amigo colocaria o braço em volta de mim e diria: "Sabe, a improvisação do jazz vem do fato de os escravos terem que improvisar para sobreviver. É uma pena que todo o idioma da música negra, do jazz, do rhythm and blues ou do que quer que seja, tenha negado seu caráter negroide e seu propósito. Ele foi branqueado".

Agora eu sei por que a Harriet Tubman fingia aquelas convulsões epilépticas com perda de consciência: era o único jeito de fazer os malditos abolicionistas pararem de ser condescendentes com ela.

Aprendi rapidinho a não responder a opiniões de jazzófilos que, a julgar pelo uso de palavras como *negroide* e *branqueado*, tinham sido arrancados da última entrevista do Wynton Marsalis para uma revista. Achava, e continuo achando, que acreditar que a escravidão teve qualquer coisa a ver com o improviso do jazz é ridículo. Para sobreviver, os escravos não improvisavam, capitulavam. Quem não baixava a cabeça e revidava morria. Preparar uma refeição de Natal com vísceras de porco não é improviso; jogar qualquer coisa que tenha sobrado na porra da panela é mero bom senso. E se alguém foi branqueado foi o Marsalis com seu terno e gravata. Como se os negros nunca tivessem visto o rosto de um branco antes de verem seu escravizador. Como se toda a merda da miscigenação racial na Espanha, no Egito, na Roma antiga e na Etiópia nunca tivesse acontecido. Mas nunca conheci um aficionado por jazz em Berlim que quisesse me ouvir denegrir sua visão romântica da opressão dos brancos como origem do gênio musical negro.

Eu não queria nem me ouvir dizendo essas coisas. Então educadamente eu fazia que sim com a cabeça e dizia: "Você já ouviu falar de Charles Stone?".

Meu visto não me permitia trabalhar antes de novembro, por isso passei as duas semanas seguintes contemplando a ironia de que, embora trampando num lugar chamado Slumberland, eu estivesse sem dormir desde que cheguei a Berlim. Slumberland. O nome em si tinha presságios suficientes para me manter à distância. Ele trazia de volta todos os traumas da infância, as noites insones olhando para a luzinha azul-cor-de-relâmpago que ficava acesa na tomada do quarto enquanto eu pensava na relação entre realidade, sonho e morte. Meu pai, um amargurado doutor em literatura que trabalhava para o governo dando nome às ruas dos condomínios fechados que brotavam nas colinas da Califórnia como ervas daninhas de concreto, não ajudava em nada a diminuir meu medo do escuro e da morte. Ele olhava debaixo da cama e dentro do guarda-roupa e, com sotaque afetado de vampiro transilvaniano de filme de terror, nomeava os monstros e demônios escondidos nas trevas. "Olá, Quimera. Boa noite, Medusa. Que bom ver que você está bem, monstro do Frankenstein de Mary Shelley, não a figura deformada e pacífica que lia Milton, Goethe e Plutarco, mas a besta vingativa da segunda metade do livro que matava crianças inocentes sem dó." De olhos arregalados e com o coração batendo forte a ponto de eu escutar a pulsação, ele me punha para dormir com uma das inúmeras citações de Shakespeare sobre noites inquietas de sono. "Dormir, talvez sonhar… ah, eis o problema", dizia meu pai, me dando um beijo na testa e terminando a citação bem no instante em que fechava a porta: "Pois neste sono mortal quais sonhos poderão vir depois de nos libertarmos deste efêmero invólucro".

Minha saudade de casa era vertiginosa. Minhas tentativas de recriar meu estilo de vida californiano eram divertidas mas completamente ineficazes. O odor cítrico que emanava das cascas de laranja que eu punha sobre o aquecedor me fazia espirrar o tempo todo. A pequena colônia de formigas pretas que minha mãe me mandou pelo correio, para que eu pudesse forçá-las a marchar pelo caixilho da janela, morreu quando elas não conseguiram digerir os ursinhos gelatinosos que eu dava para comerem. Aluguei um carro e levei cinco multas por passar no sinal vermelho quando não vinha ninguém. Eu vomitava jogos dos Lakers que tinha ouvido na narração de Chick Hearn, jogada por jogada, comercial por comercial:

Magic no ataque... Magic como um ioiô pra frente e pra trás... passa para Jamaal... quatro segundos no relógio... e é isso aí. Lakers na frente por doze pontos e, meus amigos, essa partida já foi pra geladeira. A porta fechou, a luz apagou, os ovos estão esfriando, a manteiga está endurecendo e a gelatina está sacolejando. A gente volta pra ver os Lakers baterem o último prego no caixão depois dos comerciais... Este aqui é o Cal Worthington com seu cachorro, o Spot! Se o óleo se esparrama, vá no Cal. Quer um carro bem bacana, vá no Cal. Se a patroa só reclama e dar partida é um drama, vá no Cal! Vá no Cal! Vá no Cal! Sabia que eu posso te vender um carro ou uma caminhonete usada com apenas vinte e cinco dólares de entrada? É a Worthington Ford em Long Beach, aberta todo dia até a meia-noite, te vejo lá! Leve as crianças!

Além de sentir saudades do Westside, do ataque rápido dos Lakers e dos anúncios ininterruptos do Cal Worthington, eu sentia saudade dos negros, o que era estranho para mim. Mas de alguma maneira sentia falta dos sons da classe operária urbana negra. Os Ts e Ps superaspirados. O andar arrastado de uma mulher exausta demais para pentear o cabelo, quem dirá para erguer os calcanhares, enquanto caminha lentamente pelo corredor do supermercado, num domingo de manhã, como se estivesse com esquis nos pés, e não com um par de pantufas peludas azul-bebê. Sentia saudades do silêncio do meu quarto depois que o pai me punha na cama, talvez para sonhar. Às vezes, numa noite insone, eu quase conseguia ouvir Brian Mooney deixando seu El Camino rebaixado 1964 orgulhosamente em ponto morto em frente à casa do outro lado da rua. Outras vezes ouvia meu pai frustrado no outro quarto andando para lá e para cá como um lunático, tentando encontrar os dez ou duzentos nomes de rua "com sonoridade espanhola" que precisava para uma nova cidade chamada Santa Clarita, nomes que tinham de refletir a herança mexicana da área e ao mesmo tempo ter um certo "ar de glamour" que deixasse claro para qualquer mexicano temerário o bastante para se mudar para o interior dos muros de Santa Clarita que ele não era bem-vindo. Tendo inventado joias como Via Palacio, Arroyo Park Drive e Rancho Adobe Drive, o pai tinha esgotado sua criatividade.

"Filho?"

"Sim?"

"Tá acordado? Eu sei que está."

"E?"

"Você conversa com muitos mexicanos? Me diz uns nomes de rua em espanhol."

"Alameda Toreador."

"Não dá. Lembra crueldade com animais. Diz outro."

"Rua Calle."

"Redundante. Filho, ajude, estou falando sério."

Mas infelizmente para ele, eu nunca estava.

"Que tal Avenida Precisamos de Atendimento Mais Rápido no Tito's Taco? Boulevard Viva la Raza. Trevo Distintivos? A Gente Não Precisa de Merda de Distintivo Nenhum. Travessa Reconquista Califas Ahora. Estrada Margarida, Sua Ladra Pendeja, Eu Sei que Você Roubou a Nota de Dez Dólares que Eu Deixei no Balcão da Cozinha, Você Está Demitida e Pensar que a Gente Te Tratou Como Se Fosse da Família."

Eu estava tão sozinho naquelas primeiras noites em Berlim que sentia falta até do meu pai me chamando de crioulo burro. Tão sozinho que sentia falta de negros, o que é a mesma coisa que dizer que sentia falta de gente que não tolera piadas, gente de quem eu devia me sentir próximo mas não conseguia, se é que isso faz algum sentido.

Naquelas primeiras semanas em Berlim, o mais perto que cheguei de ter algum tipo de afinidade com outra forma de vida foi com os pinguins-imperadores que tinham acabado de ser importados para o zoológico.

Os pinguins-imperadores, como o Negro Americano, são famosos por serem criaturas volúveis, e a cidade se esforçou bastante para que eles se sentissem em casa. Mas em vez de recriar a neve, as pedras e a água típicas da tundra antártica, eles removeram vinte e cinco metros quadrados de calota polar, que foram transportados intactos até Berlim e instalados no espaço antes ocupado pelos dromedários, e cobriram com um biodomo com clima controlado. O que custou mais ou menos o mesmo que seria necessário para pôr em prática as leis que deviam proteger as aves ameaçadas.

A abertura da visitação aos pinguins teve pompa e circunstância; porém, as aves supostamente joviais se negaram a se exibir. As pessoas vinham às pencas para ver a graça aquática dos animais, mas não havia pedido de criancinha nem truque de adestrador que fizessem os bichos entrar na água. Eu visitava meus parentes antárticos todo dia. Colocava o gravador no canto da sala onde ficava o aquário e gravava a frustração dos visitantes que pagavam caro para ver as cativantes aves marinhas.

Como Miles Davis quando estava no palco, na maior parte do tempo os pinguins ficavam completamente parados, de costas para a plateia. Depois de alguns minutos uma ave curiosa causava comoção deslizando um pé palmado pelo gelo até a beira da água. Os frequentadores do zoo corriam para a grade, erguendo as crianças nos ombros e as câmeras na altura dos olhos, e então com um grasnido o pinguim invariavelmente voltava para o grupo bamboleando, medroso.

A plateia partia para a grosseria. Batia e cuspia no vidro, xingando as aves hesitantes: "Agora eu sei por que esse treco está quase extinto... esses esnobezinhos de merda se acham bons demais para se molhar!".

Pelo menos os pinguins tinham uns aos outros. Eu voltava para casa sozinho. Desabava no sofá e ouvia as gravações do que tinha acontecido no dia. Me divertia com a resistência dos pinguins diante dos olhares curiosos e com as expectativas estereotipadas do mundo exterior. Numa tarde nublada de outono, persegui um raio solitário de sol pelas ruas arborizadas de Charlottenburg. Quando o alcancei, ele brilhava direta e exclusivamente sobre a Amerikahaus. A Amerikahaus é uma construção coberta de gelo que fica em meio a uma rua residencial como um entreposto cultural, e oferece bolsas e doutrinação cultural em vez de peles de castor e aguardente. Dentro do vestíbulo envidraçado, perto do mastro da bandeira, havia um segurança negro limpando as mãos na bandeira americana como se fosse uma toalha de papel de banheiro.

Naquela época, ver um rosto negro em Berlim era quase tão raro quanto ver um *kicker* negro na NFL. E eu olhei. Olhei descaradamente para meu irmão, esse outro pinguim humano. O vigia afro-americano era um sujeito alto que pertencia à longa tradição de bizarrice negra que incluía a Vênus Hotentote; Ota Benga, o pigmeu congolês exibido como sendo o elo perdido no zoológico do Bronx; Kevin Powell e Heather B., os dois primeiros afro-americanos no *Cai na Real* da MTV; e eu. Quando me viu olhando para ele do outro lado do vidro, o guarda acenou alegre lá de dentro. Abri a porta da sua jaula. Seu rosto era caloroso, espesso e marrom como uma meia de lã do catálogo da L.L. Bean. Os vincos do uniforme cinza eram fortes e desciam pelas pernas da calça até cobrir um par de coturnos pretos engraxados. Um molho de chaves de aparência oficial tilintava numa corrente de aço grossa. Ele não carregava armas, desarmava os intrusos com um sorriso. Cheguei perto o suficiente para ler o que estava escrito no distintivo; dizia, simplesmente, SEGURANÇA.

"Posso pegar um *Los Angeles Times* lá dentro?"

"Pode", ele disse. "Mas normalmente está uns dias atrasado."

"Sem problema." Fazia semanas que minha voz não descia ao barítono O-que-tá-acontecendo? que eu reservava para falar com homens negros que não conhecia.

"Faz quanto tempo que você está *deste lado*, companheiro? Está gostando?", ele perguntou, embora antes que eu pudesse responder e reclamar da aspereza do papel higiênico e das toalhas de banho e da intrigante ausência de aparelhos de ar condicionado e de carpetes, ele olhou em volta para ver se não tinha ninguém ouvindo, depois sussurrou no meu ouvido: "A Alemanha é o paraíso dos negros".

"O quê?"

"Essa gente sabe cuidar de você. Eles te tratam como um rei. O seu desejo é uma ordem pra eles."

Me afastei dele com cuidado. Ele estava falando absolutamente sério. Pedi licença, e quando estava passando de costas pela porta, ele gritou para mim: "Você só tem que deixar que eles te amem".

Uma semana depois, para facilitar a transição social dos pinguins-imperadores, o zoológico de Berlim trouxe um bando de pinguins-de-penacho-amarelo, mais gregários, e logo os pinguins-imperadores, antes sempre tensos, chapinhavam e rolavam na água gelada dessa cidade fria pra cacete como se tivessem ouvido atentamente o conselho do vigia. *Você só tem que deixar que eles te amem.*

E Jesus, como eu precisava ser amado.

2

Slumberland. Por mais que pusesse as mãos em volta dos olhos eu não conseguia ver o lado de dentro do bar. Uma luz vermelha difusa era filtrada pela persiana de bambu sempre fechada. A janela vibrava com o murmúrio da conversa alta e do reggae. A julgar pelo ritmo do tremor do vidro, adivinhei que a música era uma das minhas baladas favoritas, "On and On", do Aswad, uma regravação absolutamente respeitosa do sucesso easy-listening de Stephen Bishop.

Down in Jamaica...

Entrei no bar. E realmente estava tocando "On and On"; fiquei superorgulhoso de mim mesmo. Me senti um super-herói que acaba de descobrir seus poderes. A capacidade de identificar uma música pela vibração que sua batida causa no vidro de uma janela não ia salvar o mundo de uma invasão alienígena nem de um meteoro vindo em nossa direção, mas dava para prever que eu ia ganhar umas apostas de mesa de bar.

Para o padrão de Berlim, o bar estava lotado. Só havia dois lugares vazios, um banco no balcão e uma cadeira numa mesa já ocupada. O Slumberland era uma fantasia reprimida do supremacista branco. Em quase toda mesa havia dois negros ensanduichados por duas brancas aduladoras. Numa mesa central posicionada de forma estratégica, quatro homens brancos sorridentes observavam voyeuristicamente as fronteiras sanguíneas de sua raça apodrecerem. Eu nunca tinha estado num lugar mais desprovido de amor platônico. O ar estava tomado pelo cheiro de óleo de almíscar, patchuli e suor. Era preciso respirar em grandes lufadas de ar.

As paredes amarelo-deserto eram decoradas com pinturas coloridas que anunciavam várias empresas africanas, barbearias que desenhavam petróglifos em cabeças camaronesas, restaurantes namibianos e oficinas senegalesas. Uma mulher branca saindo do banheiro resvalou em mim e piscou. Congelei como um virgem da era Eisenhower em sua primeira viagem a um puteiro em Tijuana. Ninguém jamais piscou para mim antes. Eu não acreditava que pessoas de verdade fizessem isso, e aquela foi uma piscada desavergonhada do tipo que a Betty Boop fazia dizendo vem-cá-garotão trazida para a vida real. Fingi estar absorto nos objetos de arte e me virei para o quadro que estava perto de mim. Era um anúncio pintado à mão de um centro herbal ganense que vendia várias panaceias. Um menino asmático apertava o peito. Um sujeito careca, que tinha um problema chamado "*kokoo*", estava de cócoras no chão, de costas para o observador, com uma diarreia marrom-avermelhada jorrando da bunda aquarelada como lava. Em outra parte da pintura a palavra *PODER* estava sublinhada por um pênis cheio de veias e duro como uma rocha, ligado a um torso musculoso cujo dono, aparentemente, não mais sofria de disfunção erétil.

Sentei junto ao balcão e me apresentei à garçonete como o novo sommelier de jukebox. Doris apertou minha mão, serviu um uísque grande como você só vê num faroeste do John Ford, e me disse que o proprietário, Thomas Femmerling, não tinha certeza de quando eu ia chegar, mas que ficaria feliz de me ver quando voltasse das Ilhas Canárias.

"Se ele tiver que escutar 'Get Up, Stand Up' mais uma vez..."

Era impossível confundir aquela voz maravilhosamente sedutora e rouca. Doris era a mulher que atendeu o telefone quando fiz minha primeira ligação internacional para o Slumberland.

Peguei o envelope em que a música do sexo com a galinha tinha sido enviado e perguntei se ela sabia algo sobre aquilo, talvez a caligrafia lhe fosse familiar.

Doris examinou e fez um gesto para que eu visse o carimbo postal.

"Isso foi enviado de Berlim *Oriental*."

"E daí?"

"Um alemão oriental não pode simplesmente enviar um pacote para os Estados Unidos. Isso é crime de lesa-pátria. Quem mandou isso provavelmente trabalha para o governo ou para a Stasi. O que tinha no envelope?"

"Uma fita de vídeo de um cara transando com uma galinha."

"Tipicamente alemão", ela disse.

Em breve eu viria a saber que para um alemão qualquer coisa que envolva perversão sexual, pontualidade, obsessão compulsiva e referências oblíquas a um mal-estar nacional profundamente enraizado era "tipicamente alemão". Claro, para mim não eram esses conceitos e comportamentos que eram tipicamente alemães, era o reflexo de caracterizar essas coisas como "tipicamente alemãs" que era tipicamente alemão.

Perguntei a Doris se ela sabia quem era Charles Stone. Ela encolheu os ombros e pediu uma descrição dele. Eu disse: "Negro... músico... mais velho", e só aí percebi que estava descrevendo metade da clientela do bar e que não sabia qual era a aparência do Schwa.

Stone não se autopromovia; nunca aparecia nas capas dos discos, não dava entrevistas nem posava para fotos publicitárias.

Doris lambeu a ponta de um dedo e tirou uma minúscula partícula negra do meu copo.

"Ei, não se preocupe", ela disse, rolando a sujeirinha preta quase microscópica entre os dedos. "Se o sujeito é negro, ele vai aparecer aqui mais cedo ou mais tarde. Todos eles vêm aqui. Você, por exemplo."

Por um segundo entrei em pânico. E se ele não for preto, pensei. Não que isso importasse; na verdade meu respeito por Wolfman Jack, Johnny Otis e Pete Nice e MC Serch do 3rd Bass só aumentou quando descobri que eles eram brancos. Parte de mim esperava que o Schwa fosse branco; talvez ele fosse mais simpático, menos amargo que aqueles negros do Slumberland.

Girei no meu banquinho e olhei por cima do meu nariz largo para aqueles caras. Obrigado, ó minha coleção de discos, por não me deixardes ser como eles, pensei.

Isso era Berlim antes da queda do Muro. Hedonismo apoiado pelo Estado. Cada noite de sexo casual, um pôster de propaganda para a liberdade democrática e o empoderamento do Terceiro Mundo. Na minha cabeça fiz um voto de jamais ser como aqueles guerreiros do sexo que subsistiam apenas de seu exotismo. Esses homens da diáspora que sorriam humildemente enquanto *Fräulein* libertinas debatiam quem era o "verdadeiro negro": o africano altivo com suas cicatrizes tribais, o machismo e os olhos penetrantes, ou o negro confiante americano, marcado por cicatrizes emocionais, xenofobia e beleza física. Essa era uma época em que uma mulher branca, quando via um negro, chacoalhava as chaves do carro na cara dele. A resposta usual do macho era pegar as chaves e levá-la para casa dirigindo o carro.

Do meu lado uma *Grossmutter* enfiava a língua na garganta de um africano com metade da idade e o dobro da altura dela. Fiz minha careta de "sinto cheiro de gás" e abri caminho até o banheiro, murmurando baixinho a sabedoria de menestrel de Bert Williams.

Se a vida é um céu em tempestade,
E sinto só dor e saudade,
Quem é que mostra piedade?
Ninguém.

Embora eu seja supostamente negro — e nesses tempos de igualitarismo racial eu seja alguém —, nunca me senti mais branco, mais parecido com um ninguém. O DJ Pega Mas Nunca Devolve. Eu era o amanuense Joel Chandler Harris perambulando pelas ruas de Crioulópolis à procura de um folclore de que eu pudesse me apropriar. Eu era o virtuoso Mezz Mezzrow garimpando o filão da alma, vendendo penhores na rua 125, sapateando ao som da música mais negra do Satchmo. Eu era Alan Lomax chapinhando em pântanos fedorentos, carregando um gravador e sonhos da vida no latifúndio para tentar acrescentar cor ao blues com baixo custo. Eu era o MC Serch do 3rd Bass fazendo a minha própria versão da cara de quem sentiu cheiro de gás. Um filho de Israel, de rima fiel, branco como um tornado no céu, descendo do seu tablado e subindo no som do chegado pra desembuchar seu xibolete.

Eu sentia falta de caras como Serch e Mezz. Eu achava a introspecção lírica e o amor descarado deles pelos negros reconfortantes. Ao contrário dos republicanos de cor e dos amantes do Slumberland, eles eram traidores raciais que tinham muito a perder. Seus versos e riffs tinham a paixão de John Brown e a atitude dele em Harpers Ferry. Eles remexiam e se esquivavam com a ofuscante brancura do controle de bola de Pete Maravich, a exatidão do arremesso de Jerry West. Eu esperava contra todas as esperanças que o Schwa fosse um branco que andasse com brancos.

Chegando o inverno, a neve e o frio,
E eu com estômago vazio,
Quem foi que um prato me serviu?
Ninguém.

Além de não saber a aparência do Schwa, me dei conta de que não tinha ideia se ele estava vivo. Levando em consideração a atemporalidade do seu trabalho, a música do sexo com a galinha podia ter sido composta há vinte anos ou há vinte minutos.

Talvez alguém que sacaneei no passado estivesse esfregando o Schwa na minha cara. Me atraindo para uma cilada hitchcockiana. Do tipo em que fico andando atrás do meu proverbial rabo em busca de provas de que vi o que vi, de que ouvi o que ouvi.

Eu tinha vendido meu carro. Assinado um contrato de sublocação de um apartamento por cinco anos, e o Schwa podia estar aqui no Slumberland ou no sono eterno. Cary Grant sempre está vivo nos filmes do Hitchcock. Nem eu nem o Schwa éramos o Cary Grant.

Americanos morrem nesta cidade. Fugindo da opressão política e dos pais, eles vêm a Berlim dizendo ser caluniados e marginalizados pelos Estados Unidos, um país racista e inseguro demais para "compreendê-los". A maioria não se dá muito bem e acaba tendo mortes lamentáveis, sem sentido, alcoolizados em apartamentos pequenos de dois cômodos, achados por amigos jogados em meio aos próprios excrementos, seus fígados inchados, sua arte ignorada e tomada pelo pó.

Eu nunca fiz nada a ninguém.
Eu nunca ganhei nada de ninguém, jamais.
E até que eu ganhe algo de alguém, algum dia.
Não pretendo fazer nada por ninguém, jamais.

Slumberland. O lugar pulsava atração sexual. Meu voto contra a luxúria miscigenada logo foi esquecido. Queria alguém para apalpar minha coxa, beliscar minha bunda. Não sou um homem? Sentadas sob uma bananeira grande, duas mulheres numa mesa de canto olharam na minha direção com tal intensidade que precisei confirmar que eu não tinha um tíquete na mão e que não havia um luminoso em cima delas com o número do papelzinho informando que meu pedido estava pronto.

Slumberland. Eu já não tinha como recuar, dormindo, sonhando e morto, tudo ao mesmo tempo. Meus pés ficavam mais pesados; a cada passo dentro daquele lugar eu parecia afundar um pouco mais no chão. Eu olhava para baixo. O piso do bar estava totalmente coberto por uma camada de quinze centímetros de areia branca da praia, de tempos ancestrais.

A ruiva estava despudoradamente boquiaberta como uma criança que olha desnorteada para alguém desfigurado que passa por ela na rua. O olhar da morena era o de uma pecadora renitente que exige simultaneamente de seu senhor satisfação e salvação. Eu estava prestes a escolher a morena — pelo menos ela não estava lambendo os lábios — quando Doris me agarrou pelo cotovelo.

"Tudo bem?"

"Tudo, por quê?"

"Faz dez minutos que você está parado no meio do bar igual a uma estátua. Tá todo mundo te olhando como se você fosse doido."

Gentilmente, como uma enfermeira psiquiátrica que leva o paciente de volta para o ambulatório, Doris me devolveu ao balcão e me fez sentar.

Uma alegre canção pop afro fez os seus olhos fundos tremerem e os lábios sutis como um sussurro se contraírem num sinal de aprovação. Fela Kuti faz isso com as pessoas. Agora foi minha vez de ficar olhando. Os olhos e os cabelos dela tinham a mesma cor castanha de macadâmia macia. As marcas de expressão que o riso deixou no rosto acentuavam os zigomas altos e a mandíbula quadrada, quase brutal.

"Qual é a sua banda favorita?", ela perguntou para me readaptar ao ambiente.

"When People Were Shorter and Lived Near the Water", eu disse. "Bom, não é a minha banda favorita, mas é meu nome favorito para uma banda."

"O nome é bom, mas você já reparou que em noventa por cento dos casos bandas com nomes bons são uma porcaria?"

Gostei de Doris desde o momento em que a sua língua encostou no céu da boca. Ela soava muito agradável. O sutil ciciar fazia as fricativas sibilantes soarem ofegantes de um jeito atraente, com os Ss e os Zs semelhantes à brisa que passa por cima da areia de Venice Beach.

"Qual é seu nome de banda preferido?", perguntei.

"The Dead Kennedys", ela respondeu, e pelos dez minutos seguintes despejou nomes de bandas excelentes.

"The Soul Stirrers?"

"10 000 Maniacs."

"Ultramagnetics MCs."

"Dereliction of Duty."

"The Stray Cats."

"The Main Ingredient."

"The Mean Uncles."

"Little Anthony and the Imperials."

"The Nattering Nabobs of Negativity."

"The Original Five Blind Boys of Alabama."

"The Butthole Surfers."

"Peep Show Mop Men."

"Storm und Drang."

"The Big Red Machine."

"Ready for the World."

"The Cure."

"Um dos grandes mistérios do universo é por que bandas com nomes realmente legais dificilmente fazem sucesso."

Doris tirou o avental e sentou ao meu lado, encerrando abruptamente seu turno. Pedi algo que o cardápio chamava de Neger. Meu alemão a essa altura se limitava a uns poucos insultos e a números abaixo de mil, mas *Neger* era suspeitamente semelhante a *negro*, e quando a garçonete entregou uma mistura escura de cerveja de trigo e Coca-Cola, dois tons mais escura que minha pele, precisei morder a língua para não rir.

Eu adorava a franqueza da insolência racial da Alemanha de fins dos anos 1980. Cantores alemães negros de cabaré com nomes como Roberto Blanco e Susanne Snow cantavam em espetáculos de variedades acompanhados por pianistas com rostos pintados de preto. Outdoors nas estradas mostravam mulheres de pele escura lambendo doces de chocolate de modo provocante. Os relógios das paredes do Café Harlem, uma popular rede de bares de blues, mostravam:

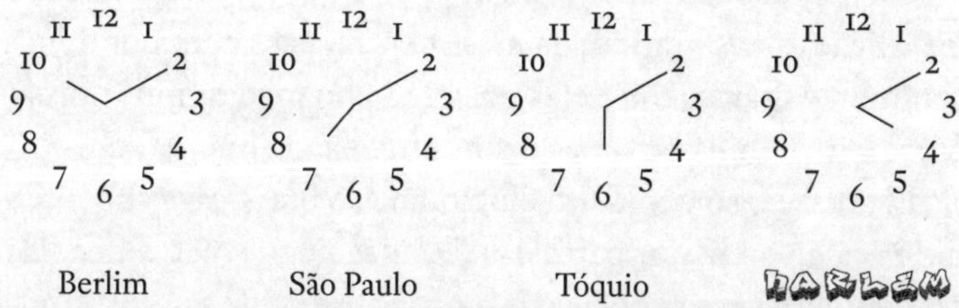

Meu Neger era gelado e surpreendentemente saboroso, mas eu tinha que saber.

"Então o que exatamente significa *Neger* em alemão?"

"Significa 'pessoa negra'", disse uma mulher que escutava nossa conversa.

"Não, não é verdade, significa 'crioulo'", corrigiu Doris. "Não tente dourar a pílula."

A conversa passou para os motivos de eu ter ido para a Alemanha. Doris escutou com paciência, e sem nenhum traço de vergonha me explicou que ela também "conhecia biblicamente" ou conhecia alguém que "conhecia biblicamente" todo negro que pôs os pés no Slumberland nos últimos dois anos, e que nunca ouviu falar de nenhum Charles Stone, nem conheceu alguém com esse nome.

Um cliente pôs uma moeda no balcão. A oscilação metálica entre o som alto repentino e o nada é algo belo de se ouvir. Imagino que, de muito longe, nossa galáxia soe como uma moeda de cinquenta centavos derrubada num balcão de sorveteria. Escrevi meu número de telefone numa bolacha de papelão e joguei tanto isso quanto uma moeda de cinquenta pfennig para Doris. Ela enfiou a bolacha na bolsa e perguntou para que era o dinheiro. Disse para ela ligar para o número que lhe dei.

"Mas você não está em casa."

"Putz, sério?"

Ela pegou o telefone vermelho do bar, depositou a moeda e fez a ligação. Os brancos da mesa central passaram por mim a caminho da saída. Um deles pôs a mão no meu ombro e disse: "Você é de família boa. Família muito boa, dá pra perceber".

Ele disse isso como um elogio, mas o que ficava subentendido era que a maior parte das famílias negras não é boa. Minha tendência era concordar, porque até onde eu saiba toda família é meio fodida.

Doris voltou do telefone espantando o cara como se fosse uma mosca.

"'Pois o crioulo crioulava todo dia.' Que tipo de recado de secretária eletrônica é esse?"

Expliquei que era o Schwa apresentando uma música dele, que era uma brincadeira com uma citação de Shakespeare: "Pois a chuva chovia todo dia". "A gente está tomando esses Negers, ouvi a moeda cair na mesa. Sei lá, achei que talvez você reconhecesse a voz."

"Então essa era a voz do tal Schwa?"

"Isso."

"Bom, nunca ouvi antes, e se a música depois dessa coisa do crioulo que crioulava também é desse Schwa, você realmente tem que encontrar o cara."

Não sei quantos Negers tomei naquela noite, mas me divertia tanto pedindo a cerveja quanto tomando. "Me veja dois crioulos!", eu gritava para a garçonete. "Quanto custam dois crioulos? Vou tomar um gim-tônica, a moça quer um crioulo grande."

Oito horas depois acordei com Doris no quarto assistindo à tevê de olhos fechados. Ela estava enrolada num roupão felpudo que eu nunca usava e rebobinando o vídeo do sexo com a galinha. Liguei o aquecedor e sentei ao seu lado. O videocassete zumbiu e deu um salto, parando desajeitado. Ela apertou o play.

"Faz quanto tempo que você acordou?"

"Não sei, uma hora acho. Você escuta essa música e perde a noção do tempo."

Doris se curvou em posição fetal e pôs a cabeça no meu colo. Depois de cada frase que o Schwa tocava, ela murmurava algo sobre harmonia, coloração e Stravinsky. Passaram cinco minutos antes de ela começar a sacudir a cabeça descrente e a fazer caretas a cada vez que meu estômago roncava.

"Consegui", Doris disse, falando perto do meu umbigo.

"Conseguiu o quê?"

"Uma vez na tevê ouvi uma dona de casa americana falar do encontro que teve com um óvni. Ela falou a bobajada de sempre — 'um objeto brilhante no céu', 'velocidade inacreditável' —, mas aí disse que a espaçonave piscou com uma cor que ela nunca tinha visto antes, e foi embora. Desde então tento imaginar uma cor que nunca tenha visto antes. E agora consegui. Era a música."

Ela abriu os olhos. Eram de uma cor que eu já tinha visto.

"Mas se a gente encontrar o cara, ninguém vai comprar a música."

"Por que não?"

"É boa demais. É um excesso."

"Imagina, as pessoas estão esfomeadas por essa música."

"Exato, mas quando você passa fome por muito tempo, se comer demais, morre."

Doris cravou os dentes no meu mamilo. Aumentei o volume até uma altura ensurdecedora que sem dúvida violava as leis de silêncio berlinenses para um domingo de manhã. Ninguém reclamou.

3

Deixei de lado a busca pelo Schwa enquanto Doris e eu tínhamos uma noite de sexo casual que durou o mês e meio em que o proprietário do Slumberland estava de férias. A gente nunca chegou a se conhecer de fato. Exceto por um gosto por comédias-pastelão, a única coisa que a gente realmente tinha em comum era a admiração pelo Schwa.

Nossos momentos mais íntimos foram jogando partidas preguiçosas de gamão e ouvindo os discos dele. Assim que a música acabava, a briga começava. Minhas tendências calvinistas e o sombrio estoicismo germânico dela colidiam como duas crianças de jardim de infância brincando de dança das cadeiras e tentando espremer seus traseiros para os dois caberem na última cadeirinha de plástico, tínhamos discussões enfurecidas sobre a frequência dos meus banhos e a recusa dela de deixar o termostato acima de quinze graus mesmo no auge do inverno.

Doris, claro, põe a culpa do nosso rompimento na frequência e na duração dos meus banhos. Aos seus olhos eu sou um fanático religioso que toda manhã toma um banho quente batismal em louvor aos deuses Proctor e Gamble. Minha "obsessão" por limpeza simboliza duzentos e cinquenta anos de hipocrisia americana. Se minhas unhas são limpas, minha alma é pura e tem cheirinho de detergente. Sou cem por cento um puritano americano. Um americano imaculado.

Doris: Seus americanos malucos, certinhos. Sabe qual é a diferença entre "nadar" e "nadar pelado" na Alemanha?

Eu: Não.
Doris: Nenhuma!

Na nossa última noite como casal, Doris sentou no chão de seu amplo iglu impecavelmente mobiliado, embrulhada em três camadas de blusas baratas, resolvendo uma discussão que tivemos mais cedo sobre o virtuosismo de Chico Marx ao piano, fazendo uma lista de pianistas em ordem descendente de grandeza, enquanto eu lavava a louça e olhava o sapo plástico que tinha um termômetro no lugar da coluna grudado na janela da cozinha com uma ventosa.

Eu jamais seria capaz de explicar a frugalidade termal de Doris. Sabia que ela tinha herdado aquilo dos pais, que, sendo criados na austeridade-de-batatas-mofadas da Alemanha no pós-guerra, se certificaram de que ela tivesse um respeito saudável por confortos materiais como calor, roupas, sal e pasta de dente. Ela não era mão de vaca. Muitas vezes gastava uma grana com supérfluos que depois tratava como crianças adotadas. Ela colocava gasolina comum na BMW sedã Série 7 e punha as blusas de seda na máquina de lavar. Tomava vinhos caros em copos de papel. Usava artefatos africanos como pesos de porta e tinha um sistema de aquecimento central de última geração, capaz de aquecer o piso do banheiro e os porta-toalhas, mas cujo termostato era tão intocável quanto uma instalação nuclear norte-coreana.

"Doris, está oito graus aqui. Você sabe quanto isso dá em Fahrenheit?"

"Uns cinquenta graus."

"Cinquenta e um ponto oito para ser exato, que é a temperatura em que os negros ficam malucos. Em 1967, quando meu tio Billy recusou uma bolsa na UCLA e se voluntariou para ir para o Vietnã, estava oito graus Celsius. Naquela manhã azul de céu limpo tipo 'Me-leve-de-volta-pra-Velha-Virgínia', quando Nat Doido Como uma Raposa Turner olhou diretamente para um eclipse solar e decidiu matar ali mesmo todos os brancos do mundo, estava oito graus Celsius. No *Rocky II*, quando o Apollo Creed concorda em conceder uma revanche na Fila-Foda-Me-a-Délfia, a terra natal do Rocky, estava oito graus Celsius, cinquenta e dois putos graus Fahrenheit."

Doris e o cacarejar da música do sexo com a galinha se esgueiraram e me agarraram por trás. Ela aninhou a cabeça entre meus ombros e correu a mão por baixo da minha camiseta. Fazia três dias que Doris não tomava banho, mas ela estava quente.

"E você, negão", ela disse torcendo meu mamilo com as unhas, "como você vai enlouquecer nesta noite de oito graus Celsius? Talvez você fique doido a ponto de finalmente me chupar, hein?"

"Eu podia, mas você tem esse cheiro."

Ela desabotoou as blusas e tirou a camisa por cima da cabeça. Um cheiro acre vulgar, quase úmido, fechou a minha garganta.

"Meu cheiro é ruim?", ela perguntou.

Pus a mão em concha e sacudi o ar como um chef empurrando os vapores da sopa *du jour* em direção às narinas.

"Tem um cheiro, mas não é um cheiro ruim. Tipo um cheiro de fruteira com bastante fruta podre."

Nós dois paramos para ouvir um movimento feliz da música do sexo com a galinha. Doris pegou a primeira página de sua lista, esfregou nos sovacos peludos e passou para mim. Segurei com cuidado porque um único pelo de sovaco, longo o suficiente para dividir em dois o pianista número 9, Wolfgang Amadeus Mozart, como um corte feito por um editor, estava grudado na página com uma cola natural de suor e poeira.

"Cheire", ela mandou.

Pus a ponta do nariz sobre Mozart e inalei. A página cheirava a noz-moscada e parafina com um toque de gordura fresca de bacon. Procurei no resto da página para encontrar o nome de Chico Marx. Não estava ali. Na minha lista ele estava logo atrás de Fats Waller e na frente de Chopin. Doris tirou o sutiã e deslizou a página número 2 pelas dobras suadas dos seios. A umidade borrou Debussy, Jerry Lee Lewis e Dave Brubeck. Era um compêndio realmente excelente. O cheiro era o de um casaco com naftalina no primeiro dia frio de inverno. E nada ainda do Chico Marx. Passamos uns cinco minutos nisso. Ela arrancava uma página, lambia, esfregava no topo da cabeça, passava entre os dedos dos pés, nos pentelhos, na parte de trás dos joelhos. Cada página tinha um cheiro diferente. Cada parte do corpo e cada zona erógena exalando seu próprio aroma, cada pianista e tecladista emanando sua fedentina azeda singular. Mary Williams, Nat King Cole e o cotovelo direito de Doris cheiravam a salada de *hijiki*, os caramelos da minha vó invariavelmente grudados no embrulho e *Kutteln* fervido. Ray Manzarek, Thelonious Monk e a parte interna da coxa evocavam borracha queimada e refrigerante diet sem gás. Stevie Wonder, Glenn Gould e a nuca fediam a pizza velha, aquelas pastilhas azuis de desodorizador de urinol e os eucaliptos do Laurel Canyon. Doris deslizou a última folha de papel pela fenda da bunda e lá, no pé da página, entre Andreas, o sobrinho dela de doze anos, e Schroeder, o fanático pianista que tocava Beethoven nos desenhos do Charlie Brown, estava Chico Marx, cheirando a cu e a papel higiênico "não perfumado" de folhas duplas; mesmo assim tive uma ereção incontrolável.

O Schwa estava quebrando tudo e de repente entendi por que Doris, uma mulher que amava incondicionalmente a música, mantinha o apartamento tão frio. O frio aguçava os sentidos. Eu não só ouvia a música, podia tocar nela, ver e sentir seu gosto. Meus ouvidos subitamente eram biônicos, e se me concentrasse e fizesse o efeito sonoro *didudidudidudid* da Mulher

Biônica, eu ouvia o saco distendido do sujeito batendo na plumagem brilhante da barriga da ave. Dava para ouvir a respiração do Schwa. Ver as bolinhas iridescentes do som flutuarem ao sair do alto-falante e explodirem de repente em pleno ar como bolhas de sabão cheias de música. O frio eletrificava minha pele como a cerca elétrica de uma prisão; as notas reluzentes que aterrissavam na minha pele cintilavam e chiavam. Eu girava a música na boca, isolando suas doces complexidades como se fossem um Château d'Yquem envelhecido furtado das prateleiras do Trader Joe's e ingerido entre bocados de batatas fritas com queijo. Eu não conseguia cheirar a música. Doris e seu odor corporal estavam pendurados em meu pescoço e mordiam meu lábio. Há algo belamente taoista num beijo em que uma das pessoas está nua e a outra, vestida.

"Eu tenho um cheiro?", ela perguntou.

Fiz que sim com a cabeça. Nos beijamos outra vez.

"Que bom", ela disse.

Trepamos. Intermitente e apaixonadamente, e depois de um tempo nós dois fedíamos. O suor frio fazia nossos corpos grudarem no piso de linóleo e um no outro. De costas para mim, Doris se apoiou nos cotovelos. As páginas 2 e 5 da lista presas aos ombros como asas de anjo deformadas.

"Sabe, se alguém levantasse depois de fazer amor comigo e tomasse banho como fazem nos filmes americanos, eu matava."

Arranquei as suas asas amarrotadas. Lá estavam Liberace, Neil Sedaka, Prince e Brian Eno classificados à frente de Tom Waits e Art Tatum. A música do sexo com a galinha tinha acabado. Só havia o zumbido da geladeira e o tique-taque oscilante do rabo do relógio Kit-Cat. Estávamos fadados a brigar. *Liberace?* Foi nossa última discussão. A colisão inevitável entre o puritanismo americano e o pragmatismo alemão. Eu devia saber desde o começo que não tinha como dar certo. Nós dois gostávamos de hip-hop, mas ela era estritamente

Queensbridge, uma defensora de MC Shan, Marley Marl e Roxanne Shanté. O meu negócio era a BDP, Boogie Down Productions. KRS-One, um Capuleto jurado contra o Montéquio de Queensbridge dela.

Doris agarrou meu pênis e me puxou para mais perto e, sem se virar, perguntou: "Por quê?".

"Por que o quê?"

"Por que nos filmes americanos eles fazem tanto barulho quando se beijam?"

Encolhi os ombros e enfiei meus pés gelados entre as suas batatas da perna carnudas.

"Quanto mais barulho, mais saliva, mais estrondoso o beijo, maior a paixão? É isso?"

Liberace. Prince. Schroeder. MC Shan. Puta que pariu.

"Ferguson?"

"Que foi?"

"Você me ama?"

Levei a pergunta a sério, mas me senti como Schroeder no piano de brinquedo, exasperado com a persistência de Lucy van Pelt e com o olhar sonhador nos olhos negros levemente irritados.

Você me ama?

Nunca me apaixonei. Sempre achei que amar era como ler *Folhas da relva* num parque cheio de gente no Westside numa tarde ensolarada de terça-feira, tendo que conter a necessidade de compartilhar a sua felicidade com o mundo ao redor a cada virada estonteante de página. Por "compartilhar" não quero dizer citar a máquina de ritmos da poesia de Whitman para um grupo de estranhos que estava à espera de anúncios de seleção de elenco no Sindicato de Atores Cinematográficos, mas sim querer gritar: "Eu estou lendo Walt Whitman, seus bundões arianos californianos infelizes desempregados, rasos, levando-o-cachorro-no-colo-achando-que-isso-

-é-passear-com-o-cachorro, com-vincos-de-sofá-impressos-na-bunda, pentelhos-de-produtores-associados-na-língua, designers-perambulantes-empurrando-o-carrinho-do-bebê-que-você-e-a-sua-esposa-troféu-de-Bel-Air-tiveram-inserindo-o-esperma-que-outro-cara-ejaculou-num-banco-de-esperma-no-útero-de-uma-barriga-de-aluguel-porque-você-e-o-teu-benzinho-estavam-ocupados-demais-com-suas-carreiras-não-existentes- para-trepar! Eu estou lendo Whitman! Foda-se o lébrel-irlandês com pedigree cem por cento puro de vocês! Foda-se o bebê branco, anglo-saxão e protestante de vocês com a babá das Índias Ocidentais! Foda-se a au pair norueguesa que não é tão gostosa quanto você esperava! Eu estou lendo Whitman, expandindo minha mente e me fundindo no universo! O que vocês fizeram hoje? São dez da manhã, você sabe onde o seu traficante de cocaína está? Você olhou pras folhas da relva? Não? Eu bem que imaginei!". Era assim que eu achava que o amor seria. Ler Whitman e conter o impulso para não expressar a sua superioridade estética.

Doris virou para ficar de frente para mim, as bochechas calcificadas por córregos de lágrimas.

"Você me ama, Ferguson?"

"Não."

Ela soltou meu pênis e subiu em mim, encostando a testa em minha têmpora. Uma lágrima escorreu por sua bochecha e caiu na minha. Não me importei de secar.

Por quê? Ela ficava perguntando sem parar. Por que, se eu não estava apaixonado, por que estava com ela? Eu disse a verdade. Provavelmente a primeira vez que fui totalmente sincero na vida. *Eu estava sozinho*. Ela ergueu a mão e eu recuei, esperando me desviar de um tapa; em vez disso, Doris tocou no meu rosto com uma suavidade que nunca teve antes. "É uma resposta razoável", ela murmurou. Não rogou pragas. Não exigiu que eu devolvesse coisas que joguei fora sem contar para ela. Não postou por vingança minha foto pelado, meu número de telefone nem fantasias devassas em sites de encontros para gays. Doris simplesmente devolveu a música do sexo com a galinha, perguntou se eu queria ir ao cinema na quinta e se ela podia me ajudar a encontrar o Schwa.

O vigia da Amerikahaus tem razão. Berlim é o paraíso.

4

No meu primeiro dia de trabalho, Thomas Femmerling, o proprietário do Slumberland, fez duas coisas: me deu as chaves do bar e me ensinou o jeito certo de servir uma cerveja Pilsen.

"São necessários exatamente sete minutos para *ein gutes Pils*", ele disse, me passando um copo efervescente de cerveja com um colarinho tão espesso que podia sustentar uma moeda de um dólar. "E imagino que leve o mesmo tempo para servir uma boa cerveja e pelo menos sete ou oito meses para programar um bom jukebox, então não tenha pressa, sr. DJ. Leve o tempo que precisar." Depois ele tirou a moeda da minha cerveja e me deixou cuidando das minhas coisas.

Em geral bares são lugares deprimentes, mas especialmente às oito e meia da matina de uma serena manhã de segunda-feira. E ali estava eu, sozinho e sem tomar café da manhã, bebendo uma cerveja de sete minutos, incapaz de bloquear a desconcertante tagarelice das crianças saltitando felizes a caminho da escola.

O jukebox do Slumberland era uma Wurlitzer SL-900 novinha em folha. Fora da tomada, ela estava ali, escura e sem vida, na parede oposta. Imediatamente simpatizei com a máquina, por me fazer lembrar de como eu era anos atrás: uma criança negra recém-nascida que chegou ao mundo obsoleta e fora de moda. A maldição da SL-900 era tocar compactos de quarenta e cinco rotações e não os CDs que começavam na época a ganhar participação de mercado. Em duas semanas a máquina era uma antiguidade. Mesmo assim, ela ainda era impressionante e intimidadora, e me aproximei da nobre máquina com a cautela reverente de um guarda-florestal ao se aproximar de um urso-pardo sedado.

"Calma, menino. Tranquilo, vai ficar tudo bem."

Abri a tampa e contei cinquenta espaços para discos. Espaço bastante para cem canções, aproximadamente treze horas de música contínua. Isso significava que eu precisava bolar uma playlist de cinquenta músicas tão compatíveis entre si a ponto de qualquer faixa poder suceder, preceder, complementar, suplementar e competir com qualquer outra faixa num fluxo perfeito. Também tinha que levar em conta cinquenta lados B adicionais. Músicas que podiam ser menos conhecidas mas que, caso fossem postas por engano para tocar, não iam interromper bruscamente as manobras de sedução miscigenada da fauna do Slumberland, e quem sabe até pudessem apresentar a um ouvinte de funk bêbado algum clássico do James Brown que não fosse "Papa's Got a Brand New Bag". Eu precisava de músicas que fizessem a clientela de homens negros do bar se sentir importante, inteligente e, sim, superior. Músicas cujas complexidades e subtextos seriam explicadas por eles para as *Fräulein* sem que se sentissem traidores das mães e esposas Negras que deixaram para trás para labutar nas estepes do Serengeti e do Amana. Eu precisava de músicas que falassem ao crioulo interior da mulher branca. O crioulo que tinha tanto em comum com esses homens derrotados e delirantes, a mulher branca crioula bipolar que há em todos nós e que precisa ser venerada, seduzida e às vezes surrada.

Sempre disse que era possível defender a tese de que a mulher branca é o personagem mais caluniado do planeta. Como Pandora e Eva, as mulheres brancas foram postas como paradigmas de virtude e beleza só para serem injustamente culpadas pelos males do mundo quando decidem descer do pedestal para fazer aquilo que achavam ter direito e agir como humanas.

Sim, o jukebox do Slumberland seria recheado com canções pop perenes, bebop sui generis e soul de Memphis. Seria uma biblioteca musical de cinquenta pfennig capaz de ministrar esperança estereofônica e salvação para os oprimidos desde o Harlem até Wiesbaden. Ajudaria altivas mulheres alemãs a parar de se sentir superiores e os homens negros desanimados da diáspora a começar a se sentir assim.

Não ia ser como gravar uma fita cassete para uma paixonite de tempo de escola cheia de músicas lentas, raps politizados, James Taylor, jazz sacarinado e coisas tipo Rainstorm Interlude. Eu precisava programar aquele jukebox para que ele fosse eu discotecando em piloto automático. Transformá-lo no meu duplo eletrônico piscando suas luzes de arco-íris, soprando suas bolhas de plástico e o som que era a minha marca registrada. Ecletismo do tipo "Caralho, levanta essa bunda daí e vem dançar". Eu só precisava encontrar o disco que ia fazer a festa começar. Fazer a mulherada dizer "Wow", os homossexuais dizerem "Ei", e os céticos dizerem "Foda-se".

Tomei um gole da minha cerveja, a segunda melhor cerveja que já tomei,* e fiz a pergunta que imagino que todo grande artista se faz antes de começar seu processo criativo: "Existe um Deus?". Pesei os argumentos a favor (surfe havaiano, suco de uva Welch, coalas, calça Levi's usada, a aurora boreal, a perua da Volvo, as montanhas rochosas do Canadá, Godard, bolas de futebol americano da Nerf, o sorriso da Shirley Chisholm, conta bancária sem tarifa e o Woody Allen) e os contras (moscas, Alabama, religião, chihuahuas, donos de chihuahuas, a comida da minha mãe, turbulência de avião, LL Cool J, segundas-feiras, o tédio que deve ser a vida no Paraíso e o Woody Allen), não tanto para comprovar a existência ou a inexistência de um todo-poderoso

* A primeira foi uma latinha de Budweiser que levei escondida para um evento de arrecadação de fundos da ONG Mães Contra o Álcool na Direção.

impotente, mas sim para entrar num processo de pensamento cada vez mais embriagado e cheio de tagarelice consciente que permitisse que uma ideia aparecesse quando eu não estava tentando encontrá-la. Depois de uns vinte minutos disso eu estava mais perto do que qualquer outro graduado em biblioteconomia jamais esteve de comprovar a inexistência de Deus,* mas não estava mais perto de programar o jukebox. Eis como trabalha um ateólogo amador e sommelier profissional de jukebox.

Squiiiic.

De lá de fora do bar veio um guincho cauteloso, quase tímido. *Squiiiic.*

Subi a persiana de bambu para investigar e, para nossa mútua surpresa, vi um menino assustado escrevendo no vidro coberto de orvalho com a ponta do dedo. Ele piscou uma vez, sorriu, depois continuou seu grafite de condensação. Embora não tivesse terminado, era óbvio o que ele estava escrevendo: "*Ausländer raus!*" — Fora estrangeiros! — no vidro. Ninguém nunca escreve: "*Ausländer, Bleibt! Wir brauchen, mögen und schätzen die kulturelle Vielfalt, die ihr uns durch eure Anwesenheit schenkt*". Fiquem, estrangeiros! A diversidade cultural que sua presença nos oferece é necessária, bem-vinda e respeitada. *Ausländer raus* é uma frase normalmente associada a skinheads racistas depois da reunificação da Alemanha; na verdade, a frase era popular na Alemanha bem antes de Ronald Reagan depositar flores em túmulos de nazistas em Bitburg e exigir

* 1. Se Deus existe, então ele/ela/seja-lá-o-que-for é perfeito pra dedéu.
2. Se Deus existe, então ele/ela/seja-lá-o-que-for criou o Universo.
3. E se Deus é perfeito, o Universo deveria ser perfeito.
4. Porém o Universo não é perfeito, como evidenciam o argumento toscamente ilusório e a condição patética de tudo que é contemporâneo.
5. Pra falar a verdade, se Deus existe, então não haveria necessidade de afirmações do tipo se/então.
6. A não ser, é claro, que a afirmação se/então seja Deus.

que Gorbatchóv derrubasse o Muro de Berlim. No entanto, não foi a xenofobia do garoto que me intrigou: foram os guinchos que o dedo dele fazia ao escrever no vidro. Aquilo me lembrou um som que eu não lembrava exatamente o que era, e saí para escutar melhor.

Bem quando estava dando os toques finais em sua ignorância pública, o menino me viu chegando e tentou escapar. Ele carregava o peso da mochila, e por isso foi fácil correr mais do que ele e obrigá-lo a voltar até a janela. Ele obedientemente ia apagar seu trabalho, mas eu o impedi.

"*Nein. Nein*", eu disse, agitando o dedo diante do seu rosto apavorado. "*Bitte ende.*" *Por favor, termine*. Pus a mão dele no vidro e ele timidamente completou a frase, as letras guinchando alto e numa perceptível escala menor de blues que reconheci como sendo Dó menor, mas cujos timbre e cor ainda me escapavam. Quando o pequeno xenófobo fez o longo traço para baixo do ponto de exclamação, lembrei. Os guinchos soavam exatamente como o sax tenor de Oliver Nelson em "Stolen Moments". Eu tinha a primeira música para o jukebox.

"Stolen Moments" é a assinatura de Oliver Nelson, uma música que considero o melhor jeito de criar um clima; é um aperitivo clássico do jazz. Muitas vezes, quando toco em festas underground mais agressivas de hip-hop ou punk, depois de três ou quatro músicas especialmente violentas, os moshes passam a lembrar pequenos conflitos preliminares num campo de batalha da Idade de Bronze, as janelas do galpão tremem, a agulha do toca-discos pula, as mulheres ficam com aquele olhar amalucado de "Eu apoio o pogrom", e sei que a festa está a uma ferroada do Wu Tang Killa Bees ou a um acorde de peso do Bad Brains de se transformar em Attica, e então toco de quinze a vinte segundos de "Stolen Moments" para aliviar a tensão, manter a paz. A beleza incongruente da faixa gera aquela melancolia existencial irônica da canção natalina que vem do acampamento inimigo do outro lado do rio coberto pela neblina num filme de guerra banal. "Stolen Moments" é aquele tipo de intrusão, uma pausa na briga, um tempo para terminar o que você estava bebendo e perdoar e esquecer. O pessoal sabe que estou oferecendo um descanso da realidade ao conceder uma moratória presidencial às execuções de prisioneiros condenados à morte antes de atacá-los com o próximo falsete fodam-se-vocês-todos do Mobb Deep, o próximo tiro do Bounty Killer ou o próximo grito angustiado de dilacerar a alma do Biohazard antes de se vender.

Eu sabia imediatamente que "Stolen Moments" ia ser a música-assinatura do Slumberland; uma canção suave de andamento médio que ofereceria um pano de fundo lânguido, pegajoso, quase úmido para uma atmosfera já carregada sexualmente. Caso uma fêmea não se excitasse com um pavão tanzaniano abrindo as penas de seu rabo, a música ia adicionar o esplendor pavonino das calças verde-oliva de poliéster, da camisa de seda roxa e dos sapatos de couro curtido de marca. Quando a leoa de Berlim Ocidental se movesse suavemente pelo ambiente exibindo seu corte de cabelo desfiado, perseguindo a sua presa, a flauta de Dolphy ia levantar gentilmente tanto os seus peitos caídos quanto o seu ânimo, o baixo de Paul Chambers ia realçar o seu traseiro, acrescentando uma esfericidade da periferia de Detroit, e o piano de Bill Evans ia tirar o sotaque do seu inglês, colocar palavras na sua boca que ela nem sabia que conhecia e torná-la imune às bobagens egocêntricas do macho negro. Talvez um dia Doris, enquanto estivesse reabastecendo o bar, ouvisse a música e me perdoasse por roubar seus momentos. Sei que ninguém escreveu ainda a música que me permitisse perdoar a mim mesmo.

O menino pôs o pingo no ponto de exclamação e agradeci. "*Ausländer raus!*" nunca soou tão bonito. Voltei para dentro para terminar minha cerveja e ver o sol apagar o insulto dele.

5

Na Alemanha os bares não fazem happy hour. Fazem a hora do húbris. A hora do húbris pode acontecer a qualquer momento. Ela acontece inesperadamente e sem aviso. Nenhum barman bate um sino às cinco da tarde anunciando que pelas duas horas seguintes você compra um drinque e leva dois, e que os conselhos sábios e a arrogância sem limites são por conta da casa. Na verdade, só sei dizer que é a hora do húbris pela mudança no olhar de Lars Papenfuss.

Lars Papenfuss é o novo namorado da Doris e meu melhor amigo. A gente se conheceu umas duas semanas depois de revelarem o novo jukebox. Ele é um jornalista freelance. Um espião de primeira que usa seu disfarce de crítico de cultura pop para sustentar movimentos ditatoriais como "trip-hop", "jungle", "Dogma 95" e "grafite" em vez de manipular governos de Terceiro Mundo. Ele assassinou mais visionários do que a CIA, mas quando nos conhecemos ele estava ávido para ser aceito.

"Por que você está me olhando assim?", ele perguntou.

"Porque você está engraçado."

"Engraçado como?"

"Você parece orgulhoso."

"Então devo estar engraçado mesmo."

Eu só tinha visto o sorriso vaidoso de um alemão uma vez. O CitySports Bar ficou aberto até alta madrugada para os moradores de Charlottenburg poderem ver Graciano Rocchigiani disputando o título dos meios-pesados em Las Vegas. Esses lendários boxeadores alemães nunca lutam fora da Alemanha e raramente são de fato alemães, mas "Rocky", como seus conterrâneos carinhosamente o chamavam, não era um polonês adotado nem um ucraniano gigantesco, e naquela noite o berlinense nativo deixou inconsciente um negro barrigudinho no calor de Las Vegas. No sexto assalto, quando a contagem do árbitro chegou a dez e o americano caiu nos braços do treinador, o fã de boxe ao meu lado, Heiko Zollner, de Wilmersdorf, se inflou de um patriotismo presunçoso que sua culpa alemã jamais lhe permitiria expressar. Ele queria dizer "Tenho orgulho de ser alemão", mas não podia, é ilegal. Mesmo pelo ligeiramente mais pudico "Sou feliz por ser alemão" ele teria de se apresentar às autoridades, sendo imediatamente condenado a uma condicional de seis meses e a uma multa pesada, além de ter de recitar as quinze primeiras linhas de um kadish em hebraico ou dar um beijo de língua num leproso.

Depois da luta Heiko e eu, bêbados, reencenamos a pancadaria tomando um jarro de cerveja espumante. Com as cascas de laranja que enfiamos na boca para servir de protetor, as mãos cortavam o vapor que subia de uma panela com ovos duros recém-cozidos. Quando finalmente cansamos, Heiko, que não conseguia mais conter seu orgulho alemão pela vitória de Rocky, ergueu uma tulipa dourada de cerveja Bitburger produzida e servida à perfeição, digna de um anúncio de revista. Ele deu um soco na mesa. "*Wie glücklich bin ich doch über dieses wunderschöne Bier heute morgen zum Frühstück*", exclamou. Como sou sortudo de poder compartilhar desse belo copo de cerveja no meu café da manhã. Esse elogio deslocado era tudo que o campeão e o país iam receber.

Lars tinha a mesma aparência de Heiko naquela noite. O rosto iluminado pelo mesmo sorriso da hora do húbris. Ele pediu uma rodada de bebidas e estendeu uma mão peluda. Ele estava ali para me entrevistar. Eu já tinha visto Lars por ali. Sentado sozinho numa mesa de canto, bebendo vinho e observando. De vez em quando ia até o jukebox, punha as mãos sobre o vidro e dava uma olhada na máquina como um mecânico que ouve o motor funcionar.

Ele tinha feito muita promoção de discos disfarçada de jornalismo musical objetivo para uma gravadora com sede em Berlim. Doris estava servindo drinques numa festa em que os fãs iam poder conhecer sua boy band favorita quando Lars pediu que ela preparasse algo diferente para ele e dissesse se tinha ouvido alguma música boa recentemente. Ela preparou um Adios Motherfucker,* depois sem cerimônia mencionou o jukebox do Slumberland. Disse a ele que os clientes do bar estavam tão impressionados com a seleção do jukebox que duas ou três vezes por noite o lugar ficava em silêncio por vários minutos, e que não era raro as pessoas mandarem os recém-chegados ficarem quietos quando falavam durante o "Drifting Blues" de Charles Brown ou pedirem para o público aplaudir um solo particularmente habilidoso de Jackie McLean.

Intrigado, Lars foi ao bar uma ou duas vezes por semana pesquisar para sua reportagem, ficando de pé sob o brilho opalescente da máquina e encostando o nariz no vidro.

Topei dar a entrevista desde que ele prometesse não dizer nem meu nome nem o nome do bar na reportagem e, mais importante, que não contasse a seus amigos picaretas sobre o lugar. A pior coisa para arruinar algo bacana é ser descoberta por críticos de rock mais velhos em busca de uma cena.

* Adios Motherfucker: Um coquetel potente e popular no gueto que a clientela americana do Slumberland apresentou a Berlim. Alerta: esse drinque é estritamente para profissionais. Nunca beba esse coquetel sozinho. Psilocíbico. Antimatéria líquida. Nem se preocupe em operar máquinas pesadas, você não vai conseguir nem acender um cigarro. O que aliás é uma coisa boa, já que a bebida é altamente inflamável.

Enquanto Lars fuçava no seu gravador antiquado, peguei meu minigravador e coloquei sobre o balcão, e respondi ao olhar de por-que-caralhos-você-não-confia-em-mim em seu rosto explicando que sempre gravo sons aleatórios e que queria gravar o som do botão do rec sendo pressionado, contando como perdi o verão entre a quinta e a sexta séries tentando apertar o rec rápido o suficiente para gravar o som dele sendo apertado.

Lars riu e disse: "Tem algo de relatividade einsteiniana nisso aí".

Gostei dele de cara. Eu gostava da palavra "einsteiniano". Gostei dele a ponto de ter inveja por ele ficar bem de gola olímpica. Sempre que usava gola alta eu andava todo duro, esticando o pescoço como se tivesse sofrido um acidente de carro e a gola fosse um jeito de esconder o colar cervical, e não uma peça estilosa saída de uma revista de moda masculina. Doris sentou com a gente.

Apertei o rec.

Lars apertou o rec.

Desliguei meu gravador e disse: "Antes de a gente começar, queria avisar que nem tudo que vou dizer é verdade".

Ele perguntou se o jukebox mudou a notória reputação do bar de ser um mercado de carne humana. Encolhi os ombros modestamente, e Doris me cutucou com o cotovelo, me forçando a contar a história da Carly Simon.

Um dia depois de o novo jukebox entrar em operação, dei de cara com uma mulher chupando um cara no banheiro. Essas demonstrações públicas weimarescas de afeto, embora comuns em bares mais barulhentos de Berlim como o Kumpelnest e o Café M, eram inéditas em lugares miscigenados. Para nós do Slumberland a eletricidade sexual tinha tudo a ver com a máscara do tabu e do estigma. Se negros e brancos se beijassem em público, a coisa perderia a graça. Azedaria o *gemütlichkeit* do fruto proibido, por assim dizer. E no entanto lá estavam os dois, ele recostado na pia, ela de cócoras diante dele, a cabeça loura viscosa se aproximando e se afastando da virilha encarapinhada e cinzenta dele, as mãos agarrando as torneiras para não cair, as mãos dele agarrando o pescoço dela para que ele tivesse influência física e psicológica. Os dois estavam gritando e cantando juntos "You're So Vain", da Carly Simon, a balada chorosa que saía do alto-falante do banheiro. Foi a cena mais romântica e mais nojenta que já vi. A cena se desenrolava como uma página arrancada de uma edição há muito tempo perdida do *Otelo*.

Ato V, Cena I

OTELO

Vede, doce Desdêmona, foram muitos os servos e os nobres que me alertaram: "Não podeis fazer de uma rameira a vossa esposa". E no entanto, sagrada esposa minha, a minha adaga não conhece outra bainha.

Se por acaso me viram, eles continuaram a cantar, e eu continuei olhando e ouvindo. Ele tinha uma voz impressionantemente boa, um esplêndido tenor ugandense com um toque do falso sotaque londrino de Mick Jagger. A voz dela, por outro lado, estava compreensivelmente mais truncada. Ainda consigo ouvir o dueto orgiástico deles.

"Sim", respondi feliz, "o Slumberland continua igual, só que diferente."

Falamos à vontade e sinceramente por horas, e a entrevista por fim terminou quando Lars perguntou com aquela estranha sintaxe fraturada que a maioria das pessoas adota quando aborda alguma crioulagem: "Como pode não ter nada hip-hop no jukebox?".

"Não tem?"

"Não."

"Acho que é porque o rap não soa bem em livrarias, bares, cafés nem em comerciais de televisão."

"Menos autêntico?"

"Tem mais a ver com a acústica. O que torna o hip-hop especial é a intimidade espacial com o ouvinte. O rap é uma música claustrofóbica que soa melhor num fone de ouvido enfiado no seu canal auditivo, no quarto de concreto de um dormitório ou num carro lotado do painel até o porta-malas com seus amigos, a música alta a ponto de o retrovisor pulsar com a batida, o baseado sacudindo pra cima e pra baixo num zigue-zague, os alto-falantes graves originais de fábrica lutando pra sobreviver enquanto o baixo ameaça estourar tanto a caixa de som quanto seu tímpano. Não dá pra tocar a música alto o suficiente aqui pra que ela tenha significado. Talvez quando o hip-hop morrer, e ele vai morrer, ele passe a ser adequado para consumo público. Dá pra imaginar ouvir Rebel Without a Pause bem baixinho, num volume discreto de música ambiente, bebericando um expresso duplo quente sem creme e pensando: 'Será que era isso que o Public Enemy queria dizer com poder negro?'."

Lars desligou o gravador. Como se tivessem recebido a deixa, os dedos estralando de Peggy Lee em "Fever" entraram caminhando altivos pelo bar, indiferentes como um gato preto, e seguidos por um vocal mimado e ronronante que se esgueirava para pular no seu colo e exigir atenção. Do outro lado do bar uma mulher corpulenta se debruçou sobre um americano com dreadlocks para fazer seu pedido à garçonete e pôr os seios cobertos de angorá na cara dele. Depois de fazer o pedido, ela ajeitou o cabelo atrás da orelha e começou a estralar os dedos para marcar o tempo. Ela não estava me deixando com febre, mas a mulher sentada do outro lado do sujeito com os dreads ficou excitada e disse para ela se afastar.

Lars assistia à cena, curioso, batucando com a caneta no balcão, quando de repente virou a cabeça na minha direção e disse:

"Charles Stone"

Não sei como pontuar o que ele disse. Não há como classificar sua intenção, pois ele falou sem qualquer intenção. Aquilo saiu mais como algo dito por alguém com síndrome de Tourette. O que podia ter levado o sujeito a falar o nome do Schwa, minha mirrada e cada vez mais fútil *raison d'être*, sem qualquer razão aparente?

"Charles Stone"

Dessa vez as palavras balançaram no ar como a placa do nome de um lojista numa sinistra brisa da Londres de Charles Dickens. A única característica definidora das palavras, além da pronúncia sem acentos, foi o tom, um tom que tinha um toque da ansiedade do espião ao abordar um contato em potencial com o fragmento inicial de uma frase críptica em código.

"Charles Stone"

Eu não sabia a resposta adequada. Durante o Dia D, soldados aliados rastejaram e se encolheram em meio aos arbustos franceses, fazendo o melhor que podiam para evitar se tornar vítimas do fogo amigo, gritando "Trovão!" um para o outro e para qualquer coisa que se movesse. O único jeito de algo amistoso como cachorros, nuvens e recrutas apavorados não se tornar alvo era responder ao "Trovão!" prontamente com um "Relâmpago!" — de preferência falado em forte dialeto texano.

Eu estava com medo de dizer o que quer que fosse. Olhei para Doris implorando ajuda, mas ela pediu licença para consertar uma máquina de refrigerante que tinha ficado sem gás. Talvez "Charles Stone" fosse o "Alto! Quem vem lá?" do crítico musical. Todos nós temos testes que usamos quando vamos a um jantar. Perguntas orais padrão sobre cultura pop que fazemos a uma pessoa razoavelmente atraente que está com a boca cheia de ovos apimentados para descobrir se vale a pena passar a próxima meia hora com ela, quem dirá o resto da vida. Meu teste de compatibilidade é "Tom Cruise". Detesto gente que detesta o Tom Cruise, autômatos culturais que ao ouvir o nome dele recuam por reflexo e dizem que esse tespiano diminuto e cientologista de nível teta é "maluco" e "um péssimo ator". Eles detestam o Tom Cruise porque ele é facilmente detestável. Pensam que desprezar a falta de personalidade e a suposta falta de talento dele é uma espécie de ataque ao Anschluss branco que os americanos fizeram com o resto do mundo. Tom Cruise pode na verdade ser o Cristovão Colombo do século XX, enviado pelos reis de Hollywood para provar que o novo mundo da Bilheteria Internacional não é chato, e para encontrar uma rota direta para o mercado asiático, porém o declínio de tudo não é culpa dele; ele é apenas um explorador cinematográfico e um ator bom pra cacete. E detestar o Tom Cruise não te torna um insubordinado — te torna cúmplice.

Talvez Lars Papenfuss estivesse esperando que eu dissesse a coisa errada para poder me considerar indigno do reconhecimento alemão e da generosidade social-democrata que o acompanhava, me levar para fora do bar e me fuzilar.

"Charles Stone."

Agora havia um ponto. Uma pontuação de suspeita colocada ali porque minhas sobrancelhas continuavam se curvando em ângulos malucos enquanto eu tentava manter um olhar estupefato.

"Charles Stone."

Ignorei Lars. Concentrei minha atenção no americano de dreadlocks e nas duas mulheres. Ambas estavam fascinadas por ele. Cada pausa na história que ele contava era seguida por um suspiro e um sincero: "Tá vendo, eu sou do gueto...". De um jeito brincalhão, ele enfiou pretzels no dedo anular das duas e pediu a mão delas em casamento. Respondendo com sins que não pareceram tão divertidos quanto elas pretendiam originalmente, as duas riram e beijaram a bochecha dele. Eu tinha algo a ver com aquilo. Daqui a alguns anos quando uma dessas mulheres, possivelmente as duas, estiver pegando o filho do cara com os dreads, quando ele terminar de deslizar no escorregador, e respondendo à pergunta "Como o papai era?", vou olhar nostálgico, através da cerca metálica, para os filhos das duas, felizes, cor de caramelo, comendo schnitzel, e dizer para mim mesmo: "Eu e a Peggy Lee temos algo a ver com isso".

"Fever" da Peggy Lee acabou, e durante a mudança de discos um silêncio tenso tomou conta do bar. O sujeito com os dreads começou mais uma frase com sua marca registrada "Tá vendo, eu sou do gueto...", só que dessa vez foi silenciado pelas duas mulheres. Elas se recostaram nos bancos, orelhas em pé voltadas para o salão principal. Queriam ouvir o que viria a seguir. O cachorro ofegante que era o leitmotiv do "Atomic Dog" de George Clinton saiu correndo feliz pelo bar, fazendo com que eu e pelo menos metade dos outros bêbados levantasse das cadeiras e passasse para o chão coberto de areia. Ali mudávamos de forma e nos metamorfoseávamos a cada vez que passávamos de uma pose funkeada para outra. O funk, e nada além do funk, transbordava de nós como um ferro de passar, alisando com o auxílio do vapor o universo do Slumberland, que se transformou em uma única dimensão livre de vincos. Postos contra a parede, nossos membros se erguiam e se articulavam em ângulos estranhos, agudos e não tão obtusos, parecíamos figuras dançantes em volta de um vaso babilônico antigo. Uma urna de argila que contava a história da moderna antiguidade, funcionários públicos rijos e envernizados balançando e trepidando ao som daquilo que achavam ser o tempo forte, estrangeiros ilegais voando livres pela primeira vez em suas vidas desamparadas, enfim se sentindo como a realeza africana de que tão frequentemente dizem fazer parte.

Sempre achei que críticos de música, assim como gângsteres, eram frios demais para dançar; no entanto lá estava Lars fazendo um estrobo bem convincente. Parando e reiniciando o movimento do corpo com tal velocidade que parecia que estava se mexendo debaixo do brilho oscilante de uma luz estroboscópica. Ele dançou virado para mim e encostou no meu braço.

"Charles Stone."

Dessa vez eu sabia o que dizer.

"Tom Cruise, maluco."

Nas semanas seguintes Lars e eu nos aproximamos falando sobre Osamu Dazai, tomando uma garrafa de uísque Poit Dhubh envelhecida trinta anos, comentando a coragem de Oscar de La Hoya na categoria dos meios-médios, e como tudo na cultura americana contemporânea prefere a esperteza à paixão. Ele disse ser a única pessoa viva que realmente leu os cinco quilos de *O arco-íris da gravidade* sem bocejar uma única vez, e eu acreditei e respeitei o sujeito por isso. "Uma magnífica obra de literatura infantil", ele disse. "Pena que o livro não tenha mais quinhentas páginas e seja um pouco compreensível demais." Para ele ler o livro até o fim foi como lutar uma guerra sem sentido e viver para contar. Vietnã, Tempestade no Deserto — sou contra as guerras, mas apoio os soldados. Lars me convidou para ir ao seu apartamento só para ver os últimos retoques da resenha do mais recente "romance americano sobre mim mesmo". Ele jogou no lixo as provas que a editora mandava para os jornalistas e disse: "Sou contra o autor, mas apoio o leitor", depois me contou como desistiu da ficção porque cada vez que enviava um manuscrito arrojado, realista, os editores diziam: "Gostamos, mas queremos mais trama", ou se enviava uma narrativa tensa, linear, eles diziam: "Gostamos, mas queremos mais realismo". Eu, que invejo todo mundo e o sucesso de qualquer um, tomei coragem para mostrar meu romance ao Lars, uma obra sempre inacabada composta inteiramente de frases iniciais, das quais ele achou que a melhor era: "'Vamos viajar a uma altitude de zero metro, nosso horário estimado de chegada é nunca, e a temperatura do inferno é quente pra cacete com ventos abrasadores vindos do sudoeste. Sente-se e relaxe e ignore o aviso de afivelar os cintos. Obrigado por voar pela Linhas Aéreas Kamikaze', o piloto anunciou pelo alto-falante, com os ombros sacudindo naquilo que os psiquiatras chamam de 'riso inapropriado'".

Obstinado na minha determinação de continuar sozinho minhas buscas, evitei qualquer conversa ou discussão sobre Charles Stone, até um dia de outono em que Lars, Doris e eu estávamos voltando da Jam, uma festa a céu aberto nas margens do Spree. O "Señor Blues" de Horace Silver crepitava dos minúsculos alto-falantes do painel. É uma música excelente para andar de carro, e o Alfa Romeo conversível vermelho desbotado pelo sol corria pelas ruas de Berlim derramando óleo e um bop pianíssimo. Num semáforo Lars baixou o volume.

"Como é escutar jazz sem nenhum branco por perto?", ele perguntou, sem motivo algum exceto pelo fato de que tanto Horace Silver quanto eu éramos pretos e ele, não.

Eu me lembro da minha expressão no retrovisor. Desamparado. De saco cheio. Com saudades de casa. Queria não ter ficado tão ofendido com a curiosidade de Lars. Queria que, como ele e a maior parte dos outros críticos de cultura, eu acreditasse na mística e na exclusividade da expressão dos negros.

"Sabe o que acontece quando você ouve jazz e só tem negros por perto?"

Lars se ajeitou empolgado no banco, as mãos apertando firme o volante. Limpei o sarcasmo da garganta e cuspi um jato de escárnio na rua.

"Bom, se as costelinhas de porco tiverem a quantidade certa de molho barbecue e se o ar tiver bastante fumaça mentolada, a gente passa um pro outro um troço que a gente chama de 'suco das selvas', uma bebida à base de frutas e Kool-Aid, tribal, alucinógena, e esperamos que Coltrane, Clifford Brown ou algum outro xamã de cavanhaque toque aquela quinta bemolizada perfeita, que põe todos nós num transe coletivo que desperta o gene recombinante dormente gris-gris no nosso DNA mitocondrial, o que nos joga para a quinta dimensão, onde a gente faz um piquenique da alma chapada, felizes com a cessação do mundo fenomenológico racista e com o alcance do nirvana negro, que, no meu caso, ironicamente, não contém nenhum outro negro."

"Vá se foder."

"Foi você que perguntou. Da próxima vez eu te conto sobre como, cada vez que dois quarterbacks negros jogam um contra o outro, os negros dos Estados Unidos têm uma enxaqueca coletiva por não saberem para qual time torcer."

Pelo menos Lars tinha curiosidade pelo apelo que o jazz tem para os negros; para a maior parte dos observadores, uma ponderação desse tipo seria o equivalente a se perguntar por que gorilas gostam de bananas. A atratividade do jazz para os não negros está bem documentada em filmes financiados com dinheiro público em que experts falam do jazz no passado. Eles olham para a câmera com ar de autoridade e entram nas graças do Homem ao dizer coisas como: "Os brancos estavam ouvindo algo no jazz que fala profundamente sobre a experiência deles. Não sei se seria assim se não fôssemos um país de imigrantes… tanta gente se sente deslocada… Acho que parte desse apelo impressionante tem a ver com o fato de o jazz falar sobre se sentir infeliz, deslocado e desajustado".*

Uma bobajada. Eu gostar de música clássica me torna um sujeito bem ajustado? Além disso, gente realmente fodida não procura jazz; vai atrás de heroína, ópio, uísque e Vonnegut.

* Gerald Early, ph.D., *Ken Burns Jazz*. Eu me lembro da série inteira, palavra por palavra e nota por nota. Mas do que eu mais me lembro é de não haver uma única menção a Sun Ra. Nenhuma.

Lars aumentou o volume do rádio. Uma música dançante mas vazia que eu não reconhecia substituiu o Horace Silver. A música não enchia o ar, simplesmente passava por ele. A canção se esforçava para ser jazz, ser nobre, ser americana. A banda não estava exatamente tocando jazz, estava tocando história do jazz. Eu disse algo que raramente digo sobre qualquer música.

"Não tenho ideia de quem seja."

Lars começou a rir, mas um olhar de preocupação logo fez seu rosto voltar ao normal.

"Você não sabe?"

"Não."

"Você não está tirando sarro de mim?"

"Não", insisti, olhando para o dial do rádio como se isso fosse me dar uma pista.

O nível do áudio do trompetista na gravação estava um pouquinho mais alto que o do resto da banda, por isso imaginei que ele era o líder. Ele se iluminou num trêmulo choroso. A técnica dele era excelente. O som tinha a aridez quebradiça de um bom saquê caseiro, mas o fraseado era de uma esterilidade que fazia eu me sentir vazio e usado.

Lars olhou para o relógio e, tirando as mãos do volante, fingiu escrever um obituário na palma da mão.

"Hoje, às 17h50, numa tarde quente de outubro, o negro americano foi oficialmente declarado morto. O passamento será lamentado por todos que admiravam sua precocidade musical."

"Agora vá se foder *você*."

Lars dirigia melhor com os joelhos do que eu com as mãos. Ele conduziu o carro numa curva bem fechada, se misturando ao tráfego com um sorriso e um gesto de paz para o motorista do Renault que ele quase abalroou. A música e Lars seguiam em frente, intrépidos.

"Quando resenhei esse disco, a única coisa que achei para destacar foi dizer que ele não se destacava por absolutamente nada. Eu estava escutando o álbum e esqueci completamente que tinha um disco tocando. Sabe, quando resenho um disco de jazz bom, os filhos dos vizinhos entram correndo no apartamento, mãos tapando os ouvidos, gritando: '*Was ist das Herr Lars? Was ist das?*', implorando para saber o nome daqueles sons estranhos que vêm da minha sala. Dessa vez eles ficaram em casa. Frau Junker, a velhinha que mora no mesmo andar, foi a única que ficou ouvindo. No meio do solo ela tocou minha campainha, e quando abri a porta, ela disse: 'Que pena isso dos negros. Sinto falta deles', e voltou a fazer as coisinhas dela."

Lars não pegava o volante de volta. Puto pela morte da negritude, ele ficou ali de braços cruzados e fechando um dos olhos à la Fritz Lang.

"Wynton Marsalis", eu disse, batendo irritado no painel. "É ele que está tocando."

Eu devia ter percebido antes; a fanfarronice cheia de si do andamento entregava tudo. Marsalis, nascido em New Orleans e enaltecido em Nova York, é o mais famoso músico de jazz vivo. Está na ativa há anos, mas até aquela noite eu jamais tinha ouvido uma única nota de seu trompete adstringente em público. Nunca tinha visto um dos CDs dele num jukebox de um salão de bilhar, nem visto algum negro mais velho, ágil, do tipo que acha que sabe tudo, à toa na frente de um supermercado, estalando os dedos e assobiando uma melodia dele para passar o tempo. Ele é uma criança-prodígio de meia-idade que todo mundo aplaude mas ninguém toca.

A música, como a maioria das invenções da telegentsia negra, parecia desorientada, uma busca cafona e cacofônica em meio às ruínas romantizadas da história africana por um pretexto autoafirmativo para adorar ser negro. No entanto, a nigrescência narcísica de Marsalis não me enganava.* A escala pentatônica e a repetição da nona pelos doze compassos disfarçavam a frivolidade por trás daquilo, e a música corria para lá e para cá sem objetivo, como uma revoada de canários que entrou numa sala e não acha a saída. Se eu tivesse um saco cheio de migalhas de pão, as notas que ele grasnava teriam saído trêmulas do seu trompete, uma a uma, pousado aos meus pés e implorado por atenção. A trovoada de uma batida de Art Blakey no aro da bateria faria a música fugir assustada, deixando para trás apenas afetações tocadas com surdina e algumas questões psicossexuais mal resolvidas com a mãe África.

Odeio Wynton Marsalis do mesmo modo que Rommel odiava Hitler. Sempre que ouço o trompete de Marsalis tocar, me sinto como o Raposa do Deserto sendo forçado a sofrer as consequências do totalitarismo depois que a guerra estava praticamente perdida. Pelo menos Rommel tinha Wagner. Eu só tinha o Wynton. As valquírias musicais dele chegam não em corcéis alados, mas montadas em pássaros engaiolados.

Wynton Marsalis me faz lembrar que nasci com o uniforme errado. Que sou um nazi-negro que, sendo apenas um DJ e não um general, político ou diretor de cinema, é na melhor das hipóteses um funcionário ou um gauleiter convidado para uma festinha em casa. No tribunal não vou alegar que durante as guerras culturais fui enganado pelos meus superiores e que não sabia da existência dos campos. Vou me declarar culpado da acusação de crimes contra a humanidade. Admitir que eu era um enganador. Um embusteiro cuja maior transgressão foi dar o pontapé inicial no putsch da boate de striptease de 1989 ao dar voz para os precursores do rap afro-fascista (Young MC,

* Uma vez, num ataque de insolência neológica, submeti *nigrescência* a meu principal lexicógrafo, Matta Ouropel, para o *Kensington-Merriwether*, que respondeu: "Coé, negão? *Nigrescência* já existe, crioulo".

JJ Fad e DJ Jazzy Jeff & The Fresh Prince), e que sabia da existência dos campos de extermínio: a Universidade da Califórnia em Berkeley, o Nuyorican Poets Cafe, o Lyricist Lounge, Naropa, a Def Jam e a Bad Boy Records, a Igreja Batista da Abissínia, e aquele Auschwitz do livre pensamento, o Jazz at Lincoln Center.

A música seguia se arrastando, a banda de Wynton, assim como os críticos, tocando no pretérito perfeito. Uma onda de conformismo negro me atingiu e senti a necessidade de lembrar que a opressão não começou com Kunta Kinte e que os trens provavelmente já partiam no horário antes de Hitler. Um bocejo que nem me importei de conter saiu da minha boca.

O jazz moderno, assim como o homem moderno, não tem graça, não tem mistério. Talvez o que falte à banda de Wynton seja um branco desajustado, tipo Bix, Benny Goodman, Gerry Mulligan, Adam Yaunch ou um F. Scott Fitzgerald que desse paixão ao grupo. Assim eles podiam parar de tocar por acharem que têm direito e passar a tocar com a ousadia que nasce da vicariedade — mas hoje em dia nunca tem um Gene Krupa por perto quando você precisa.

Os existencialistas dizem que a batida das asas de uma borboleta na Mauritânia pode causar um furacão nas planícies do Kansas, mas um dó agudo do trompete do Wynton Marsalis não chega nem a mudar o seu estado de espírito, quanto mais fazer você mudar de ideia. E eu não sei se a música do Marsalis é uma alegoria para a raça, para a democracia americana ou para o fascismo negro, mas sei que a música do Schwa é anarquia. É a Somália. É o Departamento de Veículos Motorizados. É o cabelo de Albert Einstein.

Quando chegamos ao meu apartamento, peguei a música do sexo com a galinha e sacudi a fita na cara da Doris, indicando que queria tocá-la. Doris fez que não com a cabeça. Aquela era a nossa música. Nosso pequeno segredo free jazzístico. Mesmo assim pus a fita no videocassete. Lars estava examinando as pilhas de livros que saíam do chão do meu apartamento sujo como estalagmites de brochuras. Ele abriu um Nabokov em mau estado. Adequado porque o Schwa toca como o Nabokov escreve. Estou convencido de que o Nabokov escrevia seus romances em torno de palavras como *aglutinar*, *silicioso*, *gardyloo*, *ofídico*, *tríscele*. Que ele fazia um curso de inglês para estrangeiros à noite e o professor escrevia essas palavras no quadro-negro e dizia: "A tarefa de hoje vai ser pegar essas palavras e usar num romance de estreia que o *New York Times* chamará de 'cativante, um verdadeiro clássico para a posteridade'". Com certeza o processo do Schwa é parecido, por que a cada dez compassos, mais ou menos, há um fragmento, um riff dentro de um riff que faz você perceber que os nove compassos anteriores eram um mero pretexto para tocar um acorde tricolor que irrompe no meio da música como fogos de artifício explodindo numa noite de céu limpo.

Lars sentou no braço do sofá sorrindo para a prosódia de Nabokov. Ele estava relaxado como um boxeador que acha que está muito à frente no card da luta pela hegemonia cultural e que pode baixar sua guarda hipster e ganhar sem esforço. Ele não estava prestando atenção naquela canhota zunindo lá longe, e quando os trocaicos do jazz de vanguarda o atingiram, o sorriso dele deixou de ser alegre e passou para o riso aturdido e cheio de dentes do boxeador que foi seriamente golpeado mas não quer que o oponente saiba que ele consegue ouvir seus próprios miolos sacudindo dentro do crânio. O olhar vítreo e genuflexo o denunciou. Lars sabia imediatamente quem era aquele. Ele se considerava a maior autoridade europeia em Charles Stone, e eis que seu melhor amigo estava tocando uma pérola do Stone que ele não conhecia, e ele sentiu o golpe. Sentiu o golpe a ponto de jogar a toalha.

Eu não desligava a música. O Nabokov caiu aberto no colo dele. Pode ter sido por fadiga muscular, embora eu suspeite que tenha sido para esconder uma ereção. O cara na tela continuava comendo a galinha de quatro, se é que isso é possível. A música continuava como se o Schwa estivesse na sala usando o livro como sua partitura... *ombrografia*, *sensação lacedemônia*, *ocelar*... Lars começou a chorar. Ouvir aquela gravação desconhecida teve o mesmo efeito que eu provocaria caso dissesse a ele que Steve Biko, Bud Powell, Janis Joplin, Patrick Lumumba e Bob Marley sobreviveram à retórica da *Rolling Stone* e estavam tocando uma empresa de excursões em barcos com fundo de vidro nas Florida Keys. Ele afundou a cabeça na almofada do sofá, não por vergonha mas para abafar o choro, que estava atrapalhando a música. Quando a música acabou, ele atirou o Nabokov na minha cabeça.

"Como você dorme à noite?", ele gritou. "Seus *verdammte* DJs com seus segredinhos, seus rótulos brancos e essa atitude quieto-quieto-fechai-a-porta-pois-só-nós-temos-cocaína-e-uma-coleção-de-vinis-importados-do-japão-mais-bacana-do-que-vós. Você sabe que eu idolatro esse cara. Como ousa esconder a melhor faixa de jazz gravada desde 1969, mostrando só pra convidados seletos como se fosse uma porra de um Picasso roubado. Essa gente acha que só por ter a gravação é dona da música."

"Essa gente?", perguntei, indo para trás dos meus toca-discos.

"*Entschuldigen Sie*. DJs nem são gente, são parasitas."

Lars pegou uma Zora Neale Hurston e um Eugene O'Neill disparando um tiro de cano duplo contra Doris.

"E vá se foder você também! Escondendo isso de mim! Vocês provavelmente também estão trepando escondidos!"

Liguei o sampler e calmamente soltei a agulha sobre o disco. O primeiro baque explosivo da minha batida quase perfeita fez o peito de Lars desmoronar. Quando o riff começou, foi como se o Dr. Funkenstein batesse com um martelo de borracha na coluna vertebral dele. Os reflexos autônomos assumiram o controle. Os agudos ásperos fizeram o pescoço tremer para a frente e para trás. Os graves pulsantes fizeram a bunda descer quase até o chão, giraram os ombros e transformaram o quadril num giroscópio de sensualidade rotatória. Ao mesmo tempo as suas mãos, palmas para baixo, pairavam como as mãos de uma múmia diante do peito e surfavam nos médios. Minha batida terminou e Lars mordeu forte o lábio inferior. Eu sabia o que ele queria dizer. Ele queria dizer: "Cacete, negão, então é essa a sensação de ser preto".

Em vez disso, Lars abriu as janelas, deixando entrar a última brisa fresca da tarde como se fosse uma criança que fugiu de casa e agora estava de volta. "Agora eu sei por que você veio para a Alemanha", ele disse. "Você quer que o Stone toque um groove original por cima da sua faixa."

Lars ejetou a fita e a revirou de vários jeitos, procurando pistas de onde ela veio. Ele era um jornalista ético demais para pedir que eu revelasse minha fonte. Não que eu tivesse uma fonte.

"Veio pelo correio."

Entreguei a ele o envelope em que a música do sexo com a galinha chegou, mostrando o endereço do remetente e o carimbo postal de Berlim Oriental. Ele segurou o envelope com cuidado, como se fosse uma peça de museu. "Wow, é uma sensação boa saber que Charles Stone pode estar lá fora."

"Lá fora" eram os novecentos quilômetros quadrados de área da Berlim dividida que existiam na cabeça de Lars. Da minha janela, "lá fora" era a esquina-com-carvalho da Schlüterstrasse com a Mommenstrasse, um restaurante italiano metido a besta, um peleteiro e quase diretamente abaixo de nós, descendo dois andares, Blixa Bargeld, o infame líder da banda de rock industrial Einstürzende Neubauten, sentado no para-choque de seu carro esportivo. Vestido de preto berlinense da cabeça aos pés, pernas cruzadas na altura dos tornozelos, ele tragava fundo o cigarro, tossia na mão coberta por uma luva de couro sem dedos, depois esticava o pescoço para espiar o fim da quadra. Ele também estava esperando alguém aparecer saindo da escuridão cada vez mais profunda.

"Isso que você está sentindo é o crepúsculo", eu disse para o Lars.

"Não, não é só isso", ele respondeu. "Esta cidade, este país está morto há muito, muito tempo, e se alguém como Charles Stone está em algum lugar aí fora, significa que o solo cultural não está mais abandonado. Picasso floresceu em Paris e a cidade floresceu com ele. Gauguin no Taiti. Kerouac no México. Erich von Stroheim em Hollywood. DJ Darky e Charles Stone em Berlim."

"O Schwa... lá de onde eu venho a gente chama ele de Schwa."

Uma chinesa de peitos pequenos que maximizava seu exótico apelo comunista e minimizava sua beleza com um cabelo em formato de tigelinha cortado com estilete, sapatilha de kung fu, óculos quadrados de plástico à la Jiang Zemin, uma jaqueta do Exército Vermelho com boina da Longa Marcha combinando e uma camiseta falsificada de um show dos Dead Boys foi até Blixa e timidamente tragou o cigarro dele.

"Não temos um grande pensador desde Heidegger, um grande artista desde Riefenstahl. Não me leve a mal, você é um DJ bom pra cacete, mas DJs não são artistas nem pensadores. Não podem ser um Picasso ou um Kerouac. Mas podem ser aquelas pessoas desconhecidas que vieram antes deles e não recebem o devido crédito. Que influenciaram essas pessoas. Que foram ameaças para eles. Alimentaram. Talvez você seja Dean Moriarty, Alice B. Toklas, Fab Five Freddy ou as 'ruas negras na aurora' do Allen Ginsberg."

Vi Blixa e a namorada se beijarem, e a cada passada vicária de mão eu me importava menos com o Schwa e com a minha batida perfeita. Eu preferia ir em busca do amor, mas, entre cegas, aleijadas e malucas, eu tinha transado com quase todas as mulheres de Berlim Ocidental e estava ficando sem opções.

A caminho do Slumberland passamos por Blixa e pela Guarda Vermelha entrelaçada nele. Ele parou de se esfregar em sua sino-sílfide por um instante para me encarar. Ele tinha ouvido a batida. O som caiu da minha janela e aterrissou em sua cabeça como uma maçã newtoniana. O ritmo curioso contundiu seu córtex auditivo e, suponho, também o ego. E ainda ressoava vagamente na sua cabeça. Assim como Sir Isaac sabia que seria impossível ignorar as leis da gravidade quando a maçã caiu nele, Blixa instintivamente sabia que a Lei George-Clintoniana do Funk Universal também merecia o devido respeito. Pois cada objeto dançante no universo atrai outro objeto hip-hi-de-ho com uma força soulsônica dirigida às linhas de baixo dos centros dos dois objetos que é proporcional ao produto das massas das bundas e inversamente proporcional à escapada de L7 ao quadrado da separação racial entre os dois objetos.

$$F = G\frac{m_1 m_2}{r^2}$$

Onde: *F* é o funk, *G* é a constante Groove, m_1 é a massa da primeira bunda, m_2 é a massa da segunda bunda e *r* é a grande divisão racial.

Deixamos Blixa fazendo seus cálculos e quatro horas mais tarde chegou a hora do húbris no Slumberland, com o rosto de Lars iluminado pela nova Alemanha multicultural à sua volta e ele ainda pregando o iminente renascimento tanto da cidade quanto do homem negro.

"Imagine só, cinquenta anos atrás tentamos assassinar a cultura, e agora vamos fazer com que ela ressuscite."

No meio do bar um Watusi subiu numa mesa e dançou o Watusi. Agradeci aos deuses por não haver tribos chamadas

Mashed Potato, Electric Slide ou Funky Chicken. Berlim Ocidental, Lars insistia, seria o equivalente moderno à Garganta de Olduvai. Seria o lugar de nascimento do neo-proto-humano, o novo homem negro.

Havia um sentado à minha frente, do outro lado da mesa. Um bebê proto-humano prematuro com quem Lars e Doris faziam ménages periodicamente chamado Tyrus Maverick. Tyrus se autodescrevia como "artista performático barra poeta barra dramaturgo barra cineasta barra ativista", e como eu gostava de acrescentar: "barra babaca" que ainda me deve trezentos dólares. Tyrus era do sul da Califórnia, segundo ele, de Compton, embora tivesse passado a maior parte da infância em Hawthorne. Ele tentava criar vínculo citando a palmeira sureña que tínhamos em comum e nossa herança vato loco da hamburgueria In-N-Out, e no começo eu dei trela, até ir à leitura de uma peça dele chamada *A Islândia não é uma fria!**

Tyrus tinha o hábito irritante de dar tapinhas no meu braço sempre que queria me dizer alguma coisa. "Ei, cara" — *tap, tap* —, "acho que a Doris ainda gosta de você. Ela sempre diz que você é o único negro que quando sai pra jantar não insiste em ficar de frente pra porta como um criminoso procurado."

Mas Tyrus tinha uma vantagem: ele estava sempre por dentro da literatura masculina afro-americana contemporânea. Naquela noite ele estava lendo uma brochura intitulada *Se quer, vá e pegue. Se for mau o suficiente, roube.* Como tudo que ele lia, esse

* *A Islândia não é uma fria!* conta a história de um vulcanologista afro-americano que viaja para a Islândia para treinar sua arte, mas não consegue ser levado a sério pela comunidade vulcanológica local em função de sua incapacidade de pronunciar a palavra *fiorde* corretamente. Depois de posto em ostracismo, ele acertadamente prevê a erupção do monte Hekla e se torna um cientista celebrado, para em seguida morrer congelado quando cai em um monte de neve após ser baleado acidentalmente por seu filho ilegítimo, Halldór, fundador dos Crips de Reykjavík, em um caso cruel de atentado contra trenós.

também trazia citações na quarta capa comparando a sátira mordaz do autor a Ralph Ellison e Richard Wright, uma comparação que nunca entendi, porque

Richard Wright não é engraçado.

"Posso pegar emprestado quando você terminar? Queria ler."

"Claro. Esse cara é um baita escritor. Quase tão engraçado quanto o Richard Wright."

Eu adorava ler esses livros. A erudição negra de paletó de tweed misturada à irreverência de conversa de esquina, a honestidade sobre a torpeza racial casada com a desonestidade sobre o modo como ela se manifesta. Assim como os autores, os protagonistas são sempre sujeitos brilhantes, subestimados, em busca da aprovação dos brancos e, portanto, da autoafirmação. Conheço esses caras. São os meninos da vizinhança que tiravam nota de branco nos exames de ensino médio, frequentaram faculdades de humanas no Meio-Oeste e casaram com brancas desleixadas de pernas peludas que tomam banho com a água da chuva. Mas o interesse romântico que mantém os protagonistas ligados à sua frágil negritude, enquanto caminham pela paisagem absurda e minada que são os Estados Unidos, é sempre uma recatada mulata de inteligência refinada, sem personalidade, e sem problemas, o tipo de mulher pelo qual caras como os que habitam esse tipo de romance jamais se sentiriam atraídos. Eu precisava de uma mulher de verdade, exatamente como as mulheres ficcionais que sempre apareciam na Parte III desses romances. Onde estava a minha Melba? Minha Wanda? Minha rainha africana sem os traços africanos?

Quando acordei do meu devaneio, uma mulher de seios fartos e cabelos ruivos, com sardas espalhadas das bochechas até as clavículas, estava sentada à nossa mesa, sacudindo as chaves do carro diante do meu rosto. Lars pôs seu rosto pomposo em cima do ombro dela e ergueu uma sobrancelha. O rosto presunçoso de Doris apareceu no outro ombro. Juntos eles pareciam uma hidra ariana pedante de três cabeças.

"Sei que você está pensando em desistir de procurar o Schwa", Doris disse. "Não faça isso."

A cabeça do meio deu um sorriso largo, lambeu os lábios e dessa vez sacudiu as chaves de modo a destacar a logo da BMW na ignição com ponta de borracha.

Lars ergueu a outra sobrancelha. Ele estava bêbado, bêbado como eu nunca tinha visto, e isso não era dizer pouco.

"Ei, cara", eu disse para ele, "você nunca contou, por que está tão orgulhoso hoje?"

Ele se reclinou, falando muito suavemente. "Não conte pra ninguém, mas hoje, hoje eu estou orgulhoso do Holocausto. Não das mortes em si, mas da eficiência. O ímpeto. A dedicação absoluta a uma tarefa. Isso é muito errado?"

Eu nunca tinha precisado tanto de uma mulher negra na minha vida. Porém, minha jornada pelos mistérios da carnalidade negra teria de esperar, porque a cabeça do meio da hidra pegou minha mão e aninhou em seu seio esquerdo. Massageei aquele apêndice elástico. Parecia strudel. E eu amo strudel.

Parte 3

As almas do *Volk* negro

I

Meus dias favoritos em Berlim são aqueles raros fins de tarde em que saio de casa tomado por uma fé inabalável na humanidade que só um expresso duplo e uma camiseta limpa podem evocar e descubro que as ruas estão desertas. É como entrar no cenário de um filme pós-apocalíptico de 1959. Não há trânsito e todas as lojas estão fechadas. Fico imaginando se dormi e não ouvi as sirenes do ataque aéreo. Se perdi a evacuação obrigatória diante da iminente invasão alienígena. A caminho da banquinha de jornal ouço um grito choroso, corro para dobrar a esquina imaginando que vou ver um robô verde-iridescente caolho de vinte metros de altura atingindo um vira-lata com os raios de sua arma. Será que uma nuvem de pó tomou conta da Kantstrasse, ou então um vírus que chegou num cometa e que é altamente transmissível e liquefaz as vísceras e transforma os olhos em fumaça? Na entrada do parque Albertus Magnus os balanços enferrujados rangem, e seus únicos passageiros são a brisa e eu. Uma viúva corcunda vai acabar sentando no balanço ao lado, vai tomar impulso usando as pernas cheias de varicoses com meias até o joelho, reclamando do frio e dos *verdammte türkisch-polnische Neger-Ausländer Kanaken*. Nesse ponto vou saber que meus temores do apocalipse eram infundados e que é só um feriado nacional que ninguém se importou de me avisar antes de ir visitar a Oma e o Opa. Pode ser o Dia do Trabalho ou o Dia de Reis ou o Dia Internacional da Mulher ou o Dia de Meu Deus o Que Estávamos

Pensando Quando Votamos no Hitler? (Duas Vezes!) Por Favor, Nos Perdoem — Já Faz Cinquenta Anos!

Por diversão pergunto para a velhinha resmunguenta como ela se sente em relação aos *Neger-Neger* (Crioulos-Crioulos) como eu, e ela diz: "Adoro. Dormi com alguns depois da guerra. Bons meninos. Educados. *Schwänze* grandes, cérebros pequenos e orelhas menores ainda. Talvez seja por isso que são tão burros, não ouvem tudo". Ah, adoro esses dias em Berlim, ruas vazias, cachorros latindo e me balançando nos balanços com gentis octogenárias racistas viciadas em sexo. Sendo assim é evidente que detesto feriados não anunciados e improvisados como aquele dia fatídico em que me lancei às ruas com a Weltschmerz que acompanha minha ressaca e com o mau humor de quem está com a roupa de baixo suja e descobri as calçadas lotadas, desde as casas até o meio-fio, de alemães desorientados e tremendamente curiosos bebendo Coca-Cola e se empanturrando de bananas e andando todos na mesma direção. Quando passavam por mim, todos eles paravam por um momento para me olhar como se fossem crianças num passeio escolar ao *Völkerschau* — o zoológico humano. Um menino, ignorando o aviso da mãe para não alimentar os animais, me ofereceu uma Coca e um sorriso. Aceitei os dois alegremente.

No começo eu não tinha certeza se eles eram alemães. Eles falavam alemão. Pareciam alemães, embora usassem calças ainda mais justas e sapatos ainda mais feios, mas tinham algo diferente. Imaginei que talvez a seleção austríaca de futebol estivesse na cidade ou que houvesse uma escassez de *kartoffelpuffer* em Luxemburgo. O que realmente chamava a atenção naquela horda era o fato de que absolutamente nada neles chamava a atenção. Sem falar que não eram atraentes. Em geral não eram mais feios do que qualquer outra massa que tenha se reunido desde o último show do Bon Jovi. No entanto, mesmo os espécimes mais deslumbrantes daquela multidão caminhavam sem a menor afetação. As pessoas pareciam ser muito semelhantes às suas roupas. Era um grupo determinado de gente que gostava de roupas que não precisavam ser passadas e que preferia conforto e praticidade a estilo e ostentação. Para eles, não eram as roupas que faziam a pessoa. Era a pessoa que fazia as roupas.

Uma Calíope loura e alta saiu enfiando amostras de perfumaria espirradas em cartolina no seu nariz de Linda Evangelista e inalando em êxtase com todas as suas forças. De algum modo, contrariando todas as probabilidades, aquela mulher linda de tirar o fôlego com seu corpo escultural e o rosto com sobrancelhas oblíquas de uma capa da *Vogue* não estava desfilando vaidosamente pelas passarelas de Paris, girando uma bolsa Givenchy e olhando os indiferentes fashionistas para tentar encontrar seu traficante de heroína, e sim batendo perna na rua com o mais deselegante e vagabundo par de rasteirinhas, tirando cera do ouvido e esfregando seu achado viscoso na manga da jaqueta jeans. E ela me olhou boquiaberta como se eu fosse o macaco me masturbando nas árvores.

Um sujeito que não podia parecer mais comum parou de olhar para baixo.

"Quanto custa um automóvel desses?", ele me perguntou em inglês, passando uma mão admirada pelo para-choque de um sedã Mercedes-Benz.

"Não sei. Uns cinquenta, sessenta mil?"

Ele parecia alguém que eu conhecia, mas não me lembrava de onde. Voltando ao Mercedes, ele olhou dentro do carro com as mãos em volta dos olhos, babando no couro do interior e nas engenhocas no painel.

"*Scheisse*, isso dá dez anos de salários já com as propinas, mais cinco...", ele murmurou alguma coisa que soou como "bônus por assassinatos", e depois com um olhar atarantado, quase criminoso, fez um desafio disfarçado de pergunta inocente: "Já andou num desses?".

"Só uma vez."

"Macio?"

"Como voar num sonho, talvez melhor."

"Eu sabia."

"Posso perguntar uma coisa?"

"*Bitte.*"

"De onde veio toda essa gente? Teve algum jogo de futebol?"

O sujeito tranquilo parou de olhar para as diversas varetinhas metálicas do tamanho de um limpador de cachimbo que tinha tirado do bolso do casaco.

"Você não soube?"

"Não soube do quê?"

"O Muro caiu."

Corajosamente dei o passo que me fez entrar no segundo momento mais constrangedor da minha vida e perguntei: "Que muro?".*

O que confirmou todos os estereótipos sobre a ignorância dos americanos em relação à política internacional e à geografia. Eu, é claro, sabia do Muro de Berlim e de sua história lendária, mas como muitas vezes acontece com americanos negros tanto no exterior quanto em casa mesmo, me vi preso numa ruptura do continuum-raça-tempo cheia de viés cultural. Do mesmo modo como um moleque brilhante mas sem grana da periferia marcaria corretamente e pelos motivos absolutamente errados a opção "b" na seguinte questão do ensino médio:

* O momento mais constrangedor da minha vida aconteceu na faculdade, quando Alizah Silverman me pegou no centro acadêmico enchendo a pança de McDonald's e lendo *A nascente* minutos antes de uma manifestação contra o globalismo corporativo da qual eu deveria participar.

Mademoiselle Chiffon tomou um calmante gole de chá oolong e sorriu tristemente ao ouvir a música de câmara vinda do conservatório. Sua mente bem-educada voltou rapidamente aos dias despreocupados que ela passava veraneando nas colinas da Toscana antes da guerra. *Oh, Gaston*, ela pensou, *estarei eu eternamente fadada a ouvir tua voz apenas no som dos violinos de um quarteto de cordas?* Silenciosamente, ela amaldiçoou Bartók e pegou a sua ________ de rapé enquanto distraidamente __________ ________ .

a. canastra, comia suas uvas
b. boceta, *molhava o biscoito*
c. caixa, brincava com as bolas de exercício chinesas
d. arca, tocava seu alaúde barroco

Eu também quase fui vítima da ignorância resultante da falta de exposição. Assim como a boceta de rapé no caso do menino do gueto, o Muro de Berlim não fazia parte do meu léxico. Eu nunca tinha visto o muro. Quando o sujeito indescritível mencionou "o Muro", vários muros passaram pela minha cabeça. A Grande Muralha da China. O Muro das Lamentações. O álbum clássico do Pink Floyd. A muralha protetora que a polícia de Los Angeles ergueu em torno dos policiais Barbella e Stevenson para não puni-los depois que eles acharam que o Fagulha e eu tínhamos roubado um carro, enquanto estávamos pacientemente esperando um ônibus, e de terem enchido a gente de porrada.

A porta da Mercedes abriu com um clique agradável.

"Típico", o sujeito sem rosto disse antes de enfiar sua cara comum debaixo da coluna de direção e fuçar nos fios.

"Vocês americanos são donos do mundo, mas nunca se dão ao trabalho de visitar o próprio quintal. Foi essa atitude que permitiu que a gente roubasse a final de basquete na Olimpíada de 1976 debaixo do nariz de vocês, usasse o Leo Strauss para infiltrar no Partido Republicano essa filosofia maluca de crueldade disfarçada de humanismo, convencesse vocês de que o VHS era superior ao Betamax, e os atraísse para as guerras do Vietnã, da Coreia e das colas. New Coke? Aquilo era Vita Cola, a lavagem que a gente tomou por quarenta anos na Alemanha Oriental. Claro que o presidente de vocês vai levar o crédito pela queda do Muro como sinal do fim do comunismo, mas isso é tudo parte de um grande plano. É uma manobra diversionista mais ou menos análoga às jogadas ardilosas que vocês usam no futebol americano, uma Estátua da Liberdade geopolítica, uma *fumblerooski* se você quiser. Logo, meu tolo amigo afro-americano, você vai estar depositando votos digitais invisíveis em nome da democracia. Escravizando a maior parte da força de trabalho do seu país com um salário mínimo insignificante em nome da liberdade. Cobrando usuários de telefones celulares tanto quando *fazem* quanto quando *recebem* ligações em nome da liberdade de empresa. Treinando exatamente os mesmos fanáticos religiosos do deserto que vão..."

A robusta rotação do motor oito cilindros abafou o resto do prognóstico dele e a minha pergunta sobre que diabos era um telefone celular.

"Venha", ele disse, batendo de leve no banco do passageiro. "Venha ver a brecha no muro por onde vão passar os quatro cavaleiros do apocalipse americano."

"Você é um tipo de espião ou só um ladrão de carro bem informado?", perguntei, fechando a porta depois de entrar.

"Espião, embora amanhã possa ser criminoso de guerra."

"Eu também."

Andando num carro de luxo quatro portas, passamos lentamente em meio à multidão. O sujeito com o rosto banal me disse que estava roubando a Mercedes para repor o Trabant dele, um sedã tranqueira do socialismo que podia ser totalmente montado e desmontado com uma chave inglesa.

"Como você duplica o valor do seu Trabant?", ele perguntou retoricamente como se fosse uma charada. "Encha o tanque!"

Quando chegamos ao muro, recusei a oferta de fazer um tour pelos intestinos do império do mal. Sou um desses caras que posa para fotos ao lado da placa que diz VOCÊ ESTÁ ENTRANDO EM TAL ESTADO e depois dorme durante a longa jornada, passando pelas majestosas Grand Tetons.

A voz incomparável e grave de Otis Redding rugia um rhythm 'n' blues nos alto-falantes do carro. Eu não conseguia decidir se o refrão de "(Sittin' on) The Dock of the Bay" era ou não profético porque parecia que tudo estava mudando e ao mesmo tempo continuando igual.

Dois guardas da fronteira com a Alemanha Oriental, com quepes tortos e túnicas desabotoadas, estavam sentados em seu posto, alternadamente tomando tragos de uma garrafa de Jack Daniel's e dando tragadas num cigarro americano. Os primeiros a fazer a peregrinação diurna ao imperialismo ocidental começavam a voltar para suas casas. Famílias exaustas de quatro pessoas e não mais que quatro pessoas passavam pelos guardas, os pais arrastando atrás de si sua progênie lúmpen-proletária preguiçosa, lambuzada de doces, carregada de brinquedos. Eu quase esperava ouvir o anúncio, dizendo: "A Disneylândia, quer dizer, a Alemanha Ocidental está fechada neste momento. Mickey, Pluto, Helmut, a Otan, o Japão, os Estados Unidos da América e o resto do G7 agradecem pelo mecenato e pela submissão. Voltem para casa em segurança".

O homem invisível apertou um botão e destravou minha porta. "Meu único remorso é termos criado os Beatles", ele disse num tom de desculpas, "e depois matado o Otis Redding."

"Nós?"

"Sim, 'nós'. Os malditos Vermelhos mataram Otis Redding. Mistério resolvido, está bem? Olha, os Beatles estavam em primeiro lugar havia quatro anos consecutivos, fazendo o trabalho que encomendamos para eles, que era embalar o Ocidente com uma cítara letárgica, e aí me aparece esse negro majestoso com uma voz assombrosa para ganhar deles nas paradas. A gente não podia ter um negro no topo das paradas pop em 1968, tornando menos clara a hegemonia racial. Seria má propaganda para todo mundo — Moscou, Washington, a Capitol Records —, todo mundo concordava. Otis Redding e Martin Luther King precisavam morrer. Fizemos um acordo com o FBI, dois pelo preço de um."

"Ah, não vem com essa, ele morreu num acidente de avião."

"Já notou como os sem talento, os inofensivos, nunca morrem novos? Vanilla Ice, Lawrence Welk, Disco Duck. Sabe como os monges vasculham o interior do país e escolhem uma criança pequena para ser o Dalai Lama? Em Memphis tem um pirralho chamado Justin Timberlake que foi escolhido para ser o próximo Rei do Pop. Ele vai viver até os cem anos. É tudo parte de um plano para manter vocês dóceis."

Incapaz de continuar ouvindo mais teorias da conspiração dolorosamente plausíveis, fui sair do carro antes de ser exposto à metade pontuda e sangrenta do lema escudo-e-espada da Stasi. Tarde demais. O sujeito de mil e uma faces, todas mais comuns e esquecíveis do que as anteriores, tinha uma Walther PPK apontada para a própria cabeça. Ele estava contendo as lágrimas. O rosto convulsionado, mas a mão firme. Ele assobiava acompanhando a conclusão clássica de "(Sittin' on) The Dock of the Bay", tendo ao fundo os sons das ondas quebrando e o riso frívolo dos berlinenses orientais voltando para casa depois de seu primeiro dia de liberdade.

Quando a música acabou, ele disse: "Antes de eu me matar, Schallplattenunterhalter Dunkelmann, não tem alguma coisa que você queira saber?".

"'Schallplattenunterhalter Dunkelmann?' Foi você que mandou a fita do sexo com a galinha?"

"Fui."

"Como você sabia que eu estava procurando o Charles Stone? E se sabia que eu estava procurando, por que simplesmente não ligou e disse onde ele estava? Por que me sacanear assim?"

"Eu te sacaneei assim porque sou um agente secreto da Alemanha Oriental e sou treinado para sacanear as pessoas assim. Eu não digo 'Bom dia, tudo bem?', que é o modo americano de sacanear os outros, como se vocês se preocupassem se está tudo bem com os outros. Eu sacaneio a sua cabeça."

"E por que eu?"

"Bom, Herr Darky, a primeira vez que ouvi sua música foi numa despedida de solteiro superexclusiva do partido. Estávamos assistindo a um filme que talvez você conheça, um faroeste pornográfico chamado *Sete homens e um pepino*."

"Um dos meus melhores trabalhos."

"Verdade, gente da estirpe de Heiner Müller, Valeri Borzov, Nicolae Ceauşescu e Deng Xiaoping comentou como sua trilha era maravilhosa. Foi sua música naquela cena final que deixou clara a mensagem do filme de que a orgia é a mais pura forma de existencialismo."

"Obrigado."

"Depois daquilo virei seu fã número um, o que significa que eu demonstrava minha admiração não só contrabandeando seus filmes e suas fitas, como também grampeei seu telefone e interceptei suas comunicações."

"Comunicações? Nem sabia que negros tinham comunicações."

"Quando descobri que você estava se correspondendo com DJs do mundo todo para saber do paradeiro de Charles Stone, decidi que ia ajudar você a encontrar o sujeito."

"E me mandou o vídeo."

"Eu não podia simplesmente entrar em contato. Não tinha como justificar isso pros meus superiores. Entenda, a gente sabia que esse dia ia chegar, e uns poucos caras do baixo clero da agência que são muito fãs do Charles Stone tinham medo de que as masters inéditas dele fossem queimadas junto com o resto das provas nefastas. A gente não podia arriscar que a posteridade e o capitalismo não tivessem acesso a esse grande homem e à música dele. Por isso providenciamos para que pornógrafos usassem a música dele nos filmes como meio de preservá-la."

"Tem mais música?"

"Vou te mandar um curta de coprofagia chamado *Comer, cagar, viver*. A música dele nesse filme é tão espiritual que quando alguém põe uma colherada de merda na boca você jura que a pessoa está comendo caviar."

"Então o Schwa está vivo?"

"Vivíssimo. Não sei onde ele está, mas você vai encontrar. Por isso coloquei o endereço do Slumberland no envelope. Ele vai aparecer lá... todos os seus manos aparecem lá."

"Então por que se matar?"

"Era o meu pau na galinha."

"Pode atirar, filho da puta."

O fodedor de galinha riu e baixou a arma. Saí do carro.

"Mais uma coisa", ele disse, ligando o motor. "Quando chegar a hora você vai conhecer uma mulher chamada Klaudia von Robinson."

"Von Robinson?"

"Não faz parte do plano, mas case com ela mesmo assim."

Soando a buzina, a Mercedes dividiu a multidão e foi em direção ao portão. O Espião que Amava Galinhas mostrou sua identificação e os guardas se puseram sobre seus pés trêmulos e fizeram uma reverência e ajeitaram a roupa e bateram continência e ergueram a cancela tudo ao mesmo tempo. Fiquei pensando o que o Schwa tinha a ver com o pornô escatológico da Alemanha Oriental e com o colapso do comunismo.

A multidão de gente voltando era ainda maior agora. A quantidade de pessoas observando a volta deles para o outro lado da Cortina de Ferro também só aumentava. Um sujeito grande de meia-idade usando um paletó de tweed com remendos de camurça descosturando nos cotovelos, bêbado de álcool, três dedos de perestroika e uma dose de glasnost, viu meu rosto negro em meio à multidão esmagadoramente branca. Ele veio cambaleando na minha direção e me apertou num grande abraço de urso. Quando me soltou, atirou os braços para cima e gritou: "*Ich bin frei!*". *Eu sou livre!* Depois, parafraseando o famoso discurso de Kennedy, sussurrou no meu ouvido: "*Ich bin ein Negro. Ich bin frei jetzt*".

A afirmação foi sincera. Para ele, ser negro e livre era motivo de orgulho, não um enigma ou um oximoro. Eu, no entanto, achava que ele era mais negro do que livre. Pensei numa coisa que meu pai dizia toda vez que via um negro azarado num banco dos réus, num anúncio de desaparecidos ou no caixão antes da hora. Ele dizia: "Lincoln libertou os escravos do mesmo modo que Henry Ford libertou os cavalos".

Suponho que ser alemão oriental era bem parecido com ser negro — os slogans constantes, as músicas de protesto, sem acesso a energia elétrica e ligações interurbanas —, por isso dei ao alemão oriental Negro um sincero aperto de mão e fiz uma saudação black power e desejei sorte com a alforria que certamente o levaria a uma prisão de segurança mínima na nova república alemã.

Tomado pelos prodígios da fraternidade, me aproximei do único outro rosto negro na multidão. Era o vigia da Amerikahaus, ainda de uniforme e impassível em meio aos foliões. Ávido por discutir as ramificações geopolíticas da ruptura do bloco soviético com um irmão oprimido e reificado, perguntei o que ele pensava sobre os acontecimentos.

"O que eu acho?", ele falou, irônico. "Mais xoxota branca. É isso que eu acho."

O fardo do homem negro nunca tinha sido tão pesado quanto naquele momento. E eu estava mais convencido do que nunca de que a única coisa que importava era a boa música. Todo o resto era peso morto.

Peguei meu minigravador e gravei os sons da liberdade. Buzinas ressoaram. Uma mulher bateu com uma picareta no Muro, cansou, e começou a cuspir nos tijolos. Palavras de ordem. Palmas. As pessoas diziam "*Wunderbar!*" sempre que um repórter enfiava o microfone na cara delas. As câmeras disparavam. Cantoria. Flashes espocavam. Um rapaz que tinha tomado muita cerveja, bêbado demais para erguer a cabeça, vomitou seu primeiro Big Mac no seu primeiro par de Air Jordans. Os amigos tiraram sarro dele por ter gastado o salário do mês num par de tênis que não durou nem um dia. No fim das contas, a liberdade parecia bastante com um show do Kiss.

2

Depois da queda do Muro de Berlim nunca contei a ninguém sobre meu encontro com o fodedor de galinha nem sobre seus planos mortíferos para meu futuro. Apesar de seus prognósticos relativos ao Schwa e a Klaudia von Robinson, nada mudou muito para mim, exceto por eu ter passado uma quantidade de tempo extraordinária assistindo *O Clube do Mickey*. Todo dia à uma da tarde eu ligava a tevê e resmungava para a infeliz que tinha voltado comigo para casa na noite anterior que o grupo fofinho formado por Justin, Christina e Britney era o mal encarnado. Quando o trio era apresentado antes do próximo número, eu reclamava: "Dava na mesma se dissessem: P. W. Botha, Imelda Marcos e Eva Braun agora vão cantar 'Love Me Tender'".

Quando não estava denunciando o futuro da música pop, eu estava no Slumberland. Tendo à mão um litro de cerveja, eu vagava de mesa em mesa, bêbado, profetizando sobre a volta da Pátria à supremacia mundial. Se não por meio da ação militar, então por meio do cinema, e se não desse jeito, no mínimo uma retomada do domínio no campo de futebol. Ao contrário das previsões do fodedor de galinha, minhas profecias jamais se concretizaram, é claro, mas ainda é cedo.

Klaudia von Robinson foi o primeiro presságio dele a se tornar verdade. A gente se conheceu numa festa em que toquei no Torpedo Käfer, um exótico bar de seis mesas que estava a dois músicos corpulentos de speed-metal de virar modinha, num bairro da Berlim Oriental que estava a dois restaurantes tailandeses de se gentrificar.

Recebi como pagamento quarenta marcos alemães e um papelote de cocaína horrorosa que sobrou dos tempos da discoteca. Bati as carreiras no banheiro, meio que esperando ver Ziggy Stardust sair da cabine, esfregando as gengivas, reclamando para quem quisesse ouvir que aquela cocaína tinha sido mais violada do que os direitos civis de Sacco e Vanzetti.

Não lembro há quanto tempo o Muro tinha caído, mas lembro de ter levado mais discos que o normal naquela noite. Com excessão da vez que fiz uma foto no Checkpoint Charlie usando um chapéu de pele do Exército Vermelho russo, com a parte de cobrir as orelhas abaixada, para mandar para minha mãe, acho que ainda não tinha visitado Berlim Oriental com algum propósito. Eu não tinha ideia do que tocar, e o taxista esperou pacientemente enquanto eu enchia o banco de trás e o porta-malas do carro com um monte de caixas de leite cheias de discos.

Para cumprir com meu papel na ressurreição do negro, Lars estava determinado a me manter vivo usando seus muitos contatos para me conseguir trabalhos como DJ e sommelier de jukebox. Eu tinha trabalhado na maior parte das boates de Berlim Ocidental, e havia muito tinha deixado de contar o tempo em dias da semana. Amanhã era o dia depois da noite do pop sul-africano no Abraxas. Ontem foi o dia do Jazz Brunch no Paris Café, com Dixieland pré-1935 tocado por bandas só de brancos com certa tolerância para nostálgicos dos Confederados e dos negros preguiçosos. Anteontem foi dia de Celia Cruz e mais Celia Cruz no Boogaloo. Que música os oprimidos econômica e politicamente ouvem? Será que desejam a revolta do punk ou o conformismo de "Blue Jean"? Será que querem esquecer ou lembrar? Dançar ou brigar? Entrei no táxi pensando num meio-termo: Pogues, Sham 69, Buzzcocks e alguma coisa de demos do Wasted Youth e do Neighborhood Watch, duas bandas do sul da Califórnia que eu seguia de quintal em quintal no início dos anos 1980.

O motorista não conhecia muito bem a metade oriental da cidade, mas quando diminuiu a velocidade diante de uma janela de vidro jateado numa rua de petit-pavé preto, ele apontou para uma tabuleta eletrônica pendurada na porta da frente. A pergunta sobre o que tocar naquela noite foi respondida em laranja-fosforescente.

Hoje
BLACK MUSIC!

Isso delimitava bem.

"Sem problemas", eu disse para mim mesmo, "estou preparado. Vou tocar os músicos clássicos negros — Marion Anderson, Samuel Coleridge-Taylor, André Watts, Kathleen Battle —, alguns cânticos de circuncisão dos povos aborígenes de Mali, talvez um tiquinho daquele klezmer negro que todos aqueles jazzistas negros entediados andam tocando." Cheirei a cocaína no banheiro e soube imediatamente que algo estava errado. O bar estava lotado demais. As mesas estavam cheias. Todos os bancos estavam ocupados. Olhei para o relógio. Eu não estava atrasado. As pessoas só deviam começar a chegar, aos poucos, depois de pelo menos mais uma hora. Enquanto eu montava meus equipamentos e o público espiava, olhando sem sequer piscar, me dei conta de que eu, e não a minha música, era a atração, a atmosfera. Naquela noite toquei principalmente os funkeiros americanos e os alemães menos celebrados: Shuggie Otis, Chocolate Milk, Xhol, Manfred Krug e Veronika Fischer, pondo de vez enquanto uma música para os não iniciados cantarem junto — Bar-Kay, AWB, Slave, Gil Scott-Heron.

"Com licença, Herr DJ Darky."

Klaudia von Robinson estava com um vestido de grife sem alças que cintilava e se agarrava à gordurinha de bebê de seu corpo como pele de foca molhada. Fiz com a cabeça um gesto papal que indicava você-está-autorizada-a-se-aproximar-da-cabine-do-DJ. Ela tinha grandes olhos castanhos suplicantes, de peixe, e estava com os cabelos presos num coque apertado a ponto de fazer o couro cabeludo formigar. Há anos eu não falava com uma mulher negra, e fazia mais tempo ainda que não tocava em uma. Pelo menos presumi que Frau Von Robinson era negra. Não dava para dizer, a pele dela, macia como manteiga, era da cor de âmbar de dez milhões de anos e tinha quase a mesma transparência. A epiderme era algo épico, que parecia ter se fossilizado em torno de um sorriso relutante, um coração exausto e uma tatuagem de libélula no ombro. Ela não era negra, era dourada. O ouro nativo da cabeleira afro banhada de sol de um morador das Ilhas Salomão. O dourado do incisivo da minha tia Marie. O dourado da proporção áurea de Pitágoras. Como eu queria dizer para ela: "Gata, nas palavras de Pitágoras, Euclides e Kepler, você é tão linda quanto 1,618033989".

Atrás de Klaudia estava a irmã mais nova dela, Fatima, uma mulher de beleza estonteante cuja herança africana fazia transbordar um "vai sonhando, babaca" dos traços etíopes com olhos amendoados e dos lábios carnudos permanentemente contraídos. Ela tinha sido, como dizem os alemães, atingida com mais força do que a irmã pelo "pau de encrioular". A Princesa Fatima delicadamente ofereceu uma mão marrom-peola, com a palma virada para baixo como se estivesse se apresentando a um súdito prostrado. Apertei a mão sem força. Era fria e ossuda. Ela parecia triste e rebelde. Vestia sua pele negra como a heroína da peça de Tchékhov que, quando questionada sobre por que usa roupas pretas, responde: "Estou de luto pela vida, sou infeliz". Fatima era um pouco como eu. Somos omnifóbicos — temos medo de tudo. *Omnifobia.* Essa é boa. Vou mandar para o *Kensington-Merriwether* e ver o que diz o Matta Ouropel.

Klaudia, afetada e ainda mais arrogante, nem se deu ao trabalho de se apresentar. Só pôs toda presunçosa um dedo no meu peito como se meu esterno fosse uma campainha.

"Você tem Sixto Rodriguez?"

"'Sugar Man'?"

"'Sugar Man.'"

Fiz que sim com a cabeça. Grande música. Provavelmente ia fazer maravilhas pela dor de cabeça que a cocaína me deu. É comum você ouvir dizer que os alemães não têm bom gosto. Verdade, embora isso não signifique que eles prefiram porcaria, é que eles gostam de tudo. Aprendi a não ficar surpreso quando um alemão dá uma demonstração de bom gosto. Aqui a subjetividade e a objetividade têm o hábito de se cancelar mutuamente como denominadores culturais comuns, e por necessidade eles inventaram um novo estado de percepção não qualitativo, uma "neutração", por assim dizer. Tudo é bom. Nada é ruim. E se é ruim, tanto faz porque alguém gosta.

Remexi nas minhas caixas e peguei o álbum de Sixto Rodriguez. Levei três anos para encontrar esse disco. Isso foi antes da internet. Quando colecionar discos significava fazer excursões a porões de advogados que tinham deixado de ser podres de ricos depois de perder por abuso de drogas o diploma que conseguiram por meio de ação afirmativa. Chegar aos Ray Barrettos, aos *Arthur Rubinstein e Orquestra da NBC tocam o Concerto nº 2 de Rachmaninoff*, aos Booker T. and the MGs antes que eles acabassem no fundo de uma piscina vazia em forma de rim cobertos por lodo, cadeiras de armar enferrujadas e grelhas de churrasqueira. Tive que encomendar Sixto de Auckland. Sessenta dólares, mais oito pelo frete.

Olhos ocultos por trás dos óculos mais escuros que já vi, Sixto me encarou através do brilho do plástico transparente. Anos 1970 por excelência, ele está sentado na escada de madeira de uma casa de tijolos na periferia. A calça boca de sino de poliéster, as mangas da camisa arregaçadas até os cotovelos, os cabelos negros e sedosos de índio-de-cinema desfiados com direito à curvinha à la David Cassidy — na minha cabeça não restam dúvidas de que ele é o pai ausente de alguém mais ou menos da minha idade.

O lamento choroso pulsava sobre o riff meio calipso e meio mariachi da guitarra e os trinados dos efeitos sonoros cafonas de ficção científica. *Sugar man won't you worry...* Uma linha de baixo simples em 3/4 e três notas de um trompete com surdina anunciaram o refrão. *Su-gar-man... Su-gar-man...* O Torpedo Käfer, que já não estava barulhento desde o começo, ficou em absoluto silêncio. Sem se dar conta de estar cantando sobre algo que soa como a cena climática de batalha em *A Guerra dos Mundos* de Orson Welles, Sixto foi em frente, intrépido, chamando o cara que vende drogas para ele como um cão doente que uiva para sua última lua cheia. *Su-gar-man...* Klaudia dançava consigo mesma, devagar, olhos fechados, mãos postas nas próprias axilas, cantando suavemente o refrão. Como eu debaixo da lâmpada de bronzeamento, ela deixou a porta ligeiramente entreaberta. Oferecendo assim uma chance para que eu pudesse espiar, sendo *eu* a encarnação mais próxima do páthos chapado estereofônico. Um cliente ergueu uma sobrancelha e uma *Bierflasche* na minha direção. *Su-gar-man...*

De algum modo Sixto deslizou pelas fendas da escada em que está sentado na capa do álbum e perdeu a chance de se tornar um dos imortais do soul. Não sou o tipo de DJ que acha que todo cantor subestimado devia ser endeusado como se fosse um Curtis Mayfield ou um Sly Stone. Mas é uma pena que ele não tenha tido pelo menos um sucesso. Não há nenhum motivo para que essa música não estivesse em alguma coletânea, o que geraria uma renda residual pelo menos para pintar a casa de tijolos, evitar que o cheque da pensão dos filhos volte. *Su-gar-man... Su-gar-man... Su-gar-man...* Música poderosa. Não é a Mona Lisa, mas é seminal.

O garçom colocou uma Pilsen borbulhante na mesa. Eu estava tocando há umas duas horas sem parar e queria tomar a cerveja sem ser interrompido, por isso tirei os fones de ouvido e coloquei o disco mais longo que tinha levado, *Lizard*, do King Crimson, vinte e três minutos e vinte e seis segundos. Apesar da mudança de black music para algo que só parecia black music, ninguém reclamou. O bigode de espuma fez meu lábio superior formigar, e só limpei depois de ver que Klaudia continuava ali, girando o dedo indicador sobre o disco como se o fizesse girar por telecinesia.

"Por que os seus toca-discos são... *Oberseite unten*?"

"O quê?"

Ela falou com o garçom. "*Wie sagt 'Oberseite unten' auf English?*"

"De ponta-cabeça."

"*Genau.* Por que seus toca-discos estão de ponta-cabeça?"

"Sou canhoto. Desse jeito fica mais fácil mexer em tudo que preciso mexer — o braço do toca-discos, essas chaves, botões —, não fica nada no caminho."

"E isso é o mais importante... tirar as coisas do caminho?"

"É, acho que é."

"Como DJ você tenta contar uma história? Obter uma certa linearidade, não?"

"Não, só toco o que estou a fim de ouvir."

Um dia vou ligar praqueles caras da escola de idiomas Berlitz, dizer que quero meu dinheiro de volta, que não existe essa história de alemão conversacional, só existe o alemão argumentativo. Ela tinha uma voz bonita. O timbre da voz feminina alemã tem uma altura perfeita. Toda vez que vou beijar uma alemã fico com medo de pegar alguma coisa. Todas elas soam como Marlene Dietrich com resfriado. A rouquidão indica uma mulher capaz de tomar conta de si mesma e, caso seja necessário, de mim também (num sentido de *femme fatale* de filme *noir*). Percebi que o guincho de "Ai, meu Deus!" é um artifício para ganhar atenção. Um subterfúgio soprano para uma fraqueza às vezes fingida, às vezes arraigada, mas sempre irritante.

"Mas você conta uma história com as músicas que toca."

"Que história é essa?"

"Uma história de amor."

"É música soul. É como os filmes da nouvelle vague, sempre falam de amor."

"Mas me diga por que os toca-discos estão *Oberseite unten*?"

Não é que ela estivesse flertando comigo; é que ela foi a primeira pessoa a me perguntar isso duas vezes.

A explicação de que eu sou canhoto é parcialmente verdadeira. Para compensar uma mão direita inútil que mal conseguia colocar um disco na vitrola, experimentei todo tipo de configuração e de aparelho. Os dois toca-discos de um lado, sem crossfader, estilo hamster, hamster reverso, braços em forma de S e braços retos — mas mesmo depois de minha mão direita ter se tornado hábil o suficiente para realizar as atividades mais perfunctórias necessárias para uma festa, como stabs, cortes e scratches, eu ainda me sentia incômodo atrás do equipamento. Ficar atrás dos toca-discos era como dormir na cama de outra pessoa.

O mais perto que meu trabalho chega de um ritual é na limpeza dos discos. Mãos com luvas de fino algodão branco, trato os acetatos raros de setenta e oito rotações e as reedições em vinil com o mesmo respeito de um porteiro desejando boas-vindas no Waldorf Astoria. Sigo as instruções prescritas pelo fabricante do fluido de limpeza. Removo partículas de poeira causadoras de estática, crepitação e saltos e/ou contaminantes gordurosos segurando os discos apenas pelas bordas e pelo rótulo.

Eu estava limpando um disco especialmente sujo, algo que nunca tinha tocado, talvez um Earl Klugh, quando me ocorreu porque eu me sentia tão desconfortável atrás dos toca-discos. Os discos giram no sentido errado. Giram no sentido horário, quando todos os demais vórtices naturais, desde as galáxias espirais até os furacões, desde a descarga do banheiro até as bolas de basquete brancas e azuis dos Harlem Globetrotter, giram em sentido anti-horário. Olhando para o álbum do Earl Klugh, para as partículas de poeira presas no vinil negro brilhante como estrelas no céu do deserto, percebi que estava segurando nas mãos um microcosmo empoeirado em doze polegadas da Via Láctea. O LP é um miniturbilhão cheio de ranhuras em que a agulha gira em espiral para produzir som. No caso do Earl Klugh, bobagem adocicada, mas que não deixa de ser som. Então pus meus toca-discos de ponta-cabeça. Agora meus discos giram no sentido anti-horário em harmonia com a rotação do próprio universo.

Minha explicação impressionou Klaudia. Ela pôs uma mão pesada sobre meu ombro. Parecia que estava me pressionando para baixo, me forçando a ficar no lugar como se eu fosse uma peça deformada de quebra-cabeça. No novo quebra-cabeça da Alemanha, onde esse pedaço estranho se encaixa? Os dedos dela, sem esmalte nas unhas, cutículas roídas até ficarem em carne viva, se enterraram nos meus ombros.

Ainda restavam uns dois centímetros do King Crimson para tocar. Comecei a pensar na próxima música. Quando toco em público, não toco trechos. Toco a música inteira. Samplear ao vivo é como tirar uma citação de contexto.

Eu estava hesitante entre "Dazz", do Brick, "Children of the Sun", do Mandrill, e uma reafirmação do meu subtexto narcótico com “Riding High”, do Faze-O. A mão de Klaudia deslizou do meu ombro. Mas ela não foi embora. Me decidi por “Children of the Sun”. Para uma mulher roliça, ela tinha um pescoço comprido, e eu queria passar a palma da minha mão pela textura da penugem loura daquela nuca. Imagino que ela quisesse que eu perguntasse o seu nome. Mas eu não queria saber. Queria saber por que os cachorros desta cidade não latem, só isso.

Terminei minha cerveja, coloquei os sinos de “Children of the Sun” um nadinha atrás do tempo forte pulsante do Mellotron do King Crimson e percebi que tinha uma coisa que eu queria saber.

“Sabe onde posso ver o pôr do sol aqui?”

“É difícil encontrar o sol aqui. Isso te irrita?”

“Bom, se você pensar em um lugar...”

Klaudia estendeu a mão e enfim se apresentou. Dei meu cartão para ela, fazendo questão de entregar um para o seu namorado, Horst, um tradutor careca com nariz de jogador de rúgbi que parecia um terrorista do IRA que entre um atentado com carro-bomba e um tiro no joelho de alguém fazia um bico como um cume de montanha. Ele se apresentou pondo uma cerveja na minha mão e um braço em torno da cintura de Klaudia. Pode ser que os olhares indiretos dela fossem só isso, indiretos.

Dois dias depois, ela ligou.

“*Hallo?* Por favor, posso falar com DJ Darky?”

Ela não era desleixada o suficiente para mim, era muito refinada, e mesmo com os setenta e cinco quilos de uma personagem de Rubens, magra demais. Sempre fiquei ligeiramente frustrado com a magreza das mulheres alemãs. Eu esperava carcereiras robustas com braços flácidos, coxas de zagueiro e uma maldade tão grande quanto suas largas e achatadas bundas arianas.

"Eu estava na loja de discos e encontrei uma música que achei que podia te interessar, uma velha canção de propaganda da Alemanha Oriental do início dos anos 1960, 'Affenschande (Amerika stopft Affen in die Satelliten)'. Quer ouvir em inglês?"

Eu falo alemão, mas às vezes é melhor não deixar que eles saibam que eu *spreche* o *Sprache*. É mais seguro assim.

"Em inglês o título é algo como 'Vergonha (Os americanos põem macacos nos satélites)' ou algo do gênero."

"Engraçado."

"Verdade. Também pensei num lugar onde a gente pode ver o pôr do sol. Posso te dar o disco lá?"

Na noite do meu primeiro pôr do sol berlinense, só os moradores mais avarentos de Berlim Oriental ainda não tinham gastado a nota de cem marcos alemães que receberam de cortesia do Bundestag como boas-vindas ao Mundo Livre. Quando nos encontramos naquela noite na base da Fernsehturm, Klaudia von Robinson ainda estava com a dela. *Fernsehturm* é a primeira palavra que qualquer imigrante que chega a Berlim aprende em alemão. Construída para celebrar o lançamento do satélite *Sputnik*, a Fernsehturm é uma antena de televisão de quarenta andares que lembra um míssil intercontinental da era soviética. Desde o fim da década de 1950, todo trabalhador estrangeiro, todos os candidatos a asilo político e todo americano negro honrosamente dispensado das Forças Armadas com uma preferência por mulheres negras apontou para a estrutura mais alta da cidade e perguntou: Que porra é essa?

Parada na base da torre de tevê, Klaudia girava a nota nas mãos, observando a estranha cédula do mesmo modo como João deve ter observado seus feijões mágicos. As portas do elevador se abriram. O caule do feijão brotou. Entramos imaginando que aventuras mágicas estariam à nossa espera. Dentro do elevador um cartaz escrito em alemão, russo e inglês dizia que o elevador subiria duzentos metros em trinta segundos.

A Fernsehturm sempre me assustou. Ela parece operacional. Estou convencido de que a torre é o Cavalo de Troia que os comunistas passaram pelo Portão de Brandemburgo como um presente e que, em algum lugar nas profundezas das florestas da Saxônia, num bunker subterrâneo centenas de metros debaixo de um carvalho húngaro, um grupo ultrassecreto de cientistas da Alemanha Oriental ainda luta na Guerra Fria, memorizando os códigos de lançamento do dia enquanto tomam o café da manhã. *Swie-Zulu-Foxtrot-sieben-sieben-Whiskey-fünf. Mach mit, Kamerad. Macht mit.*

Klaudia, notando meu nervosismo, apontou para o rosto na cédula em suas mãos.

"Quem é Clara Schumman?"

"Era uma pianista, compositora."

"Onde ela nasceu?"

"Leipzig, acho. Ela andava com o Brahms e aqueles caras, então acho que nasceu em 1820 e poucos. Talvez um pouco antes."

"Rá, uma oriental, no dinheiro do Ocidente."

"Em 1820 não era Alemanha Oriental, era a parte *oriental* da Alemanha. Não, espera, não era nem Alemanha, era Prússia ou algum troço assim."

"*Ja, das stimmt.*"

"Quem estava na nota de cem marcos na Alemanha Oriental?"

"Karl Marx."

A duzentos metros de altitude entramos no Telecafé, o restaurante giratório que fica a dois terços da altura total da torre. Restaurantes giratórios são as centrífugas socioculturais de baixa rotação do mundo. A força G que eles exercem é sutil, mas suficiente para separar a modernidade do kitsch, o comunismo do capitalismo, o amor da luxúria. A hostess nos acompanhou até uma mesa aconchegante coberta por uma toalha que ficava do lado oposto ao lugar onde os clientes esperavam. O garçom enfiou as mãos nos garfos, depois nas facas, depois nas colheres. O som da separação dos talheres era bonito. Tentei resistir à tentação de gravar, achando que gravar sons aleatórios num primeiro encontro seria grosseiro. Mas o som ganhou. Ele sempre ganha.

Klaudia também respeitava os sons. Em silêncio, ela esperou que o garçom parasse de remexer nos talheres, e então desliguei o gravador.

"*Kannst du wechseln?*", ela perguntou, agitando sua querida cédula diante do meu rosto.

Troquei a nota de cem para ela. Ela fez um leque com as cédulas, depois enfiou o maço de notas amarelo-esverdeadas de cinco, azul-arroxeadas de dez, uma azul-e-verde de vinte, e uma marrom-oliva de cinquenta num copo de água vazio e colocou o arranjo floral ersatz entre as velas.

O restaurante continuava girando. Um trio de alemães ocidentais que estavam no lado oriental tentando ganhar dinheiro fácil circulava muito bem-vestido pelo deque de observação e parou perto de mim, apontando o próximo terreno que iam comprar. Sem saber qual de nós era resíduo não radioativo e qual era puro urânio-235, esperei que a força centrífuga do café colocasse alguma distância entre nós. Detesto gente com mais dinheiro do que eu, o que significa que detesto quase todo mundo. O especulador mais baixinho se debruçou grosseiramente sobre a nossa mesa. Ele disse que a imensa área verde lá longe era o distrito de Pankow. Falando sobre taxas de amortização e escadas de mármore, o idioma dele era um patoá de expressões bancárias alemãs e jargão imobiliário de Beverly Hills. Enquanto ele avaliava as distantes villas de luxo ocupadas, segundo ele, por integrantes de um politburo prestes a morrer, a gravata enorme se afastou de sua pança e balançou em frente ao meu rosto como um pêndulo Hermès.

Sem pensar, estendi a mão para tocar nela. Nunca tinha sentido algo tão macio. Era uma maciez que me levou a questionar se eu tinha feito as escolhas certas na vida. Pus a ponta da gravata na bochecha. A seda dançou escorregando pelo meu rosto; seus fios bailaram um tango provocante com os fios de barba que nasciam no meu queixo, depois se libertaram com estalos zombeteiros e uma altiva crepitação estática. Sentindo a tensão sexual, o gordinho afastou a gravata, que prendeu na fivela do cinto. Ele pôs a mão na testa e fez um gesto como se estivesse girando o mostrador para inserir o código de segurança de um cofre, o gesto que os alemães fazem para dizer que alguém é maluco. Envergonhado, fugi do corredor e encostei a testa no vidro. O restaurante continuava girando. Os especuladores saíram apressados, murmurando algo sobre taxas de ocupação e a inevitabilidade da União Europeia. Do lado de fora da janela, Berlim, um panorama de urbanidade de concreto e aço estratificado, ia à deriva rumo ao passado. Foi um daqueles momentos de um haicai atemporal de Bashô com o sapo-pulando-no-lago, de Newton com a-maçã-na-cabeça-e-a-teoria-da-gravidade. Mas a minha mente, vazia como uma declaração de imposto de renda corporativa, só conseguia soletrar epifania. *E-p-i-f-a-n-i-a.*

O restaurante continuava girando. Klaudia abriu seu dicionário de bolso alemão-inglês. As sobrancelhas tiradas dela estavam tão tensas que formavam os arcos do McDonald's acima do nariz. Não achei que ela estivesse procurando *epifania*. Acho que não falei em voz alta. Aparentemente ela tinha algo para me dizer e estava procurando as palavras exatas. Eu nem imaginava quais seriam essas palavras. E não ia tentar adivinhar.

O restaurante continuava girando. Klaudia fechou o pequeno *Wörterbuch* verde. Ela tinha encontrado as palavras que estava procurando. Seus lábios finos se abriram. Revelando uma falha sensual nos dentes do tamanho da área do rebatedor num jogo infantil de beisebol. O restaurante continuava girando. O que será que ela podia querer me dizer?

"Ferguson, acho que eu estar um pouco apaixonada por você."

Olhei atrás dela, e tocando o rosto de Klaudia através da partição de vidro como um prisioneiro patético condenado à prisão perpétua, lá estava o sol de Berlim, afundando no horizonte. Ela percorreu meus lábios com a ponta dos dedos. Esses alemães, ou eles querem trepar com você, ou te matar. Às vezes as duas coisas.

O crepúsculo foi particularmente desinteressante. O sol parecia trêmulo e tombou no horizonte como uma criança que enjoa andando de carro e que se afunda cada vez mais no banco de trás. Seu último ato consciente foi um arremesso solar de luz refratada, cujas cores eram pútridas a ponto de fazer fugir os pássaros e as nuvens, e depois ele deixou que a lua limpasse a bagunça.

3

A Alemanha mudou. Depois da queda do Muro o país me lembrava o período da Reconstrução americana, com direito a patifes, oportunistas, linchadores e os tristemente linchados. O país tinha todos os sintomas da União pós-1865, exceto senadores negros e uma manteiga de amendoim decente. Era ligar a tevê e ver os shows de menestréis — *Schauspieler* de smoking com o rosto pintado de negro encenando *Showboat* e literalmente assobiando Dixie. Havia os obrigatórios editoriais chorosos alertando os leitores de que a assimilação era um sonho, que os alemães orientais eram preguiçosos por natureza e incapazes de mudar, e que jamais seriam cidadãos produtivos. Havia alemães orientais se passando por alemães ocidentais. Escondendo o sotaque e seu jeito de se vestir atrás de um estoicismo falso-bávaro e de um chapéu de lã, e não perdendo jamais a chance de dizer "aquele gordo filho da puta" sempre que alguém mencionava as palavras *Helmut Kohl*. De vez em quando você chegava inclusive a ver bandeiras confederadas adesivadas em para-choques ou tremulando em antenas de carros. As estrelas e as barras eram um substituto racista para a suástica ilegal, embora caso você confrontasse alguém com isso a pessoa diria se tratar de uma mostra de admiração pelo rockabilly, especialmente pela música de Carl Perkins.

Minha pátria adotiva ainda era um país introspectivo, mas tinha entrado numa nova era; em vez de olhar para o próprio umbigo, o país olhava para seus imensos, históricos e peludos colhões. Havia uma verdadeira sensação de alegria e satisfação. Dessa vez nós vamos fazer tudo direitinho. Digo "nós" porque por um momento eu começava a me sentir alemão. Embora você nunca ouça falar que um negro "já quase virou um nativo" (essa queda vergonhosa é reservada aos brancos), eu tinha me transformado, se não num nativo, pelo menos por um dia especial em um teutônico temporário. Se você encontrar alguma filmagem do desfile que deu início a esse período de amor, eu sou o cara no tênis plataforma de vinte e cinco centímetros tomando schnaps de pêssego, com um cabelo afro descontrolado cor-de-rosa e vestindo só calças de couro com um recorte que deixava minha bunda preta e brilhante de fora, regendo a minha banda de aborígenes brancos que desfilava pela Ku'damm como um Kurtz queimado de sol num universo paralelo.

Assim como o Congo Belga de Conrad, a Alemanha nos dias imediatamente após a reunificação era uma terra onde a luz era escura e a escuridão era ainda mais negra. Em homenagem a esse estado caótico de insegurança peguei o hábito de abrir minhas apresentações com o hit "Teenage Kicks", dos Undertones. A banda aparentemente se separou no auge do sucesso, e li uma vez nas revistas especializadas uma declaração do vocalista, Feargal Sharkey: "Os últimos anos nos Undertones foram muito difíceis para todos nós. As conversas em geral tentavam girar em torno de Dá pra você aumentar isso aí um pouquinho, ou Dá pra você baixar isso aí um pouquinho?". Essa frase resumia exatamente o que eu sentia em relação ao mundo na época. E meu mundo era a nova Alemanha — como sempre tinha sido. A imensa terra-de-ninguém desabitada foi reflorestada para se transformar numa terra-do-homem-rico cheia de complexos de apartamentos, shopping centers e prédios de escritórios. Atores que, quando o Muro caiu, mendigavam e imploravam para fazer papéis de judeus sitiados em filmes independentes de baixo orçamento agora desejavam interpretar nazistas incompreendidos em longas caríssimos. Se você parasse em uma estação de trem de Munique e perguntasse à mulher-de-aparência-malvada do guichê de informações sobre como se fazia para chegar ao Campo de Concentração de Dachau, ela rosnaria: "Não é um campo, é um *memorial*!". O governo fez o Parlamento aprovar leis de grafia numa tentativa disfarçada de instituir um processo de pensamento homogêneo. País que grafa unido permanece unido, e não é coincidência que o ß tenha desaparecido junto com a previdência social e uns poucos negros infelizes.

No começo, Doris e Lars ficaram empolgados com a queda do Muro. As excursões que eles faziam durante o dia a Berlim Oriental eram como viagens para visitar uma família estendida de meias-irmãs e meios-irmãos gerados todos pelo mesmo pai mulherengo. Eles se admiravam com os prédios crivados de balas, os medonhos cortes de cabelo mullets. Curtiam seus primeiros goles da famosa cerveja Radeberger de que tanto ouviam falar. Mas do mesmo jeito que o relacionamento com "os outros filhos do papai" começa a cansar quando você ouve mais uma conversa do tipo você-é-a-cara-do-tio-Steve, a afinidade de Doris e Lars com os parentes pobres do Oriente começou a azedar. Eles começaram a ver os alemães orientais como pessoas essencialmente diferentes. Preguiçosos, desmotivados e ingratos. Todo dia eles tinham uma nova piadinha sobre os compatriotas atrasados:

> P: Por que os policiais da Alemanha Oriental andam em trios?
> R: Um para ler, um para escrever e um para ficar de olho nos dois intelectuais.

A arrogância que eles demonstravam em relação aos irmãos do Leste de certo modo fazia com que eles sentissem menos pudor em expressar suas frustrações com o fardo de ser alemão.

Uma vez, numa manhã chuvosa de maio, Doris, Lars e eu estávamos num café a céu aberto dividindo um jornal em inglês, quando Doris teve uma explosão que quase me fez engasgar com a *Bratwurst*.

"Odeio esse judeu velho!", ela gritou, batendo com as costas da mão no caderno Mundo.

O "judeu velho" era David Levin, correspondente do jornal em Berlim. Eu meio que gostava e me identificava com os relatos pessoais ambíguos dele sobre a nova Alemanha. Doris achava que os textos tinham um viés muito claro e que eram amargos, e aparentemente muito judaicos e muito velhos.

Ouvir a palavra *judeu* ser pronunciada em público era um fato raro. Se um alemão usava essa palavra perto de você, era um sinal de afeto. Significava que a pessoa se sentia à vontade com você — e que você se sentia à vontade demais com ela. Às vezes Klaudia falava em judeus quando estava muito amargurada com o tratamento de segunda classe que os afro-alemães recebiam. Se estivesse especialmente ofendida, ela dava uma boa olhada em volta, para ter certeza de que não havia nem judeus nem fantasmas judaicos que pudessem ouvir, e sussurrava: "quem sabe se eu fosse *judia*...", mas nunca terminava a frase.

Tanto Doris quanto Klaudia sentiam ter um certo direito de usar a palavra. A sensação de desobrigação de Klaudia vinha do ponto de vista segundo o qual "Ei, ninguém se importa que nós também fomos esterilizados e mandados para campos de concentração?". A prerrogativa de Doris vinha simplesmente do fato de a palavra estar no dicionário. Se estava no dicionário, ela tinha permissão para usar, não tinha?

"Judeu velho?", eu disse, olhando por cima da página de esportes enquanto Lars sabiamente se fazia de surdo.

"Esse filho da puta nunca diz nada de positivo sobre o nosso país."

Às vezes estou no trem, parado num canto sem incomodar ninguém, olhando os passageiros, punks com piercings na pele e universitários todos sentados retinhos nos seus bancos, olhando para a frente, mãos cruzadas sobre o colo, cotovelos ao lado do corpo, e não consigo conter meu preconceito e meus temores genocidas. Fico achando que um dia uma campainha vai soar e toda essa gente vai se levantar ao mesmo tempo, ficar em posição de sentido batendo os calcanhares e gritando um belicoso "*Jawohl!*", e ordenar que eu pegue o *próximo* trem. Sei que essa campainha pode soar em qualquer país, a qualquer momento. E que algumas pessoas vão se levantar de boa vontade e outros vão se levantar por medo, e que uns poucos vão se levantar muito acima dos outros, revidando, protegendo, panfletando, morrendo e tentando. Mas mesmo assim.

"São os pecados dos pais, não dos avós... por que nós alemães devemos sofrer para sempre?", Doris disse, embora ela, como panteísta devota, devesse entender que não há um estatuto com restrições para a culpa genocida, muito menos para o sofrimento.

O curioso é que, se algum dia essa campainha soasse, eu correria para ela. Ia dar um jeito de chegar a Kreuzberg sem ser visto, correndo de sombra em sombra, até acabar nos seus braços. E ela ia vender seus pertences quase intocados e achar um jeito de me tirar do país. Os outros perseguidos iam dar um azar do cacete porque eu não ia dividir nem uma latinha de arenque fermentado com eles.

Despejando colheradas de açúcar no café, ela resumiu em voz alta a reportagem, achando que, depois de ouvir a lenga-lenga desnecessariamente cruel, eu ia dar razão para a raiva dela.

"O sr. Levin diz que, no pouco tempo que mora na Alemanha, percebeu que os alemães raramente falam na primeira pessoa do singular. Diz que isso é um sintoma de pensamento em bloco. Que falar com um alemão é como falar com oitenta milhões de gêmeos alemães siameses, todos compartilhando a mesma mente. Pergunte a uma pessoa o que ela pensa e a primeira palavra que ela diz é *nós*."

"Você faz isso o tempo todo."

"Não, *nós* não falamos assim!"

O jeito como ela falava dos *judeus* me fazia sentir saudades do Muro. Antes da reunificação, ninguém me chamava de *Neger* na minha cara nem usava o termo *judeu* como pejorativo. Agora crianças saltavam de carros estacionados e, numa imitação lastimável dos programas policiais americanos que viam na tevê, apontavam dedos para a minha cabeça e exigiam que eu ficasse parado. No trem, um garoto pálido um vagão à minha frente olha bem no meu olho do outro lado da janela e desliza o dedo pela garganta. Vou visitar uma amiga doente no hospital e o sujeito na cama ao lado me chama de "Tição".

Não sou o único com saudades do Muro; alguns alemães também sentem falta dele. Os ocidentais têm saudades da sensação de ser especial que vinha do fato de viver numa ilha em meio a um continente. Sem serviço militar obrigatório, Berlim Ocidental era uma contracultura bancada pelo Estado, uma Jamestown sem os índios, Woodstock sem a chuva. Berlim Oriental, por outro lado, era Wounded Knee sem a cobertura da imprensa, Wattstax sem a soul music, e mesmo assim há gente no Leste que sente falta do Muro. Eles têm saudades do ritmo lento, do trabalho sem pressa, da obsessão pela liberdade de expressão e não pelo dinheiro, da falta de opção e da beleza que decorria disso, de poder ir jantar num restaurante e não precisar tomar nove decisões imperialistas sobre o seu primeiro prato.

"Sopa ou salada?"

"Salada."

"Verde, de espinafre, Caesar ou rúcula?"

"Espinafre."

"Molho italiano, mil ilhas, francês, *blue cheese* ou vinagrete?"

"*Blue cheese*."

"Normal ou diet?"

Nem preciso dizer que os negros expatriados desejavam o retorno do Muro. Sim, a reunificação dobrou, como esperavam o vigia e outros como ele, a quantidade de, com o perdão da redundância misógina, "mulheres brancas comíveis"; no entanto, a queda do Muro também teve o impacto imprevisto de quadruplicar o número de machos brancos babacas. Não que a proporção de babacas-per-capita fosse maior na Alemanha Oriental. A reunificação e o crescimento da atividade neonazista deram aos alemães ocidentais a liberdade de mostrar sua verdadeira face.

A personificação da frustração dos afro-americanos na Berlim pós-Muro era um negro excêntrico que periodicamente ia ao Slumberland empurrando um carrinho de mão cheio de uma miscelânea de pedaços de tijolo, pedras, moedas e cédulas. Ele nunca falava, preferindo deixar que o cartaz de papelão pendurado no pescoço falasse por ele. Um cartaz que dizia: COMO PODEMOS LER O QUE ESTÁ ESCRITO NO MURO, SE NÃO HÁ MURO. Se você não jogasse algum dinheiro ou uma pedra de um tamanho razoável no carrinho de mão, ele enfiava um dedo encardido no seu copo.

Ao contrário do pedreiro sem tijolos, eu tinha o Schwa para me manter são na Berlim racialmente alienada. A beleza negra de Klaudia von Robinson também ajudava. Ela e Fatima apareciam na minha casa sem avisar. Acho que era assim que se fazia na antiga Alemanha Oriental. Sem telefones. Se eu não estava em casa, elas deixavam um bilhete rabiscado num folheto de comida coreana e o enfiavam pelo buraco da fechadura. Caso eu estivesse com uma companhia feminina, elas sentavam do lado de fora, no corredor, esperavam a mulher ir embora e depois, num ataque de ciúmes fingido, entravam exigindo saber se eu tinha lambido os dedos dos pés dela.

"Se você beijou os pés brancos fedidos dela eu vou embora", Klaudia dizia, examinando meus lábios e minha língua, procurando sabe-se lá o quê. Lascas de esmalte de unha e sujeira de pé, acho.

Apesar de delírios sobre um potencial ménage à noir, a música do sexo com a galinha não funcionou com Klaudia e Fatima. Na primeira vez em que pus a fita, as únicas peças de roupa que elas tiraram foram os sapatos.

"Ei, foi esse cara que sugeriu que eu fosse no Torpedo Käfer naquela noite que a gente se conheceu", Klaudia disse, arremessando as alpargatas na direção da tela.

"Stasi", Fatima rosnou, apontando para ele.

"*So offensichtlich!*", Klaudia disse, o que quer dizer "Claro, jacu!", em alemão.

Embora não fossem devotas do Schwa no mesmo sentido histórico de Lars, as irmãs Von Robinson, que de início conheciam a música dele, logo viraram fãs profundamente fervorosas.

A música dele parecia ter um apelo para elas, especialmente para Fatima, que mais de uma vez apareceu lá em casa com um bracelete médico em volta de uma bandagem manchada de sangue no pulso. Às vezes no meio de uma música a Caçulinha hiperventilava. Certa vez ela teve uma overdose da música dele, desmaiou e caiu no chão inconsciente com o sorriso beatífico de uma universitária atingida pela Beatlemania congelado no rosto. Foi preciso jogar um balde de Joy Division alto, gelado e revigorante para que ela voltasse a si, e a primeira coisa que disse ao recuperar a consciência foi: "Quando morrer eu quero estar ouvindo Charles Stone". Fiquei sem ver as Von Robinson por um tempo depois disso. Então, numa noite de domingo, Klaudia apareceu sozinha na minha casa.

A maioria das mulheres se acha forte. Elas gostam de lutar com os homens no chão e dar aquilo que imaginam ser um mata leão inescapável. Em vez de jogar sem esforço pela janela essas supostas lutadoras delirantes, nós homens fazemos a vontade delas. Fingimos submissão. Elogiamos a musculatura tonificada pela ioga. "Wow, olha só esses músculos. Não, falando sério, eu não conseguia respirar."

Quando abri a porta naquele domingo fatídico, Klaudia entrou como um furacão, uma névoa de perícia em artes marciais acompanhada de um *kiai* que não se via desde Lady Kung Fu e coisas do gênero. A Srta. Pequenos Punhos Furiosos se livrou dos sapatos com dois chutes e me jogou por cima de seu ombro com um golpe de judô, me derrubando no chão da sala de estar. Antes que eu pudesse perguntar o que tinha feito de errado, estava derrubado com um joelho na virilha, um cotovelo na laringe e estrangulado quase até a morte com o colarinho da minha própria camiseta, tudo numa rápida sucessão.

Com o hálito cheirando a tequila de boa qualidade, ela desceu do monte de carne e ossos retorcidos em que me transformou e anunciou que tinha rompido com o namorado e que Fatima estava no hospital. Sem pedir licença, enfiou a música do sexo com a galinha no videocassete e se serviu de uma bebida de que obviamente não precisava.

Dividi a cortina de chumaços viscosos de cabelos louros sujos que cobriam a face rubra de sangue dela.

"*Was ist los?*"

Ela me disse que Fatima estava no hospital. Tinha tomado um monte de comprimidos com uma garrafa de tequila.

Apertei o play e a música do sexo com a galinha fez Klaudia se levantar dos meus braços. Ela começou a dançar. Braços erguidos em ângulos oblíquos, ela se mexia como se a canção tivesse sido escrita para ela. Seu corpo flexível era o eixo em torno do qual o disco girava.

Devagar, quase contritamente, ela fazia um movimento de saca-rolhas que a levava até o chão e depois para o alto. Não tinha muito espaço, mas ela conseguiu se expressar. As solas negras dos pés nus batiam e arranhavam o chão de madeira. Enquanto dançava, me contou a história das irmãs Von Robinson.

Meninas negras numa Alemanha Oriental inteiramente branca — um Estado totalitário onde havia educação gratuita, não havia desemprego nem discriminação —, o conceito de raça não existia oficialmente. A vida das meninas proletárias e, nas palavras de Klaudia, "extraoficialmente negras" era dura. Pelo menos ela tinha o judô e os estudos. Era boa tanto no tatame quanto na sala de aula. Tinha heroínas como a campeã de judô alemã-oriental Astrid Timmermann e Valentina Tereshkova, a primeira mulher a ir para o espaço. Ela pensou em competir nas Olimpíadas até a mãe subir nas tamancas, ameaçar tirar dela os suplementos vitamínicos e mencionar que Astrid Timmermann tinha um clitóris do tamanho de uma minhoca. Ela cogitou se formar em Física e se candidatar a uma vaga no programa espacial soviético, até o professor de mecânica quântica dizer que os russos já tinham mandado um macaco para o espaço.

Fatima não tinha hobbies nem interesses. Só o que ela tinha eram longos períodos de depressão e os ombros largos da irmã para chorar.

Era duro ser negro na vermelha Alemanha Oriental. Mas as irmãs Von Robinson estavam determinadas a descobrir se eram de fato negras. E, se fosse o caso, quão negras eram, e isso importava? Elas começaram a desenvolver um currículo negro autodidata. O programa delas era extremamente independente e incluía muita leitura de Púchkin e a audição do programa *A Voz da América*.

"Entendi que o amor não era para mim..." era uma das citações favoritas dela do poeta russo negro, uma frase que ajudava as duas a enfrentar muitas noites solitárias de fim de semana sem encontros românticos. E quando estavam com os olhos cansados a ponto de não conseguirem mais se concentrar nos livros, o programa de rádio *A Voz da América*, de Willis Conover, punha as duas na cama para dormir. A voz de Conover era de fato os Estados Unidos. "Essa é a música da liberdade", ele dizia, enunciando cada letra com a perfeição da propaganda. No começo, tudo que as irmãs não-falantes-de-inglês compreendiam era "Duke Ellington". Mas elas conseguiam ouvir o respeito que Conover tinha pela música e pelos músicos. O modo como ele dizia: "Nesta semana o imortal Zoot Sims está em Seul, na Coreia do Sul, no Matchstick Club. Oscar Peterson em Caracas, no Mephisto". Elas adoravam a música, mas as entrevistas que ele fazia com os músicos eram melhores. Sem pressa. Comedidas. Elas conseguiam ouvir as cores na linguagem, a brancura relaxada na camisa, nos dentes e na pele de Conover, a cautela negra na voz e na mente de seus convidados. Exceto pelos discursos ácidos de Muhammad Ali no noticiário, e pela voz poética de Púchkin nos poemas de que elas passaram a gostar tanto, essas entrevistas eram as únicas vezes em que ouviam a voz de um negro falando. Esses negros faziam com que elas se lembrassem do pai que nenhuma das duas jamais viu. Eles pareciam tão próximos. Talvez Conover fosse um fanático por jazz que vivia no bloco soviético e que se disfarçava de disc jockey americano, imaginando que nunca passaria pela cabeça das autoridades procurar por ele num estúdio no topo de um prédio em Praga ou Belgrado. Uma noite, Conover apresentou uma gravação com tanta ansiedade na voz que Klaudia chegou a tirar os olhos do *Eugene Onegin*. "Essa é uma música que vocês nunca ouviram", Conover disse, a voz embargada. A voz dele nunca ficava embargada. "Charles Stone com 'Darn That Dharma'." Quando a música começou Fatima literalmente tremeu de felicidade. Ela tinha encontrado a sua negritude. Depois daquilo não importava que a única coisa que a mãe contou sobre o pai delas era o fato de ser um "cretino de cor". Branco, preto, árabe, mexicano, cretino, tanto fazia. Elas renasceram pretas. Pretas como Púchkin. Pretas como uma faixa preta. Pretas como a primeira mulher no espaço. Pretas como a Alemanha. Essa era a história delas.

Foram os pés da minha mãe que me fizeram gostar de mulheres brancas. Fim de semana sim, fim de semana não, ela jogava aqueles apêndices e suas crostas no meu colo. Os dedões deformados e retorcidos nas juntas, com calos mais duros e mais escuros que nós de madeira. As unhas eram onduladas como batatinhas fritas servidas com molho em festas, e as que não eram pretas eram faixas espectrográficas de um marrom fúngico. Aos domingos ela me proibia de sair de casa antes de cortar as unhas de seus pés, limar cada joanete, craca e calo, tirar os fiapos e as sujeiras pegajosas das cutículas e das fendas, lixar a pele morta dos calcanhares rachados e secos. Depois disso minhas mãos cheiravam a couro molhado e a camiseta ficava cheia de limalhas, rolinhos de sujeira, lâminas de pele morta do tamanho de uma moeda, e talco de bebê.

Os pés dançantes de Klaudia podiam passar por brancos. Os dedos roliços e não deformados e sem calos cheiravam a grama recém-cortada. Quando estava no clima, ela erguia as calças acima dos joelhos, punha uma sola fria no meu rosto, e com os meus zigomas emoldurados pelos peitos dos pés, massageava as minhas têmporas com o dedão.

"Dá pra sentir que você está tenso", ela dizia.

Eu negava estar "tenso" e enfiava aquele dedão na boca. Macio como marshmallow e gostoso como vitaminas infantis, eu chupava aquele dedo, contornando cada curva e cada espiral da impressão digital. Se molhassem a ponta da minha língua com tinta, eu saberia desenhar os pés dela de memória.

Como resultado de seu treinamento de judoca, Klaudia usava os pés para conhecer o mundo. Quando eles não estavam tocando o chão, ela era uma árvore desenraizada, apática e silenciosa como o ramo caído do poeta.

Se uma mulher tem um orgasmo e não tem ninguém para ouvir, ele produz algum som?

Klaudia acredita que toda energia com suas vibrações, desde a pulsação do coração humano até a música, emana do centro da Terra. Embora nunca tenha enfrentado um terremoto, ela teoriza que minha profunda sensação de pressentimento vem do fato de eu estar sempre à espera do maior abalo sísmico de todos. Até que faz sentido. Qualquer um que tenha crescido no Círculo de Fogo do Pacífico nunca atravessa uma ponte pênsil nem chega perto do ápice numa roda-gigante sem pensar: "E se acontece um terremoto bem agora?". Supostamente entendi tudo errado. Um terremoto não é uma catástrofe, é só uma tensão que está deixando o planeta. Um abalo de 5.5 na escala Richter, que joga os pratos do armário e derruba as coberturas de palha de cabanas na Micronésia, é apenas a Terra estralando as juntas após um longo dia. O tremor de 7.7 que descarrila trens-bala japoneses e destrói o centro comercial de uma grande cidade? É a Terra se espreguiçando e ajeitando as vértebras no lugar.

Fazer amor com Klaudia era como fazer sexo com um jogador de sinuca: Por mais contorcida que fosse a posição, ela tinha que estar com pelo menos um pé no chão. Seus orgasmos eram gemidos altos, estrondosos, tremores sísmicos pélvicos muitas vezes no mesmo tom do rugido do sax tenor de Coleman Hawkins. Às vezes eu perguntava de onde vinha um determinado grunhido passional, e ela dizia: "Foi um terremoto com epicentro no mar perto de Sumatra", depois fechava os olhos e anunciava: "Agora vou dormir um pouco".

Eu gostava de ver Klaudia dormindo, o rosto descansando nos braços poderosos, os pés macios, quase brancos, e que pareciam ter sido esculpidos como uma Atena do Partenon saindo do futon e pousados suavemente no chão. O ronco era alto e agudo como se um músico de salsa em miniatura estivesse preso em sua garganta, arranhando a laringe como se fosse um guiro. Se eu pusesse meu ouvido no seu peito enquanto ele se enchia, dava para ouvir a batida do coração arrítmico. Um rápido *baboompbaboomp baboompba* que soava exatamente como o riff de congas que abre "Manteca". Embora ouvir o ronco e a batida do coração fossem prazeres auditivos mais satisfatórios, escutar os seus peidos noturnos era algo quase orquestral. A flatulência era modal como um cool-jazz com todo o vibrato comedido e a entonação impecável de um solo de tuba de Ray Draper. Às vezes depois de uma refeição pesada com ensopado de repolho e uma sessão de sexo particularmente passional, os intestinos irritáveis de Klaudia se esvaziavam com força suficiente para que ela acordasse. E quando isso acontecia, ela se sentava, inspirava profundamente como um fazendeiro orgulhoso ao nascer do dia e exclamava: "Ah, tem um vento revigorante soprando".

4

Uma das melhores coisas da Europa é poder andar pelas ruas pedalando uma bicicleta feminina turquesa de três marchas com uma cestinha de plástico roxa presa no guidão sem se sentir efeminado. Seguro da minha sexualidade e das minhas perspectivas de encontrar Charles Stone, pedalei seguindo o traçado do velho Muro.

Mais ou menos um mês antes do meu pequeno passeio de bicicleta, eu estava no Slumberland fazendo manutenção de rotina no jukebox. Para preencher o vazio coloquei umas músicas minhas no sistema de alto-falantes do bar. Enquanto trocava os capacitores do amplificador e instalava uma nova agulha, um ou dois clientes pararam para elogiar meu gosto. Eles gostavam da música, mas ficavam nervosos por não conseguirem classificá-la. Precisavam que a música lhes dissesse em termos inequívocos como deviam se sentir, como se comportar. Minha música jamais ordenava ao ouvinte "Dance! Pense! Lave a louça!". Simplesmente dizia: "Seja! Ou Não Seja, Eu Não Dou a Mínima!", e o Slumberland não sabia lidar com esse tipo de liberdade.

"Ei, Darky."

"Oi."

"A Doris disse que essa música é sua."

"É."

"É boa pra caralho, velho. De verdade."

"Valeu."

"Boa demais, pra falar a verdade. Tipo uma ameixa que é tão doce que você não consegue comer porque seu coração bate rápido demais e você acaba jogando fora."

"O.k."

"Então quando o jukebox vai estar consertado?"

"Num minutinho."

"Beleza."

"Até."

"Até."

Eu estava com a cabeça enfiada no ventre da máquina fazendo uma soldagem delicada nuns chips de reposição quando ouvi o barulho de alguém se aproximando pelo chão de areia. A mesma pessoa chutou a sola do meu pé.

"Que foi? Estou ocupado."

Sem resposta.

Nunca me dei ao trabalho de ver quem era. No começo achei que era a Doris querendo jogar uma partida rápida de gamão, ou um cliente impaciente e febril desesperado por uma dose de Teena Marie. Mas o barulho dos pés patinhando na areia era profundo demais, pesado demais. Repassei as pegadas rangentes na minha cabeça. Comparando com as centenas de passadas diferentes do Slumberland que armazenei na cabeça. E percebi. Eram as passadas do negro com cara de doido que pedia doações para reconstruir o Muro.

Dez segundos depois ouvi a voz da minha secretária eletrônica vindo do bar: "Pois o crioulo crioulava todo dia".

O Schwa.

Finalmente.

O tempo todo em que eu o estava procurando, ele estava ali, na esquina, a não mais do que sete metros de mim, e eu não tinha como sair correndo atrás dele ou gritar. Não com as portas do jukebox escancaradas, expondo seus circuitos antigos ao monte de areia que eu ia esparramar enquanto cambaleava para cumprimentá-lo. Não com a ponta branca quente do ferro de solda presa entre os dentes, precariamente próxima de derreter um cristal de quartzo insubstituível.

Ouvi ele erguer o carrinho de mão estridente e ir em direção à porta. Depois de terminar meu trabalho, liguei o jukebox e perguntei a Doris o que tinha acontecido.

Ela não respondeu na hora. Estava me mantendo refém. Esperando que eu pagasse o resgate. Se queria que ela libertasse Charles Stone, eu precisava confessar meu amor oculto por ela. Dizer que nossa separação foi a mais tola desde que Frankie matou Johnny.

O jukebox apitava e piscava, voltando à vida. Van Morrison começou a fazer uma serenata para os clientes que nunca iam embora. Dois namorados de pé atrás da enorme bananeira se beijaram. Eu sabia que quando o irlandês chegasse ao refrão ela ia ceder. "Crazy Love". Doris cantava suavemente para si mesma e investi.

"O que aconteceu?"

"Dei um dinheiro para ele. Ele fez uma reverência e disse: 'Pois o crioulo crioulava todo dia'. E foi só. Não disse mais nada."

"Mas era o Cara do Muro de Berlim?"

"Sim."

"Mas teve uma pausa entre ele falar com você e ir embora."

"Ele estava ouvindo a sua música. Sorrindo."

Fiquei tonto. Tonto-de-fumar-maconha-cultivada-na-Califórnia-e-beber-Hennessy-na-praia-meu-Deus-olhe-esse-pôr-do-sol-como-é-que-ninguém-mais-fala-do-zen?

Sem querer me alarmar, ela passou o polegar pelas minhas costeletas e disse, suavemente: "O carrinho de mão dele estava cheio de tijolos novinhos em folha. Acho que o sr. Stone está se preparando para construir seu muro".

Pus as mãos em torno do rosto bonito de Doris.

"Sim?", ela perguntou cheia de expectativa.

"Me empresta a sua bicicleta?"

Dizem que o Muro de Berlim não existe mais na rua, só na cabeça. Quando estava de pé, o Muro não serpenteava pela cidade, ele se apropriava dela. Seu fantasma inexorável é igualmente beligerante. Corta terrenos baldios e novos condomínios caros sem ser convidado, chacoalhando sua foice e seu martelo, assustando os turistas e os moradores da cidade que andam ao longo dessa barreira invisível.

De olho no fodedor de galinha, que eu sabia estar em algum lugar me observando, pedalei pela primavera berlinense procurando o Schwa. Empinei passando por sinais vermelhos, dei cavalos de pau em nuvens de mosquito procriando em poças de água parada, pulei por cima de artistas de rua no metrô que não precisavam da grana, fiz marcas de freada sem sentido em praças históricas, andei sem as mãos em vias cujo nome lembrava ruas de um jogo de tabuleiro comunista chamado Luta de Classes: Paul-Robeson-strasse, Ho-Chi-Min-strasse, Paris-Commune-Brücke. *Você foi acusado de Oportunismo de Esquerda. Volte três casas.*

No meio da Leninplatz passei por um sujeito negro barbado empilhando, numa barricada improvisada, pedaços de tijolos quebrados e pedras que não se encaixavam direito. Me juntei aos outros populares e observei enquanto ele estendia o muro pela rua.

Tenho a tendência de lembrar nomes mas esquecer rostos, e queria ter nascido com uma memória fotográfica em vez de fonográfica. Porque ali estava um sujeito que, durante o tempo interminável em que olhei para ele, ouvi mas não vi. Ele esteve no Slumberland, me pediu dinheiro em várias ocasiões, e essa foi a primeira vez que me dei ao trabalho de realmente olhar para ele.

Charles Stone era bem diferente do que eu tinha imaginado, mas, mesmo assim, como pude não ver que era ele? Um terno verde berrante dava um belo realce ao tom de sua pele. A pele mulata, enrugada, mais fotosfera que epiderme, ainda tinha um brilho miscigenado, esmaecido, enferrujado, e me lembrava o sol poente de que eu tanto sentia falta. O cabelo explodia do crânio como uma erupção solar. Não sei se o responsável por pentear o cabelo era ele ou o vento, mas o afro gigantesco partia de trás e vinha para a frente, uma onda de maré vermelha que ia ficando grisalha e que tinha sua crista sobre a testa como se estivesse prestes a quebrar sobre a sobrancelha malhada. Macilento porém extraordinariamente cheio de energia para a idade, ele se movia com síncopes e arranques ruidosos como uma marionete.

Embora o rosto e o físico fossem desconhecidos para mim, eu já sabia exatamente como ele soava. Ele respirava com dificuldade, assobiando, ofegante, por um septo desviado. Às vezes, quando fechava as mãos grandes e nodosas, as juntas estralavam com um som alto e claro como amêndoas oleosas jogadas na frigideira. Ele rangia os dentes. O relógio de pulso tiquetaqueava suave, como um grilo silencioso que não sabe ao certo a temperatura. Sempre levava uma quantidade imensa de moedas que, a cada passo, tilintavam como se ele tivesse sinos de trenó no bolso. Quando coçava a nuca seca e hirsuta, o som era o de um garoto catando gravetos na floresta.

Heróis. Ídolos. Eles nunca são quem você espera que sejam. Mais baixos. Mais desagradáveis. Mais fedorentos. E quando você finalmente os conhece, a vontade é de mandar calar a boca.

O Fagulha sempre disse que uma das minhas maiores qualidades era nunca me impressionar com alguém. Ele tinha medo de que, caso eu ficasse imperturbável ao encontrar o Schwa, a ausência do fervor dos acólitos levasse Stone a não ter vontade de tocar comigo.

"Cara, você tem que lisonjear esses caras tipo o Charles Stone." Por um segundo pensei em sair correndo pela rua e ligar para os Coçadores de Barba, um por um. Fingir estar mais empolgado do que estava.

"Cara, você nunca vai adivinhar quem estou vendo bem agora... O Schwa, cara... Não estou de sacanagem não."

Mas isso seria como Cristovão Colombo voltando para a rainha Isabel sem nada para mostrar, exceto um caso de sífilis gotejante. Não, os Coçadores de Barba seriam notificados quando a missão da Batida Perfeita estivesse completa.

O Schwa levava seu trabalho a sério. Depois de examinar a pilha de pedras, ele cuidadosamente escolhia qual encaixaria melhor na fenda aberta. Caso um bloco precisasse ser limado ou cortado, ele lixava, esfregando no asfalto ou no meio-fio. Como argamassa, usava um otimismo infinito testado continuamente pelas vibrações sonoras dos caminhões que passavam.

Um policial com olhos mortos e frios desceu de uma BMW K100 novinha em folha, e embora soubesse muito bem o que o Schwa estava fazendo, perguntou às pessoas em volta o que se passava.

"Ele está reconstruindo o Muro de Berlim", alguém anunciou.

"Parece mais a Divisória de Berlim", o policial disse, e apesar de não ser muito engraçado, a multidão, inclusive eu, riu.

O tira estralou os dedos e Stone entregou um papel todo estropiado mas que parecia importante, que o policial olhou de relance antes de devolver rapidamente. O policial apontou com o dedo enluvado um letreiro imenso pendurado acima de nós. Todos olhamos para a propaganda de uma marca de cigarros ocidentais. Dois "pivetes" cor de petróleo cru, vestidos de preto do tênis até o gorro de lã, estavam de pé contra um fundo branco, com pose de malvadões e brandindo cigarros ainda não acesos sobre a legenda EXPERIMENTE.

"Lembram da guarita que ficava ali?" Cabeças balançaram. O Schwa acrescentou uma pedra, sem prestar atenção na nostalgia socialista. O policial pôs o quepe debaixo do braço e disse algo em russo que fez cada um ir para o seu lado.

Depois uma parte do muro construída meio de qualquer jeito caiu no meio da rua numa avalanche, bloqueando o trânsito. Um sujeito do lado oriental do muro passou todo brincalhão pela fresta, chegando à liberdade. Uma mulher fechou um olho e atirou algumas vezes nas costas dele. Outros pegaram os tijolos caídos e começaram a fechar o buraco.

Andando lentamente em direção à bicicleta, o policial tirou dois pequenos cones de segurança cor de laranja e os posicionou na frente do muro. Um assobio agudo e um olhar duro fizeram os carros parados contornarem o muro ordeiramente.

"Sr. Stone?"

O Schwa estalou a língua e fez beicinho como um menino que foi descoberto depois de um jogo de pega-pega que durou uma década. Ele assentou um tijolo no lugar com o cabo da espátula, uma espátula que jamais havia visto um grama de cimento e que brilhava à luz do sol. Não vacilei. Fodam-se os cumprimentos. A bajulação. Contei uma piada para ele.

"Como se chama um jazzista que não tem uma namorada branca?"

Fiz uma pausa para criar um efeito, e ele, puto por eu ter conseguido atiçar a curiosidade de um sujeito que achava já ter ouvido e visto de tudo, ficou à toa por um brevíssimo instante, reajustando um tijolo que não precisava ser reajustado, e perguntou: "Então *como* se chama um jazzista que não tem uma mulher branca?".

"Sem-teto."

5

Eu não sabia na época, mas, na tarde em que falou com Doris, Charles Stone quebrou um voto de silêncio que durava mais de vinte anos. Era um pacto sagrado que ele fez com sua laringe e com seu instrumento no dia em que o trompetista Lee Morgan morreu, assassinado a tiros pela esposa furiosa num café de Nova York especializado em jazz há muito esquecido. Quando entrou no Slumberland e ouviu algo na minha música que evocou a verve hard-bop de Lee Morgan, o Schwa sentiu alguma esperança. Embora depois de conhecê-lo melhor várias vezes eu tenha desejado que ele tivesse mantido aquele voto.

Eu queria sutilmente reapresentar o Schwa à indústria musical, e achei que a "sessão de audição" do mais recente álbum da pop star bunduda *La Crème* (a gravadora insiste no itálico) seria o momento ideal.

Lars e alguns outros jornalistas (que a empresa chamava de "parceiros musicais"), a equipe de vendas e uns poucos executivos de marketing sentaram na mais importante sala de reuniões da empresa. Doris estava lá para servir as bebidas. Eu estava lá para discotecar. O pai de *La Crème* entrou na sala ao som de estrondosos aplausos, se esforçando ao máximo para soar espontâneo e genuíno. Americano alto, negro, ele parecia o padrinho de casamento do líder de uma gangue de motoqueiros. Ele estava com um terno de couro preto com franjas indígenas nas mangas e nas costuras das calças. Sua apresentação teve a eficiência de uma sala de comando durante uma guerra. Havia gráficos e projeções, planos de batalha e objetivos. Ao receber a ordem, toquei quatro canções do álbum, e em cada uma delas ele dizia: "Aumenta aí. Esta é o som". Entre os "sons" ele explicou o conceito do álbum. Havia a música dançante que misturava estilos, a balada R&B — mas *La Crème* não esqueceu seu "público principal", ele insistiu, e para provar, tocou uma última música, "Soldier", a faixa título do álbum. Supostamente, "Soldier" tinha aquilo que ele chamava de "*vibe* das ruas". Quando a canção terminou, ele bateu com os punhos no mogno brilhante da mesa de reuniões e incitou seus paus-mandados: "Nós precisamos, não, nós *exigimos* o topo das paradas, e espero que todo mundo nesta sala faça seu trabalho: vendedores, parceiros da mídia, todo mundo!". Ele virou para nós com os olhos injetados de sangue e perguntou: "Vocês são soldados da black music? Guerreiros do soul repaginado?". Depois que a reunião terminou, ele segurou Lars pelo cotovelo.

"Você sabe, meu chapa, quantos singles número um *La Crème* teve até hoje?"

Lars fez que sim com a cabeça e disse: "Dezesseis".

Impressionado, Papai La Crème sorriu, passou a língua por um incisivo de vinte e quatro quilates e apertou ainda mais o cotovelo de Lars.

"Mas você sabe o que todos eles tinham em comum?"

Lars fez que não.

"O refrão é repetido exatamente quarenta vezes em cada canção."

Ele soltou meu amigo pálido gentilmente, como um pescador bondoso atirando de volta na água o que pescou. Enquanto todo mundo socializava tomando drinques e comendo hors d'oeuvres, meio que escutando o resto do álbum, anunciei ao mundo a existência do Schwa, interrompendo uma canção chamada "Shaking My Light-Skinneded Ass Like a Dark-Skinneded Bitch" para pôr a música do sexo com a galinha.

Um Papai La Crème enfurecido correu para os toca-discos, exigindo que eu colocasse o "troço" da filha dele de novo. Enlouquecido, ele tentou alcançar o disco que joguei por cima dos seus braços para o Lars, que continuou com a provocação, fazendo o sujeito de bobinho antes de quebrar o disco em pedacinhos no ponche. O gigante correspondente europeu da *Rolling Stone* voou no apoplético pai-de-palco e sentou no peito dele. Os outros sentaram na mesa da diretoria ou ficaram olhando para fora, pela janela, comendo *Flammeküche* em silêncio e tentando conter as lágrimas. Doris me abraçou por trás, beijou meu pescoço e, em francês, um idioma que achou que eu não falava, me pediu em casamento.

A música fez o que sempre faz, e quando a faixa acabou, dois vendedores imediatamente se demitiram e foram correr atrás de seus sonhos. Um a um, os críticos passavam pelo prostrado Papai La Crème, e quando ele tentava lhes agarrar os tornozelos, eles se libertavam com chutes rápidos em sua costela e repreensões pontuadas por cuspes.

"Você não tem vergonha de cafetinar a própria filha?"

"Soul repaginado? Você não quis dizer som pra retardado?"

"Faz cinco anos que vocês, e estou falando de 'vocês', vêm arruinando a minha vida. Me transformaram num necrófilo musical não correspondido que faz amor com uma forma de arte morta que não me ama."

Quando o cara da *Rolling Stone* soltou Papai La Crème, o empresário tinha um inesperado olhar de contrição. Ele sacudiu o chapéu de caubói de veludo, todo achatado, e olhou para mim com uma expressão "Até tu, mano?". Abri a porta para ele. "Sinceramente, cara, acho que até a bunda dela é superestimada."

A *Rolling Stone* me fez uma oferta generosa pelos direitos de uma reportagem elogiosa sobre esse "novo jazz ressurgente", e apontei para o Lars, que acendeu um cigarro e simplesmente disse: "Quero a grana do Hunter S. Thompson e o nome do cara que fornece drogas pra ele".

"Fechado."

O Schwa se revelou um entrevistado truculento. Suas reflexões eram mal-humoradas, vaidosas e numa nova pessoa gramatical chamada "Jesus em primeira pessoa". Todas as suas respostas começavam com a frase "Jesus me disse para te dizer...", e se Jesus estava de fato usando o Schwa para comunicar algo, acredite, Jesus anda precisando amadurecer um pouco.

A grande contribuição das entrevistas foi revelar o paradeiro de Charles Stone nos últimos vinte e poucos anos. O que aconteceu foi que no fim dos anos 1950 o Schwa era integrante da big band de Buddy Rich. Buddy Rich se apresentava como "o maior baterista do mundo", e independente da alcunha ser ou não verdadeira, sem dúvida ele era o melhor insultador do mundo. Naquelas longas viagens transcontinentais de ônibus, Stone, que na época tinha todos os atributos do jazzista dos anos 1950 — talento, inteligência, desilusão, um leve hábito de consumo de drogas e uma barba —, era o alvo dos maus-tratos do baterista.

Os chiliques no ônibus da turnê não eram simples explosões maníacas. Eram poemas. A poetização da fúria americana feita por um homem que não tinha nada contra músicos negros talentosos, brilhantes e usuários de heroína, mas que odiava barbas. Pode ser que você tenha contatos e tenha ouvido o faniquito de Buddy Rich. O áudio circula em vestiários de jogos profissionais e em ônibus de turnê de bandas de rock. Se ouviu essas fitas e ficou se perguntando: Com quem será que o Buddy Rich está gritando desse jeito? — ele está gritando com o Schwa.

"Duas semanas pra você se decidir, você quer ter uma barba ou quer ter um emprego? Isso aqui não é a porra do time de beisebol da Casa de Davi. Isso aqui é a banda do Buddy Rich, gente jovem e com rostos. Chega dessa merda de barba, ACABOU! Se você escolher a barba, está acabado, AGORA MESMO! É a última vez que vou avisar, chega dessa merda de barba. Não quero ver barba. É assim que eu quero o visual da minha banda, e se você não gostar, cai FORA! Você tem duas semanas pra decidir. Não estou de brincadeira, estou avisando como vai ser o visual da minha banda. Você não vai me dizer como vai ser o seu visual. Eu vou dizer pra VOCÊ. Você tem duas semanas pra usar essa cabeça e decidir, se é que você tem uma cabeça."

Duas semanas depois o Schwa, barbado, expulso da turnê, se viu ao pé de uma montanha alpina perto de Salzburgo. Ainda vestido com o smoking da Buddy Rich Big Band, um fraque roxo e caramelo com direito a cartola e luvas brancas. Contra o fundo glacial, ele parecia um menestrel perdido que errou uma curva em Albuquerque. O traje era uma metáfora perfeita para o jazz: antiquado, gasto, passado e engomado a ponto de quase perder a vida. Seis dias por semana. Mesmo smoking. Mesmos arranjos. Mesma gritaria furiosa de um louco cheio de energia. Ele tirou as roupas e voltou andando para a cidade totalmente nu, tocando "Lover Man" com o pinto e a música balançando ao vento.

Depois disso ele foi andando pela Europa de show em show, tocando a nova música para quem quisesse ouvir. Chegando à Europa Oriental, ele ficou surpreso ao encontrar uma plateia especialmente receptiva. O que ele mais gostava era que a molecada dançava ao som de uma música que até seus fãs mais ardorosos consideravam eminentemente audível porém irremediavelmente impossível de se dançar. Em Praga, Art Farmer e Ray Brown tocaram com ele, e a meninada dançou em volta das mesas de jantar com toalhas brancas por três horas sem parar. E quanto mais fora da casinha ele tocava, mais fortes eram os aplausos, mais eles se soltavam.

Com o tempo, o nome dele começou a ficar conhecido. Em Cracóvia ele era um proverbial Ornette Coleman. Antuérpia deu as boas-vindas ao que considerava ser Cecil Taylor encarnado, embora o pianista míope estivesse vivinho da silva e passando bem. "A personificação da independência cultural" foi como lhe apresentaram a Tito, antes de ele tocar na quarta cerimônia de posse do ditador. Em Berlim Oriental, porém, ele não servia como alegoria para nenhum músico do free jazz nem era a corporificação de um músico famoso demais para tocar para operários e fazendeiros socialistas. Lá ele era simplesmente Charles Stone. Negro genial. Apresentado na cidade como "*Der sensationelle amerikanische Original-Mulatte*". Mas não era a adoração que o mantinha em Berlim; era a conversa. Como ele gostava de casualmente encontrar Klaus, o horticultor obcecado por fungos que, apesar da total ausência de demanda, dedicou a vida a cultivar os primeiros cogumelos shiitake plantados fora do Extremo Oriente. O complicado processo de cultivo envolvia uma série de substantivos sonoros e cativantes. Havia a inoculação, a fixação, a colonização, o sombreamento, a incubação e, claro, deveria haver a frutificação, mas Klaus teve problemas para produzir os cogumelos premiados, devido a um excesso de substantivos adversos: a contaminação, a umidade, a decomposição, o estresse, o micélio, o dinheiro, o tempo, a patroa, as crianças e os malditos japoneses.

Às terças ele encontrava seu pequeno círculo de amigos no Prater biergarten. Gabi a dubladora, Ernst o professor de matemática e Felix o arquiteto estavam loucos para ter um músico americano em seu *English Stammtisch*, ou grupo de discussão em língua inglesa. Tratava-se de uma mesa-redonda algorítmica que, com o acréscimo do ceticismo urbano e do padrão horroroso de fala do Schwa, levou o Kaffeeklatsch a um patamar conversacional tão elevado que uma hora eles acabaram achando que discussões genéricas eram fáceis demais e tiveram de fazer um acordo para limitar seus debates apenas a temas que começassem com a letra *p*. E mesmo assim não faltavam comentários inteligentes e sarcásticos sobre panteras, plutônio, a Palestina, placebo, o piccolo e o pimentão. As pessoas, inclusive gente que não falava inglês, iam ao Prater só para ouvir a conversa, por vezes sugerindo tópicos como quem sugere ideias de cenas para uma trupe de atores cômicos fazendo improvisação: "Paleontologia! Plâncton! Papagaios! Pupas! Paraguai! Placentas!".

Num dia brilhante de agosto de 1962, Klaus timidamente ofereceu a seu amigo músico uma fatia gordurosa de shiitake cozido no vapor e salteado com manteiga de alho. Exceto as moelas que a vó fazia no domingo de Páscoa, os cogumelos foram a única iguaria que o Schwa havia provado. O Schwa olhou para os olhos do amigo esperando ver satisfação, mas o que encontrou foi uma apreensão lacrimosa e castanha, piscando incontrolavelmente em sua direção.

"O fim está próximo, meu amigo."

"O quê?"

"O fim é iminente."

Dava para ver que Klaus falava sério, por isso ele pegou mais um pouco de chapéu de cogumelo antes de perguntar: "Iminente quer dizer quando?".

"Amanhã", ele disse.

O Schwa, confuso, atribuiu a mentalidade apocalíptica aos rigores de uma metodologia empírica exagerada, e viu o amigo caminhar para oeste, sumindo no clarão da tarde. Na manhã seguinte quando decidiu ir à zona americana da cidade para comprar umas bananas, que, junto com as meias de náilon e a sátira política, estavam se tornando cada vez mais difíceis de encontrar no lado oriental, ele descobriu que não tinha como sair. O Muro de Berlim tinha sido erguido. Os guardas da fronteira que antes imploravam para ele contar histórias sobre Bud Powell e Chick Webb agora apontavam armas para seu peito.

Terça. Em pânico, ele correu para o Prater pensando nos *p*s que jamais voltaria a ver: Pittsburgh, Patti Page, o *pitch* de

Satchel Paige, o passe falso de Bob Petit, chocolates PayDay, pizza, o Pacífico, Pontiacs. Gabi estava sentada sozinha à mesa. O hálito dela cheirava a shiitake.

Perpetuidade, ela disse, passando para ele um lápis e um contrato exclusivo de gravação com a República Democrática da Alemanha pelo resto da vida. O Schwa rapidamente assinou o papel e o deixou sobre a mesa. Gabi agradeceu e foi para o túmulo sem jamais mencionar aquela outra expressão com p, *pai do meu filho*. Stone gostava de pensar que sacrificou sua liberdade pela dela, mas na verdade ele assinou porque o Muro o inspirava como uma caixa de Skinner inspira o rato. Ele passou os trinta anos seguintes como um jazzista sob condicionamento operante circum-navegando os limites de sua caixa, apertando alavancas psíquicas e recolhendo recompensas.

Às vezes ele explorava as seções da fronteira murada que separava a Alemanha Oriental da Alemanha Ocidental, uma barreira de cinco metros de altura e de quase mil e quinhentos quilômetros que ia do extremo nordeste da Tchecoslováquia até o mar Báltico. Os ocidentais se referiam eufemisticamente ao Muro como *Innerdeutsche Grenze*, ou seja, a Fronteira Interna Alemã. Os orientais paranoicos não tinham tempo para essas delicadezas da Guerra Fria. Para eles, aquilo era o *Antifaschistischer Schutzwall*, o Muro Protetor Contra os Fascistas, uma muralha contra a conversa mole. A sensação de estar preso era boa.

Diz a lenda que Sonny Rollins praticava seu sax na Ponte do Brooklin; bom, Charles Stone encontrou sua voz sentado na base de um toco de árvore coberto de musgo, comovido com o absurdo de um muro metálico que dividia em dois o belo lago Schaal.

Nunca tinha me dado conta de que Charles Stone era o único artista do Matem o Tzar, um pequeno selo que fazia sua própria distribuição e supostamente tinha sede naquele bastião do ultraesquerdismo, Ann Arbor, no Michigan. Talvez os alemães orientais vissem no Schwa uma larva que iria entrar no canal auditivo dos americanos e depositar os ovos da doutrinação em nosso cérebro, nos transformando em alienados iguais ao personagem principal de *Sob o domínio do mal*. Ouvi dizer que Charles Manson, Squeaky Fromme, Garibaldo, Huey Newton e Henry Kissinger eram todos grandes fãs.

Talvez os alemães orientais o vissem como uma espécie de Van Gogh socialista, um iconoclasta não descoberto cuja genialidade transformadora, embora destinada a não ser percebida em vida, um dia viria a definir sua grande sociedade. O que Roma foi para a Renascença, Paris para o Iluminismo, o Greenwich Village para o pós-modernismo, Berlim Oriental seria para a gloriosa Era do Populismo Impopular Antipop.

Para decepção de todo mundo (exceto do Schwa), a entrevista de Lars não resultou no esperado tsunami adulatório. Houve conversas sobre vender os direitos da biografia cinematográfica dele para Oprah Winfrey.* Mas, no fim das contas, os únicos lugares em que a reportagem causou algum burburinho foi entre os aficionados de jazz e nas comunidades avant-garde e arrière-garde.**

* Na época, Oprah Winfrey estava comprando os direitos biográficos de todo americano negro nascido entre 1642 e 1968 como meio de sustentar a reivindicação de que ela era a única pessoa a incorporar, inclusive legalmente, toda a experiência dos negros desde a escravidão até a luta pelos direitos civis. Carregando assim o fardo histórico que só ela tem força suficiente para suportar. ** Arrière-garde *s.* (normalmente a arrière-garde) ideias que ninguém pôs em prática, esp. nas artes ou entre pessoas que têm tais ideias: Roland é um escritor que nunca escreveu e que portanto é um membro de longa data da arrière-garde de Venice Beach. Cunhado por Ferguson Sowell, inclusão na quarta edição pendente do *Kensington-Merriwether*.

Para atender as necessidades de seus fiéis, instalamos o Schwa numa mesa de canto no Slumberland. E por dois meses todos os músicos do free jazz, os rappers alternativos, os cineastas que nunca fizeram um filme e os poetas infelizes do centro da cidade, cujas epígrafes eram melhores que seus poemas e cujos poemas não eram melhores que nada, fizeram a háji até o Slumberland para prestar suas homenagens. A lista de peregrinos era uma espécie de quem é quem dos desconhecidos que entre os renegados da contracultura são nomes familiares: Steve Lacy, Billy Bang, Bern Nix, Milford Gravers, Anthony Braxton, William Parker, Cecil Taylor, David S. Ware, Peter Brötzmann, Jameel Moondoc, Butch Morris, Henry Threadgill e muitos outros.

Esses caras da geração do meu pai, em especial os negros, eram de uma estirpe diferente. Ferozmente independentes, brilhantes e levemente amalucados, eles eram do tipo que se autorrepresentava nos tribunais — e ganhava. Filhos do movimento pelos direitos civis, eles foram a primeira geração de afro-americanos com a liberdade de poder fracassar sem ter de enfrentar sérias consequências. Eles são os Negronautas, que a raça negra enviou para a vastidão inexplorada da alforria.

Raça, a fronteira final. Essas são as viagens da nave-mãe Free Enterprise. *É uma missão de quinhentos anos: explorar novos e estranhos mundos anteriormente segregados, ir em busca de vida nova e de novas civilizações para corajosamente ir aonde nenhum crioulo foi antes.*

E como os primeiros homens a pisar na Lua, os primeiros a ir aonde nenhum homem tinha ido, esses homens, ao retornar, voltavam modificados. Voltavam humildes. Desanimados por terem visto tudo que havia para ser visto e por terem descoberto que não era tanta coisa assim. No entanto, descobrir que o Schwa continuava vivo restabeleceu o otimismo deles, e muitos, depois de saírem do bar, faziam seus melhores trabalhos. O Schwa tinha tocado esses homens do mesmo modo que tocou a mim e ao Philip Glass.

O Lars conta uma história. Em 1971, Philip Glass vai ver o Schwa em Antuérpia, e durante o show de uma hora e quarenta e cinco minutos a banda toca um total de quatro notas, uma mudança de acorde, uma tosse acidental e um refrão de vácuo ambiental interrompido apenas pelo baterista derrubando acidentalmente as baquetas e o baixista batendo o pé no chão duas vezes por força do hábito. Mais tarde, Glass, que aos trinta e poucos anos ainda estava em busca de sua voz musical minimalista, e pensando em desistir do piano e ir criar ovelhas, se aproxima do Schwa nos bastidores para dar os sinceros parabéns. Para sua surpresa, Stone está amuado num canto, amaldiçoando baixinho a si próprio e a seu instrumento. Glass pergunta ao Schwa por que ele está tão decepcionado depois de uma apresentação tão maravilhosa, revolucionária. *Meio rock 'n' roll demais*, o Schwa diz, *meio rock 'n' roll demais*. Glass faz que sim com a cabeça e reclama que seu vácuo sintético soava forçado, coreografado. Que sua música não era nem improvisada nem natural, mas que era o que estava na cabeça dele e não era o que estava na cabeça dele. Glass e Stone vão para o piano, o leão de chácara está tentando mandar os retardatários embora, mas os belgas são fortes como sua cerveja e não arredam pé. Glass senta para tocar, e trinta e dois compassos daquela porcaria serial fazem o trabalho do leão de chácara por ele. O lugar fica vazio. Glass parece doente. Doente-tipo-Van-Gogh-no-autorretrato-com-bandagem-na-orelha. Doente tipo Billie Holiday. Doente tipo Kurt Cobain "é melhor entrar em combustão do que ir apagando aos poucos". O Schwa pega papel e caneta e escreve uma receita. "Beckett." É a única coisa escrita no papel.

Logo cedo na manhã seguinte, Glass corre para a Standaard Boekhandel na Huidevettersstraat perto da Meir. Ao entrar, o barulho da campainha acima da porta é um nada; ele mal ouve. Ao sair, *Godot*, *Os poemas escolhidos em inglês*, *Rough for Theater*, *A última gravação de Krapp* em mãos, o som da campainha acima da porta é o nada pela segunda vez, e Philip Glass entende o minimalismo.

No fim da noite os músicos visitantes sem falta pegavam seus instrumentos e diziam ao Schwa que ficariam honrados se ele tocasse com eles. Eu sempre esperava que ele dissesse sim. Caso dissesse sim para Charles Gayle ou Peter Kowald, podia ser que, caso eu implorasse por tempo o suficiente e prometesse mundos e fundos, ele dissesse sim e topasse abençoar minha batida. Mas ele sempre recusava.

Ele recusou todo mundo exceto Fatima. Fatima e Charles tinham alguma ligação especial. Parecia que um melhorava o humor do outro, e o Schwa mimava Fatima tanto quanto era possível para um músico falido e que não tocava.

Klaudia e Fatima eram as Rosa Parks da integração do Slumberland. Até onde eu sabia, antes delas nenhuma mulher negra jamais tinha posto os pés no lugar. Sempre que elas apareciam, eram tratadas pelos clientes como pistoleiros com chapéus pretos levados para a cidade por um vento ruim. Petrificados, os nativos devidamente selecionavam uma delegação de corajosas mulheres brancas para descobrir o que as forasteiras de pele escura queriam. Ao primeiro sinal de problema, eu sempre recuava, imaginando as conversas da segurança do lado oposto do salão.

"Aqui neste saloon a gente não gosta de forasteiros que vêm procurar problema."

"A gente não está procurando problema, mas também não vai fugir dele."

Então as partes se olhavam hostis, até o Schwa negociar uma paz instável pagando uma rodada de bebidas com meu dinheiro. Depois de uma briga de bar que quase não pôde ser evitada, Fatima disse para o Schwa: "Que tal uma música?".

Incapaz de recusar algo para ela, ele foi chutando a areia do caminho até chegar ao centro do bar e analisar o entorno com aqueles olhos marrom-avermelhados cheios de olheiras. Levei um instante para perceber que ele estava procurando um instrumento para tocar. Sondando o encosto das cadeiras, mexedores de drinques e garrafas de cerveja para aferir sua musicalidade cinética. Vendo que nada satisfazia suas necessidades, ele tirou um livro do bolso do casaco e pigarreou.

"O que ele está fazendo?", sussurrei para o Lars.

"Ele vai fazer o acompanhamento com um livro."

Às pressas peguei meu gravador e apertei o rec. Visões de tesouros piratas dançaram na minha cabeça.

Lars deu uma risadinha.

"Que foi?"

"Dizem que é impossível gravar o som dele sem que ele autorize. É como fazer uma foto do Drácula, você não vai conseguir nada."

O Schwa arrastou as páginas do livro pela costura da calça, e o som que resultou rivalizava com o que Max Roach conseguia fazer de melhor com sua vassourinha. Quase desmaiei. Ele ergueu o livro até a boca e tocou o capítulo sete como uma gaita diatônica; assoprando e aspirando as páginas como se fossem folhas de relva nas mãos de Pã. Quem podia imaginar que uma brochura da Signet é afinada em ré menor? Para fazer os sons mais percussivos, ele batia com a lombada no cotovelo, tamborilava com o polegar em cantos de páginas, fazia pizzicato no prefácio, vibrava o desfecho da trama com a língua e usava técnicas de bariolagem nos elogios da quarta capa.

Irmãos, vocês vêm me encontrar?
O corpo de John Brown apodrece na cova;
O corpo de John Brown apodrece na cova;
O corpo de John Brown apodrece na cova;
Sua alma segue em frente!

A voz dele. A voz era uma confluência magistral de Louis Armstrong, do rouxinol e das cataratas do Niágara à meia-noite.

Quando ele terminou não houve aplausos. Aplausos não eram uma demonstração suficientemente profunda de reconhecimento. As pessoas ligaram para seus advogados e incluíram o Schwa em seus testamentos. Um diplomata sul-africano tentou convencê-lo a concorrer contra Nelson Mandela nas próximas eleições. Uma viúva de Wilmersdorf deu a ele a receita secreta de sua mãe de *Choucroute Alsacienne.*

Eu imediatamente fui tocar a fita do concerto, mas para minha frustração não consegui encontrar o minigravador. Em pânico, perguntei ao Lars se ele tinha visto o aparelho, e ele parou de compor a ode que estava dedicando ao Schwa por tempo suficiente para apontar com a caneta para o chão. Ali, coberto de areia grudenta encharcada de vinho, estava meu minigravador. Covarde demais para escutar o resultado, pus o gravador no ouvido do Lars e apertei o play. Ele encolheu os ombros.

"*Nichts.*"

Cacete.

Apertei o alto-falante contra meu ouvido. Lars tinha razão. Nada, nem um chiado, o que era impossível — sempre há um chiado. O mito era verdadeiro: só se podia gravar o Schwa quando ele estava a fim de ser gravado. Eu estava tendo dificuldade para respirar, um excesso de realismo mágico, de idolatria e de misticismo à la *Cor púrpura* para uma noite só.

Stone pôs umas moedinhas no jukebox. Uma canção alegre de Bob Dylan encheu meus pulmões de ar. Depois de dar uma olhada na lista de músicas por um momento, ele veio na minha direção, um sorriso maldoso de lábios finos cruzando seu rosto sardento.

"*Whikrxx-whikrxx-whurr*", disse. Ele estava tirando sarro de mim, imitando o lendário scratch do Grandmixer D.ST no "Rockit" de 1983, do Herbie Hancock. "*Whikrxx-whikrxx--whurr.* Taurus the Bull. Taurus the Bull." Hilário.

A gente nunca conversava muito. Ele nunca disse nada, mas estava puto comigo por arrastá-lo para os holofotes, ainda que com luzes não muito fortes. Acho que se sentia diminuído por um DJ, a desgraça de sua existência, ter sido a única pessoa disposta a tentar descobrir onde ele estava e a sacudir a sua poeira. Para ele, a discotecagem era a única responsável pela ruína da música. A frustração que sentia com os conceitos de que o toca-discos era um instrumento e de que o DJ é um músico é compreensível.

Niels Bohr disse certa vez: "Qualquer pessoa que não fique chocado com a teoria quântica não entendeu uma palavra sequer", e no verão de 1983 qualquer ouvinte que não ficasse chocado com o uso dos toca-discos em "Rockit" era surdo. Aquele ritmo irritante está para a música moderna como a física quântica está para a física, exceto pelo fato de que D.ST não estava preocupado com o subatômico, e sim com o subsônico. Ele não queria saber qual era a aparência dos átomos, e sim qual era sua sonoridade. Sua pregação naquele single provou o que teóricos anteriores — Kool Herc, Albert Ayler e todo adolescente metaleiro que tocava seus discos de heavy metal ao contrário em busca de mensagens satânicas — tinham apenas postulado: que manipulando o ritmo e a altura das notas era possível usar a melodia para dobrar o continuum espaço-tempo-verão-amor que é o som gravado. D.ST transformou o toca-disco tanto num instrumento quando numa máquina do tempo. Para mim aquele *whikrxx-whikrxx-whurr* foi um chamado às armas, para um velho confederado do jazz como o Schwa, o vídeo de "Rockit" era uma sirene de ataque aéreo alertando para um bombardeio incendiário, e o toca-discos era Grant ateando fogo em Atlanta. Ele ouviu algo naquela música, viu algo nos olhos de Herbie Hancock, no modo como seus dedos se espalhavam pelo teclado, que eu só sentiria anos mais tarde. Ele ouviu o jazz sublimando a si mesmo num toca-discos; e pela primeira vez em sua vida ouviu um jazzista tocar algo que ele não sentia. Ouviu um jazzista se deixar intimidar.

Alguma coisa na canção do Dylan distraiu o Schwa. Talvez fosse a letra. Talvez o violino. Ou o jeito como Dylan canta "reflexo" como se fosse um suspiro monossilábico. Havia um indício de arrependimento em seu rosto. A desilusão do tipo agora-ou-nunca de um sujeito solitário que acorda na Alemanha no aniversário de cinquenta e cinco anos e pensa que merda fez com sua vida.

Any day now...

Any day now...

"Excelente esse jukebox, cara."

"Valeu."

"O Lars me disse que você tem uma batida", ele disse.

"Tenho."

Ele balançou a cabeça, aprovando. "Toma aqui", disse, deixando sobre a mesa o livro que tinha acabado de tocar.

Acho que ele esperava que eu reagisse mais impressionado, como se ele fosse Gabriel me entregando a trombeta que acabara de usar para derrubar as muralhas de Jericó, mas era só um livro. *O som e a fúria*.

"Faulkner é o maior DJ que já existiu", ele disse, pressionando o indicador sobre a capa, e mais uma vez tirando sarro de mim movendo o dedo para a frente e para trás.

"*Whikrxx-whikrxx-whurr.*"

Abri o livro e passei a mão pela quarta capa. Cada personagem era descrito em duas palavras — a *bela e rebelde* Caddy... *o idiota infantilizado* Benjy... *assombrado e neurótico* Quentin... e Dilsey, o *criado negro* da família. Aparentemente Dilsey não tinha personalidade, a não ser que *criado negro* seja um transtorno psiquiátrico. No começo interpretei mal o presente, achando que era um gesto passivo-agressivo dele. O equivalente musical contemporâneo a oferecer pastilha de hortelã para um amigo que tem mau hálito e não sabe. Aí me lembrei de Philip Glass e Beckett.

Agradeci, e tivemos nossa primeira conversa real. Uma brincadeira tipo Tarantino sobre como o CD era um desperdício de silício porque nenhum músico jamais teve e jamais terá inspiração para gravar oitenta minutos de música que valha a pena ouvir.

"Cite um bom álbum duplo na história da música."

"O Álbum Branco?"

"Não tem coerência, e Yoko Ono. Preciso dizer mais?"

"*London Calling?*"

"Grande capa. Banda superestimada."

"*Blonde on Blonde?*"

"O.k., vou conceder o *Blonde on Blonde*, assim como concedo a Deus a baleia narval — bonita, mas putamente incompreensível."

A gente estava se dando bem. Foquei meu chi e botei meus nervos no lugar. Eu queria tratar de um assunto delicado com o Schwa, e era agora ou nunca.

"Quer ir lá em casa assistir comigo um vídeo de um cara trepando com uma galinha?"

"Já vi."

"Já?"

"Sujeito baixinho, óculos, metendo numa poedeira vermelha?"

"Esse mesmo."

"Aluguei um tempo desses. Tenho um ligeiro fetiche pelo que os alemães chamam de preliminares. Fui numa locadora pegar *O último frango em Paris*, estrelando Marlen Trando, mas estava alugado, e o atendente me sugeriu esse aí. Fiquei surpreso pacas quando ouvi minha música ali. Nem preciso dizer que a devolução está superatrasada."

"Você conhecia o cara do filme?"

"Sabe o quê? Ele parecia familiar mesmo. Antigamente tinha um monte de caras bem novos, completamente quadrados, de terno e gravata, que ficaram um tempão indo nos meus shows com regularidade. Sentavam na primeira fila, balançando os traseiros sem ritmo. Me lembro deles porque quando apareciam, de repente minha banda não conseguia tocar de jeito nenhum. Perguntei pro baterista por que quando esses caras aparecem vocês começam a tremer no palco. Ele disse: 'São agentes da Stasi'. Eu falei tipo: 'Então fiquem na de vocês, e toquem melhor, quando der merda, eles vão querer livrar a cara de vocês'. De qualquer jeito, acho que talvez ele fosse um desses caras. Difícil dizer, sabe, porque agentes secretos não se parecem com o James Bond, são uns carinhas velhos comuns que se esconderiam no meio de uma multidão de duas pessoas. Eles têm uns rostos que você esquece."

Antes que eu pudesse pedir para tocar com ele "Outstanding", a música sensacional da Gap Band, Schwa deu uma espiada prudente na porta e, como um cafetão furtivo, dançante, entrou de fininho com suas roupas espalhafatosas no Slumberland. "*E-e-i-i-i*", Fatima disse, pegando o Schwa e puxando ele para longe de mim, na direção da pista de dança.

Em certo sentido agradeci a intromissão. Eu não estava pronto para tocar com o Schwa. Nós dois sabíamos disso; por isso ele me deu o livro.

Gostei de ver os dois girarem e se sacudirem na areia. Quase tinha esquecido como algumas mulheres cavalgam uma batida praticamente sem esforço. Aquele balanço. O modo que os pés delas deslizam pelo chão, mesmo que estejam cobertos de areia, como se estivessem calçando patins de gelo recém-afiados. Longe de ser miúda, Fatima não fazia o tipo da patinadora artística. Com o rosto marcado por uma concentração de alguém que está desativando uma bomba, ela dançava como um nivelador de gelo varrendo o chão em amplos círculos. Ela era eficiente, enérgica e dançava com uma graça suave que não parecia própria de alguém com seu tamanho. Ela me lembrava o jeito como as mulheres de Los Angeles balançavam no Westside.

Numa pontada de saudades de casa, quis me arrastar até chegar todo bajulador atrás dela, encoxar o *derrière* dela naquele jeans e sacudir os quadris. Perguntar num sussurro não tão baixo o que estava acontecendo nos Estados Unidos. Mas eu sabia a resposta. Ela ia dizer: "Não tem nada acontecendo por lá. A palavra *memória* perdeu sua inefabilidade, tendo recebido das empresas de informática uma funcionalidade tediosa. Os jovens desta geração são os primeiros desde a aurora da era do jazz a ouvir música que não presta e a saber disso. E o mais irritante, depois desses anos todos o *Cai na Real* da MTV continua não tendo um único americano descendente de orientais".

Klaudia me pegou olhando lascivamente para a sua irmã. Numa chave de braço, ela retorceu meu antebraço até que ele virasse um "e" comercial e perguntou no que eu estava pensando.

"Estava pensando como seria estar de volta nos Estados Unidos."

Ela soltou meu braço e me perguntou como os Estados Unidos eram de verdade.

Disse que uma vez ouvi um comediante falar que se você exibir uma maçã na tevê todo dia por seis meses e depois enfiar essa maçã numa caixa de vidro e a expuser no shopping, as pessoas vão parar e dizer: *Ei, olha, é aquela maçã que aparece na televisão.* Os Estados Unidos são bem parecidos com essa maçã.

6

Precisei de quatro tentativas para acabar *O som e a fúria*. Quase me afoguei no fluxo de consciência de Faulkner, mas depois que superei o fato de que no mundo literário do Faulkner o existencialismo jamais se estende aos pretos, a construção técnica do livro realmente me ajudou a me orientar. Aproveitando a sugestão do seu estilo, decidi remover toda a pontuação da minha vida: vírgulas, aspas, pontos, noites de sexo casual, sonecas vespertinas e o jornal da noite.

Assim como Quentin Compson, eu também me encontrava numa importante encruzilhada. Tinha três caminhos possíveis a seguir; três apresentações que mudariam minha vida estavam diante de mim. Apresentações que seriam para mim o que *The Ed Sullivan Show* foi para os Beatles e o que o Newport Jazz Festival foi para Muddy Waters. Elas elevaram minha confiança e moldaram meu estilo e determinaram minha voz fonográfica. Caminhei por essas três trilhas pavimentadas com vinil só para descobrir que todos os caminhos levam ao Schwa.

O caminho da esquerda

Com olhos turvos e lutando contra um caso sério de secura na boca, eu voltava para casa de uma apresentação que durou a noite toda em Berlim Oriental, pensando se meu boxeador alemão favorito, Dariusz Michalczewski, tinha vencido a luta pelo título dos meios-pesados na noite anterior. Minha pergunta foi respondida quando uma gangue de skinheads, ainda bêbados e energizados pela vitória do alemão, abriram à força as portas do vagão do trem que se movia rápido pelo elevado sobre a S-bahn. Um vento gelado e uma gargalhada causaram um calafrio no compartimento. Sem saber o que esperar, os passageiros agarraram firme a barra acima de suas cabeças como paraquedistas assustados durante o treinamento. Com as copas das árvores da Stralauer Allee passando rápido pelas janelas, os carecas jogaram as bitucas dos cigarros para fora do trem, depois olharam para mim. Olhei para baixo. Não para meus pés, e sim para os pés deles, chateado por não haver uma técnica mnemônica do Roy G. Biv que me ajudasse a lembrar do espectro de cadarços coloridos das ideologias skinhead. *Cadarço branco; supremacista branco. Verde é gay ou vegetariano? Vermelho... o vermelho é pra careca comunista ou neonazista?*

"Viu o Michalczewski encher aquele crioulo de porrada ontem à noite na tevê?"

Neonazista.

O babaca alfa bateu com o punho na palma da mão e assobiou uma canção militar. Ele interrompeu a própria música para me chamar de gorila, depois voltou a assobiar. Ignorei o insulto bobo, não por prudência mas porque o título da música estava na ponta da minha língua.

"Torpedo Los!", gritei, dizendo o nome da música que foi popular nos submarinos ("Dispare o Torpedo!") e que ele assobiava. Ele ficou pálido e rapidamente começou a assobiar outra marcha. Depois de umas três notas, apertei a campainha com o entusiasmo de um participante de game show na televisão, "O Povo de Hitler!". A resposta fez o punho dele se abrir.

"Sente, *Kamerad*", ele mandou.

Eu devia ter respondido: "Não sou seu *Kamerad*", mas só mostrei com um gesto que não havia assentos vagos.

"Você gosta de música fascista?", ele perguntou.

"Não particularmente. Gosto das exclamações nos títulos: 'Sob a Dupla Águia!', 'Um Ataque de Setenta Milhões!', 'Adeus aos Gladiadores!', 'Despertai, Alemães!', 'Não É que Eu Acredite que Hitler Possa Voar, Eu Sei que Ele Pode Voar!'".

"Mas não gosta da música?"

"Não, na verdade não, é tudo meio gay. Eu amo esse cara. Ele me ama. Ele morreu nos meus braços, nosso sangue se misturando."

"Mas por que você conhece essa música?"

"Coleciono discos — esses setenta e oito rotações fascistas valem uma grana. Um colecionador de Salzburgo me ofereceu dois mil dólares por 'A Marcha da Fogueira dos Livros' e 'Se Tua Mãe Não te Der uma Moeda, Peça a Tchecoslováquia a Neville Chamberlain'."

Num ataque delirante de tolerância e gratidão, o neonazista estendeu as mãos, me pegou pelos ombros e me grudou na parede do vagão.

"*Kamerad, hast du diese Schallplatten?*"

"*Klar. Ich bin Schallplattenunterhalter...*"

Uma semana depois discotequei numa manifestação skinhead em Marzhan, um gueto de arranha-céus vinte e cinco minutos a leste do centro de Berlim. O fonógrafo a manivela que levei deu às festividades uma estranha autenticidade de putsch de cervejaria. Marchas de desfile com scratches e encômios aos camisas-marrons rugiam do cone da máquina de mogno. Para meu gosto aquilo era uma bufonaria kitsch, mas a seriedade com que a plateia cantava as músicas se comparava à devoção dos gritos de aleluia do melhor gospel americano.

Passei a noite girando a manivela do fonógrafo e olhando os encrenqueiros carecas e as fazendeiras de tranças erguendo cervejas, gritando *Heil*, celebrando como se os jornais do dia estivessem anunciando o Anschluss, elogiando a reanexação da Áustria, do Mississippi e de Redondo Beach, tudo ao mesmo tempo. Eu me sentia como um criminoso de guerra Classe D, mas ser DJ era como ser advogado da União Americana pelas Liberdades Civis defendendo o direito da Ku Klux Klan de organizar uma marcha: se eles pagarem, você toca o que a plateia quer ouvir. Além disso, ia ser a primeira e última vez que eu teria a chance de tocar aqueles discos. Por isso toda vez que uma Fräulein bexiguenta imprestável cuspia em mim e pedia para ver o meu *Schwanz*, eu batia no maço de marcos alemães no meu bolso e lembrava que eu sabia qual "rabo" ela *realmente* estava a fim de ver.

Thorsten, o cara que me contratou, se debruçou sobre a vitrola. Fiz um gesto para ele se afastar. "Não faça assim; vai riscar o disco", avisei.

Ele pediu desculpas, depois com um olhar malicioso, disse: "Sabe por que os irlandeses celebram o Dia de São Patrício?". Encolhi os ombros. "Não é porque são Patrício acabou com as cobras da Irlanda?"

"Nunca houve cobras na Irlanda pós-glacial. As cobras são uma metáfora."

"Do quê?"

"Do… ei, que música bacana, que disco é esse?"

"'Peguem seus Rifles'."

"Que música poderosa, me dá vontade de…"

Fiz com que ele voltasse aos trilhos. "As cobras, as cobras são uma metáfora do quê?"

"Dos crioulos. São Patrício expulsou os mouros da Irlanda, não as cobras."

Estalei a língua e falei que um ou dois dos irmãos neonazistas dele pareciam ser miscigenados. Dessa vez foi Thorsten que franziu a testa.

"Olha, eu odeio os pretos, os judeus, e todos os outros outros, mas não sou estúpido a ponto de acreditar em pureza racial. Fala sério, depois de dois, três mil anos, e nenhum ancestral meu era um não ariano? Como é que vocês americanos dizem? '*No way, dude*'."

"Então o mulatinho ali com a jaqueta da SS..."

"O que importa é o ódio. Não importa quem é a pessoa que odeia, o que importa é quem ela odeia. O Gerhard odeia os crioulos. A gente odeia ele. Ele se odeia. *Alles in ordnung.*"

"Ele se acha inferior?"

"Ele é inferior *e* ele *sabe* disso."

Encerrei "Peguem seus Rifles" prematuramente com uma erguida abrupta da agulha que riscou o disco.

Por cima dos murmúrios de reclamação, eu disse para Thorsten: "Quero que você escute uma coisa", e toquei a versão do Schwa para a Canção de Horst Wessel, o hino nacional nazista. Antes mesmo de eu pôr a agulha no disco Thorsten adivinhou o que eu ia fazer.

"Você vai tocar um negão, não vai? Eu ouvi o seu Miles Davis, *Sketches of Spain*, *Porgy and Bess*, 'My Funny Valentine', música bacana, mas o mérito é principalmente dos esforços do empresário branco dele, Gil Evans. O Negro não tem as necessidades organizacionais..." A abertura com uma saraivada de batidas com o pedal do bumbo calou Thorsten. Enquanto a banda do Schwa revirava seu hino do avesso, ele ficou ali sentado, segurando a cabeça como se estivesse com enxaqueca. Imagino que Adolf Hitler tenha ficado com a mesma expressão quando testemunhou Jesse Owens se afastar de seus alardeados super-homens numa superioridade muscular resplandecente. Chame de sub-humano ou do que você quiser, é impossível negar que o sujeito parecido com um macaco era rápido pacas e que as músicas de Stone não eram uma bandinha cover punk-racista de merda de Orange County. O Schwa estava fazendo com o Nacional-Socialismo o que Warhol fez com a lata de sopa Campbell. Uns poucos convidados da festa estavam aos prantos, tomando suas bebidas, mas a maioria estava curiosamente atenta, sem saber ao certo se a versão bop da canção era uma homenagem ou um insulto. Para ser franco, eu não sabia, nem Thorsten. Quando a canção acabou, seu olhar, voltado para baixo, deixava evidente que ele ficou profundamente comovido, mas estava constrangido demais para elogiar e aturdido demais para dizer que era uma porcaria. Ele enfiou uma nota de cinquenta na minha mão e me pediu para tocar de novo. Depois da quarta execução, Thorsten finalmente falou: "Sabia que, antes da Segunda Guerra Mundial, a porcentagem de judeus na Alemanha era de zero vírgula oitocentos e setenta e dois? Culpar uma porcentagem tão pequena de gente pelos problemas do mundo é constrangedor. Se sentir ameaçado por raças primitivas como a sua, que não sabem pensar, ou por raças pagãs que só são capazes de fraude, e nada mais, isso é uma prova da nossa inferioridade inerente, e eu odeio os judeus por isso, odeio você por isso. Nunca conheci um judeu, e vá saber, pode ser que eu seja judeu, mas odeio eles mesmo assim. Quem é esse?".

"Charles Stone."

"Um crioulo?"

"Se você é ariano, ele é crioulo."

"Não existem 'arianos', é uma raça falsa, uma ferramenta de marketing. É uma marca étnica."

"Exatamente, assim como 'crioulos'."

"Sabe, homem macaco, um dia não vai existir raças nem etnias, só marcas. As pessoas vão ser Nike ou Adidas. Microsoft ou Macintosh. Coca ou Pepsi."

Thorsten Schick foi a pessoa mais assustadora que conheci. Um sujeito inteligente que não se deixa enganar pelo controle do pensamento dos meios de comunicação, pelos mitos de raça e de classe e pela propaganda do livre mercado só para se tornar um simplório que agora odeia sem dó e fala um inglês perfeito. No fim da noite, o intelectual skinhead me fez o maior elogio que podia fazer a um não ariano quando disse: "Só lembre, DJ Darky, minha bronca não é com você, é com o povo".

O caminho da direita

O *Bundestreffen* é o encontro anual dos afro-alemães. Mil nativos do *Volk* negro saem de todos os cantos do país para um fim de semana no campo num spa em Ettlingen, uma cidadezinha turística na Floresta Negra. Klaudia e Fatima relutaram em me convidar, sabendo que para mim ia ser quase impossível resistir aos infinitos trocadilhos que eu ia poder fazer sobre uma reunião de negros na Floresta Negra. Mas depois que me ofereci para discotecar de graça, até elas riram quando eu disse: "A gente tem que se lembrar de ver a Floresta de Negros, não só as árvores".

Em vários sentidos os afro-alemães eram o Décimo Talento de W.E.B. Du Bois transformados em realidade. Eles são quase uma raça de robôs. Unidos como só um povo invisível sem uma comunidade próxima para dar as costas pode ser. Uma espécie de granola humana, eles são multilíngues e multiculturais, tremendamente bem-comportados e bem-arrumados, e embora a maior parte traga a marca denunciadora da birracialidade — a testa proeminente e brilhante —, em geral eles são um grupo de gente impressionantemente bonita e inteligente.

Enquanto Klaudia jogava vôlei, Fatima fazia o papel de repórter de campo e me atualizava periodicamente sobre os participantes do jogo.

Quem decidia quando a bola tinha saído era o irascível Friederike Lutz, um árbitro nonagenário. Durante a Segunda Guerra Mundial, Friederike escapou dos campos de concentração trabalhando como figurante, fazendo uga-buga de topless em filmes imperialistas alemães como *Tia Wanda vem de Uganda* e *Nove núbias núbeis*.

De um lado da frouxa rede de vôlei estavam Maximilian, Bertolt, Uschi, Axel, Effi e Detlef, todos descendentes de segunda e terceira gerações de soldados coloniais franceses que ocuparam o Reno depois da Primeira Guerra Mundial. Seus nomes ultratradicionais eram um nobre esforço de dar a eles, se não uma aparência mais germânica, pelo menos uma sonoridade mais germânica. Do lado que estava com o saque, mais jovens e mais modernos, estavam os descendentes dos americanos negros que ocuparam o país na Guerra Fria. Seus pais eram polaroides sobre a lareira e seus nomes vinham de lendas do jazz e de anti-heróis do blaxploitation. Miles, Billie, Dexter, Superfly, Shaft e Buck and the Preacher encaravam a rede, joelhos dobrados, braços levantados. Líberos, meios de rede ou atacantes de ponta, havia algo forçado nos sorrisos largos e na risada cordial dos jogadores. Eles pareciam tão deslocados na Pátria quanto mulheres negras em comerciais de xampu.

Klaudia preferia atividades ao ar livre e passava os dias jogando pingue-pongue e espirobol. Fatima, por outro lado, se divertia com o vazio da experiência afro-alemã. Ela me arrastava para uma infinidade de oficinas, palestras e filmes em que eu assistia a um povo construindo sua identidade do zero.

Estranhamente, aquilo tudo me lembrava da experiência de estar em uma filmagem pornô, e eu não conseguia tirar da cabeça que astros da pornografia e negros alemães são muito parecidos. Duas comunidades negligenciadas e ávidas por atenção que, apesar de estarem nuas em público, permanecem "invisíveis" para uma sociedade que finge que não os vê.

Numa aula sobre a história dos negros da Alemanha durante a Segunda Guerra Mundial, o palestrante mostrou um slide de um menino negro com cabelo castanho-claro com shorts pregueados e um traje de pelos de cabra com botões de suástica perto de sua mãe e saudando a carreata de Hitler que passava com um orgulho nacionalista afetado. Outro Afro-Junge, o precoce filho negro de alguém, ficou em frente à projeção imitando a saudação e se matando de rir. Cheguei à sóbria conclusão de que a ansiedade da esterilidade forçada é o subtexto comum que está por trás tanto do pornô quanto da afro-germanidade. No pornô a menstruação não existe e o sêmen não é a transmissão da vida, é uma calúnia. Uma expressão gosmenta da esterilidade política e interpessoal, e em comparação, a história do afro-alemão é literalmente uma história de esterilização forçada. Uma esterilização sistemática não apenas das pessoas como da memória. Não é de admirar que Fatima fosse tão triste. Não é de admirar que essas pessoas precisassem tão desesperadamente de uma boa festa.

Orgulhosamente assumo o crédito por ter apresentado à Afro-Alemanha o conceito de pós-festa. *Pós-festa*... adoro essa expressão. A festa depois da festa. É uma daquelas ignóbeis locuções dos pretos americanos que, junto com gargantear e desasnado, eu não aceitaria vender para Matta Ouropel e para os caras do *Kensington-Merriwether* nem por um milhão de dólares. De qualquer modo, essas palavras não fariam nenhum bem para o inglês padrão. São palavras fora do padrão para pessoas fora do padrão.* E ninguém foge mais ao padrão do que uma alemã abissalmente negona chamada

* Claro, qualquer um pode dizer *noia* e *treta* com um mínimo de credibilidade, mas o infinitivo *gargantear* implica uma traição contextual e histórica que remonta aos dias em que o Homem de Java garganteou pela primeira vez ao encontrar o Homem de Pequim num lago. *Filho da puta cabeçudo monopolizando tudo que é flecha e o cacete.* Hoje a maior parte das pessoas diz gargantear sem sequer saber que elas próprias estão garganteando.

Nordica que à uma da manhã ainda está numa oficina trabalhando sua existência.

"Dá pra abaixar a música?", ela disse. "Tenho que te perguntar uma coisa."

Baixei o volume de "Berlin Skyline #45" de Charles Stone a um ponto que permitiu às pessoas continuarem marcando o tempo com os pés e ruminando à luz bruxuleante da fogueira sobre a negritude alemã.

"O que está acontecendo?", Nordica perguntou, soando exatamente como uma fugitiva de Hollywood em sua primeira viagem de ecstasy.

Não respondi. Eu estava concentrado demais no afro dela. Uma massa natural de cabelos imensa a ponto de ter atmosfera, força gravitacional e 37,89% de chance de abrigar vida inteligente.

"Preciso entender o que está acontecendo comigo. Por que sou tão insegura? Vivo com medo, apesar de não estar assustada."

A sala ressoou com murmúrios de concordância. Dominados pela curiosidade alemã e pela paranoia negra, esses filhos e filhas de Hegel e da rainha Nefertiti queriam uma resposta. Eu queria dizer a eles que a música do Schwa depende muito do semitom, esse minúsculo intervalo musical que fica a meio caminho entre a harmonia e o ruído, por uma razão. Ele quer nos mostrar que as melhores partes da vida são os semitons temporais, aqueles nanossegundos entre o êxtase e o pânico que se pudéssemos nós enfileiraríamos numa harmonia sensata. Se pudéssemos ser o Wile E. Coyote andando no ar por aqueles preciosos segundos antes da agridoce descoberta de que ele está andando no ar. Antes de cair no chão acenando triste com a mão e levantando uma nuvem de fumaça.

Não disse nada disso porque não conheço a palavra alemã para *semitom* nem tinha certeza se minha plateia sabia quem era o Pernalonga. Simplesmente disse: "O que está acontecendo é que você foi desasnada, baby".

Mais cedo ou mais tarde o Schwa desasna a gente.

Em frente

Minha próxima apresentação digna de nota aconteceu na Universidade Livre. Foi lá que finalmente respondi à pergunta que é o eterno bicho-papão do artista cult: *Quem é o seu público?* Nem sei dizer quantas vezes ouvi exatamente essa pergunta de um repórter, de um fã ou de mim mesmo. Quem é o seu público? Afinal de contas quem escuta esses caprichos selvagens, penetrantes, arrítmicos, queixosos, feitos com vinil e scratches?

Montei meus toca-discos em uma sala de aula do Departamento de Estudos Americanos Antigos. Atrás de mim, no quadro-negro, estava a explicação do professor Fukusaku para o que ele chamava de "Battle Royale Global", uma lista numa caligrafia horrorosa de países e Estados soberanos que os Estados Unidos invadiram nos últimos duzentos anos. Coreia, Turquia, Haiti, Honduras, Egito, uma lista quase completa mas que, como mostrava o noticiário recente, deixava um território-chave de fora. Peguei um pedaço de giz e no minúsculo espaço entre Samoa e El Salvador escrevi: "Los Angeles". Agora com a lista completa será que a gente pode ir em frente?

Batendo as mãos uma na outra para tirar o pó de giz, me virei de frente para a plateia. Uma mulher bonita, de aparência vagamente mediterrânea, estava sentada, serena, na primeira fila, com as mãos belamente cruzadas sobre o colo. Já tinha passado um bom tempo da hora marcada para o início da aula, e era evidente que não ia aparecer mais ninguém além dela. Cocei minha cabeça pensando se devia ou não ir em frente.

"Foda-se", eu disse para mim mesmo, "vou tocar."

Não sei por quanto tempo toquei, mas eu estava inspirado. Dediquei cada nota para a moça na primeira fila.

É impossível contar quantas vezes alguém colaborando com um fanzine de música da Costa Atlântica, um fã adolescente abelhudo ou um professor de música tenso me perguntou: "Então, DJ Darky, quem é o seu público?".

Bom, eu finalmente tinha uma resposta para esse velho bicho-papão. Quem é o meu público? A mina de vestido azul, as mãos belamente cruzadas sobre o colo, ela é o meu público!

Minhas melodias retumbavam pela sala, pondo de pernas pro ar cada cadeira vazia, rasgando no meio cada ingresso não vendido. Durante toda a tempestade torrencial de sons que chovi sobre ela, a moça jamais se moveu. Nunca ergueu a cabeça, sorriu nem bateu o pé. Mas também não foi embora. Eu não tinha como ter feito melhor. Exausto, meus olhos queimando de suor, ouvidos zunindo, cabeça virada do avesso, arremessei a última Super Bola — um amálgama illbient-bluegrass-deep-house — da noite contra a parede dos fundos. Em espirais loucas que se abriam e se fechavam, a batida rebatia nas paredes, gritava e se contorcia, um paciente nu no hospital estadual para loucos se debatendo para se livrar das amarras da cama. Finalmente ela morreu num canto com a boca aberta, legando ao mundo nada, exceto o seu fantasmagórico silêncio, que, na ausência de um clamor improvisacional, era assombrosamente lancinante. A mulher do vestido azul-claro nunca aplaudiu. Ela se levantou, me olhou tranquila e perguntou: "Terminou?". Fiz que sim com a cabeça, e ela foi até o corredor, voltando momentos depois com um esfregão e um balde com água e sabão. E se você fizesse um show e ninguém aparecesse?

Parte 4

A experiência auditiva

I

Ninguém acreditou que ela fosse fazer isso. Fatima. O esqueleto carbonizado dela em posição de lótus no meio da Bernauerstrasse, rangendo quando o vento passava.

Quando cheguei lá era possível literalmente enxergar através dela, mas a bile que subiu à minha garganta me forçou a parar de olhar. De vez em quando eu ouvia atrás de mim um barulho de algo se quebrando, igual ao de uma batata frita se partindo ao meio, e sabia que um pedaço de carne queimada ou um tufo de cabelos ondulados tinha se separado do corpo e rolava na rua, sendo perseguido por Klaudia.

Imagino que em última instância era isso que Fatima queria, não ter mais pele nem cabelos. Na verdade, não ter mais traços.

Desde a reunificação, Fatima tinha perdido bastante peso, se tornando, na descrição precisa de Klaudia, "pesadamente anoréxica". O abatimento aniquilador de quilos dela ficava mais forte a cada dia. O que tinha sido um saudável medo dos brancos, compartilhado pela maior parte dos habitantes de cor do país, nos últimos tempos se transformou numa completa leucofobia, um medo de tudo que era branco. No começo foi debilitante. Ela parou de responder cartas que chegavam em envelopes brancos. Se recusava a tomar leite e a comer purê de batatas. Era preciso a todo custo evitar ursos-polares, nevascas e dinamarqueses, porque tudo isso trazia maus presságios. E, ironia das ironias, papel higiênico branco fazia ela se cagar de medo.

O único consolo que ela tinha em meio a essa palidez superabrangente era Charles Stone, e encontrava esse conforto não tanto na música dele, mas no homem. Klaudia e eu nunca falamos sobre quanto a sua irmã e o Schwa eram parecidos. E até onde eu saiba, eles também não. Só o que a gente sabia era que os dois se tornaram inseparáveis. Sempre que ele estava nas ruas reconstruindo seu muro, ela estava bem ao lado, fazendo a música dele soar alto de um aparelho de som portátil. E, por outro lado, sempre que ela estava hospitalizada, ele ficava ao lado do leito cantando cantigas de ninar e ajudando Fatima a derrubar seus muros mentais. Ele a incentivava a confrontar seus medos, e por um tempo ela ouviu. Trabalhando como enfermeira, apesar do uniforme dar urticárias nela. Por um tempo chegou até a namorar um queniano albino que conheceu no Slumberland. Mas a tarefa de ser negra em Berlim era desgastante para ela.

A última vez que vi Fatima foi umas semanas antes, na noite de música disco russa numa boate popular na Prenzlauer Berg chamada An Einem Sonntag im August. Fatima, Stone, Klaudia e eu ficamos mais de uma hora na fila para entrar. Se você já ouviu disco russa, também ficaria na fila. Aquele amálgama de hip-hop cigano, soul siberiano e ska da Moldávia é uma música underground tão descaradamente comercial e cafona que leva a ruindade a píncaros desconhecidos desde que Lawrence Welk fez seu cover de "A Hard Day's Night", dos Beatles. O efeito é realmente lobotomizante, e Fatima mal podia esperar para esquecer seus problemas dançando com o Schwa clássicos como "Vodka Revolution", "Generation @" e "Vassily's Groove". Quando finalmente chegamos à entrada, o porteiro disse que podia deixar as mulheres entrar, mas não o Schwa e eu.

"A boate tem uma nova política", ele disse. "Homens negros não entram." Segui o seu dedo até uma placa excludente que, caso você riscasse o *Não*, seria a política de *aceitação* no Slumberland. A placa dizia:

> Não será admitida a entrada de homens negros que se encaixem em qualquer dos seguintes critérios
>
> - Abaixo de 25 anos de idade
> - Usando roupas esportivas americanas de marca e grotescas, correntes de ouro e relógios caros
> - Olhos injetados de sangue
> - Dentes em más condições somados a uma higiene corporal pouco usual para um africano (isto é, desodorante e colônia pós-barba com odor forte)
> - Desacompanhados de fêmeas brancas ou nativos
> - Que frequentem pontos de drogas
> - Serão abertas exceções para turistas e negros com olhar inteligente

Apesar dos nossos protestos, o porteiro mandou a gente pra rua, explicando que a boate estava tendo problemas com negros vendendo drogas e assediando as mulheres que trabalhavam no local.

"A gente não é racista", ele disse, falando mais para as outras pessoas do que para nós. "Respeitamos demais nossos irmãos multiculturais da vizinhança para suspeitar de *todos* os negros. Nossa política se dirige só aos traficantes."

Olhando por cima do ombro dele vi Doris e Lars lá dentro, requebrando no melhor estilo totalitário ao som de uma polka-punk chamada "Dancing on the Airplane". Me senti menos insultado pela política discriminatória ilógica da casa do que pelo porteiro não perceber o lampejo de inteligência nos meus olhos.

Enquanto Fatima tinha um ataque de nervos sentada no capô de uma perua Opel, voltei ao porteiro malvestido e pisquei meus olhos brilhantes vigorosamente na cara dele.

"Fala sério, cara. Vai me dizer que você não vê nem uma fagulha de inteligência nestes olhos?"

Fatima nunca se recuperou do insulto. De todas as afrontas diárias — os ataques com pistolas d'água, os bombardeios com torrões de terra, as passadas de mão no metrô e os "elogios" por falar alemão tão bem e por ter tido a sorte de crescer na Alemanha e não na África — foi a humilhação na An Einem Sonntag que impediu o camaleão cultural de mudar de cores. Nada camufla o fato de você ser preto.

Quando perguntaram à multidão sobre o cadáver fumegante, os tiras estavam na verdade se dirigindo a Thorsten, já que ele era o único branco presente. Desde minha apresentação, o insensível neonazista não conseguia tirar da cabeça o som do Schwa, não importava quantos turcos ele espancasse, quantos chineses apedrejasse, quantos fantasmas judeus exorcizasse e quantas bitucas de cigarro apagasse em crioulos. Nos dias de folga do trabalho como transportador de pianos, ele me ligava.

"Onde ele está?"

Eu ligava para Fatima para descobrir e repassava a informação para ele. Thorsten ia de ônibus para Marzahn só para sentar no meio-fio e ouvir a música, esperando encontrar o Schwa antes que as autoridades o espantassem. O *verdammte Neger* do outro lado da rua, que desde o *Bundestreffen* também seguia o Schwa, às vezes olhava torto para ele, mas Stone e Fatima nunca davam bola para ele.

Enquanto Thorsten falava com um policial gentil, os paramédicos puseram um plástico sobre o corpo de Fatima. Olhando os indícios (uma lata de gasolina chamuscada e um aparelho de som portátil derretido) não era difícil entender o que tinha acontecido.

Thorsten disse ao policial que quando chegou ali e sentou no ponto de ônibus, era como se ela estivesse esperando por ele. Ela encarou Thorsten com aqueles olhos grandes, distantes, cor de caramelo, depois em silêncio levou sua lata de combustível até o posto ali perto. Despejou dois litros de combustível de alta octanagem lá dentro. Voltou à cena. Sentou. Se encharcou de gasolina. Enfiou os fones de ouvido no rádio. Aumentou o volume. Regulou os agudos. Segurou no alto seu isqueiro como num show de rock e acendeu. Um bis absolutamente impressionante.

O Schwa e Fatima tinham avançado bastante o trabalho naquele dia, e eu admirava o resultado do seu esforço manual. Com quase um metro e meio de altura e quatro metros e meio de extensão, o muro estava mais alto, mais longo, mais liso e mais robusto do que eu jamais tinha visto. Stone disse que Fatima estudou alguns livros de arquitetura e lhe ensinou que antes de construir eles deviam separar as pedras em pilhas, e que a base de um muro avulso devia ter mais ou menos a metade de sua altura, com as pedras maiores embaixo.

A essa altura a polícia já tinha feito uma barricada para conter o grupo considerável de negros cada vez mais agitados. Vendo que os *Schwarzen* tinham sido contidos, o legista tirou o plástico de cima do cadáver de Fatima e começou a bater com uma pá para transformar os restos mortais em cinzas, enquanto dois policiais se preparavam para varrê-la para dentro de um saco de transporte de corpos. O tratamento indiferente dedicado à falecida indignou os negros alemães, e detrás de um batalhão de choque da polícia, eles atiravam pedras e palavrões. Thorsten, com seu crânio reluzente e suas roupas nazistas chiques, atraiu boa parte da artilharia de pedras e insultos. As pedras eram as de sempre: duras, metamórficas e amorfas. Mas a xingação era tipicamente alemã: maravilhosamente inteligente, profundamente emasculadora e com um toque extra de vigor de marinheiro de submarino. Chame de ofensa, afronta ou desaforo, o insulto que Nordica, a jogadora afro de vôlei de praia, atirou sobre Thorsten ficará para a posteridade: "A culpa pela morte dela é sua, seu covarde, tomador-de-banho-quentinho, com testículos de cetim, punheteiro fedido que nem jaula de leão, que guarda tudo que é e-mail de bosta, responde tudo que é e-mail de bosta, pesquisa o preço da gasolina, dirige carro automático, usa o freio na subida, e que é um pretexto ruim com cara de peixe para um acidente evolucionário que responde quando os Teletubbies acenam, e só nada perto da bordinha da piscina".

Um sujeito mais fraco teria se unido a Fatima no suicídio ali mesmo, mas Thorsten simplesmente ficou parado, mãos na cintura, ignorando a saraivada de pedras e insultos como um oficial pretensioso das Forças Armadas que ignora a guerra à sua volta.

Ele pegou um pedaço de papel pequeno, bem dobrado e jogou para Klaudia, que o escondeu em segurança atrás do muro.

"Sua irmã me deu isso antes de se matar."

"É um bilhete de suicídio?"

"Não sei; eu não sei ler. Não entreguei para os tiras porque achei que talvez ela estivesse me culpando pela morte dela. Leia pra mim, mas cubra os ouvidos para você não ouvir, o.k.?"

A lógica bonitinha, distorcida, de achar que se não pudesse se ouvir lendo o bilhete ela não saberia o que estava escrito fez um sorriso breve, quase mórbido, surgir no rosto de Klaudia, marcado pelas lágrimas. O Schwa e eu corremos para o seu lado e olhamos por cima do ombro. Embora o bilhete estivesse em alemão, Thorsten fez com que nós dois também cobríssemos os ouvidos. Klaudia começou a ler: Era uma estrofe de um poema, "Eles são gente como nós", de May Ayim.

Nós realmente acreditamos
que todos são iguais.
Ninguém devia ser discriminado
por ser diferente.

O sarcasmo da estrofe atingiu Thorsten ao mesmo tempo que uma pedra do tamanho de uma granada acertou a sua testa acima do olho. Um grosso fluxo de sangue escorreu por seu rosto e pingou de seu queixo.

O vento e o protesto fizeram voar as cinzas de Fatima, espalhadas em negros redemoinhos pela rua. Klaudia, com os dedos febrilmente ágeis, dobrou o bilhete de suicida em uma xícara de papel com direito a uma asa e correu em direção à última pilha de cinzas. Alguém atirou um dardo feito com um galho de árvore em meio à balbúrdia; destinado à polícia, o objeto voou como um bumerangue e acertou as costelas da minha namorada, que caiu no chão. Uma garrafa de cerveja aterrissou aos pés dela. Sem se abater, ela passou cambaleando pelo vidro espatifado. Thorsten se virou para o Schwa e disse: "Esta cidade realmente precisa de um novo Muro de Berlim, só que dessa vez ele devia ser transparente", e em seguida arrancou a camisa e ficou em frente ao muro de Stone.

"Heil Hitler!", ele gritou, chamando a atenção de todo mundo que ainda não tinha ficado estarrecido com a tatuagem em tamanho real do Führer desenhada em seu peito musculoso. A semelhança era exata, mas de perto você via que o bigode era uma marca de nascença coberta por pelos pouco acima do umbigo. Thorsten fez uma vigorosa saudação nazista, bateu os calcanhares dos coturnos e marchou rígido com passo de ganso para lá e para cá diante do muro, como um soldado das tropas de choque nazistas que servia de alvo num estande de tiro de Coney Island mais ou menos em 1942.

Algum presunçoso animador de circo gritou as regras.

"Tem que ficar no meio-fio. Pernas e torso — dez pontos. Na cabeça — vinte e cinco pontos. No saco — cinquenta pontos. A suástica no pescoço — cem pontos! Cinco pedras por um marco!"

A multidão adorou, e logo dedicou toda a energia para atingir aquela aberração, jogando garrafas, pedras, pilhas e o que mais conseguisse encontrar. Toda vez que era acertado, Thorsten gritava um metálico "Bing!" e fazia uma abrupta meia-volta.

As palhaçadas criaram a distração de que Klaudia precisava para pegar as cinzas da irmã. E enquanto olhávamos o seu trabalho catando os grãozinhos de carne e os pedacinhos de osso para pôr na urna de papel, o Schwa virou para mim. "Sabe, o careca tem razão."

"Sobre o quê?"

"Sobre o muro. Eu posso construir um muro transparente... um muro de som."

A intensidade dos arremessos de pedras aumentou. Um dos negros acusou Thorsten de matar Fatima, e sem um traço de amargura na voz, Thorsten gentilmente lembrou a eles de maneira bem direta que em algum tribunal moral com ampla jurisdição psicossomática, ele poderia ser condenado por isso, mas a única coisa de que todos eles eram culpados, tanto os macacos negros quanto o super-homem branco, é que todos viram ela morrer.

As pedras pararam de bater no muro.

Exausto, Thorsten desabou no chão, sua tatuagem de Hitler coberta de sangue.

2

Para ele, o que conta não é o modo que um músico soa. Ele não dá a mínima se ele ou ela tem "talento". Pouco importa como se vestem. Para ele, montar uma banda tem a ver com algum bizarro holismo teleológico cujo principal preceito parece ser "o todo é maior com algumas de suas partes".

Ele dirigia os ensaios como um treinador de basquete que, para dar ênfase ao condicionamento e à defesa, faz os jogadores passarem por duas semanas de exercícios esgotantes antes de encostarem na bola pela primeira vez. Selecionava os músicos e ensaiava a banda sem nunca ouvir um músico tocar.

"Como você sabe se alguém é bom sem sequer checar a embocadura da pessoa?", perguntei.

"Se você vê um cara segurando o volante igualzinho ensinam na autoescola, às duas e dez, qual é a primeira coisa que você pensa?"

"Que o puto não sabe dirigir."

"Isso, então eu não preciso ver ninguém catar, tocar, cantar, soar nem soprar instrumento nenhum."

Em vez disso ele traçava mapas astrais dos músicos, usava testes psicométricos que mediam a compatibilidade do grupo e passava exercícios que eles precisavam resolver em conjunto. Minha parte predileta da seleção era quando ela mostrava aos músicos sua partitura universal.

"Mas a partitura já não é universal?", era invariavelmente a pergunta.

"Sim, para quem sabe ler música. Mas e os caras que *não sabem* ler música?"

Até o mais progressista dos músicos abria na primeira página da "música universal" e ficava paralisado.

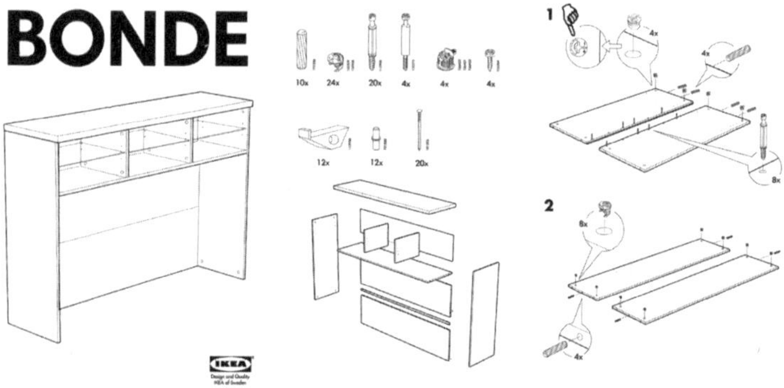

"Peraí, cara, instruções da Ikea? Desculpa, mas não entendi."

"As instruções da Ikea para montagem de móveis são a coisa mais próxima que nós terráqueos desenvolvemos de uma linguagem universal. O.k., pessoal, na página 2, quando a gente prender o painel na prateleira de cima, quero que os metais toquem um acorde de ré bemol maior, e trombone, enquanto estiver colocando os pinos, faça a tônica do acorde no agudo. A partir daí a gente conta dezesseis compassos, volta para a introdução e prende o painel traseiro. Saxofones, quero que vocês toquem com aquela sensação de chave Phillips dos bons tempos. Agora vamos tocar esse baú de uma vez, entrando no quatro."

A maior parte dos caras saía correndo pela porta, mas os que ficavam eram especiais.

Eram caras que pensavam parecido, como o Willy Wow, um violinista cuja música eu admirava imensamente. Os talentos dele eram retrógrados num sentido muito moderno — ele sabia fazer o violino soar como um sintetizador. Durante a entrevista de emprego, o Schwa não perguntou qual foi o último livro que ele tinha lido ou qual achava ser seu maior defeito. Ele olhou para a mão mutilada do Wow e disse: "Me conte sobre a guerra".

"O Vietnã não foi tão ruim. Foi o que libertou a minha mente. Eu ficava sentado em cima da lojinha do Exército ouvindo os sons da batalha. Era como ir assistir à Filarmônica do Laos. Como ficar sentado no bar Minton's durante uma competição de bandas. Era o mais livre de todos os free jazz. Os vietcongues começavam com seus stacatti de armas leves. E os americanos respondiam com um legato de artilharia, disparos de morteiro. Esmagavam a colina com rondós de cento e cinquenta e cento e setenta e cinco milímetros, e jogavam a coda de napalm e explodiam o palco inteiro, saca? Você podia pensar que depois dessa demonstração de poder de fogo o Charlie não ia ter mais porra nenhuma pra tocar, certo? As colinas devastadas pelo incêndio. Não tinha passarinho nem no céu, muito menos uma árvore de onde o bicho pudesse sair voando. Qualquer filho da puta normal ia sair do tablado e nunca mais tocar nada, mas o Charlie Cong disparava três explosões de morteiro, *pop pop pop!* E a competição tinha acabado. Eles tinham vencido aquele dia e eu sabia que iam vencer a guerra. Lá mesmo, naquela hora, decidi que eu ia soar igual ao Vietnã."

Nem preciso dizer que Willy Wow era o violinista da banda, na medida em que havia uma banda. Você nunca tinha como saber exatamente quem estava na banda. O Schwa nunca demitia alguém sumariamente nem avacalhava com a hombridade de um (e às vezes de uma) integrante da banda nem com seu talento. Os caras simplesmente sabiam se eram bem-vindos ou não e decidiam por conta própria se iam continuar. Peço licença para apresentar alguns dos músicos regulares: Soulemané Eshun, um baixista negro americano com uma técnica de arco excelente e um hábito irritante de citar entre as músicas provérbios africanos crípticos que só ele e o Schwa pareciam entender.

"*Gbawlope nane a gipo ni ton ne a gipo ta-ton*. O aligátor diz: A gente diferencia uma canoa amiga de uma inimiga."

"É isso aí, cara."

"*Lã asike legbe meflo dzo o*. Um animal de rabo comprido nunca devia tentar saltar sobre uma fogueira."

"Certeza."

No piano e na percussão, Uli Effenberg. Exímio tocador de aerofones, ele tinha em sua eclética coleção de instrumentos de sopro uma caixa de abelhas, um chapéu com hélice e um crânio humano que, quando ele agitava no ar, produzia um misteriosíssimo glissando pelos buracos dos olhos e pelos dentes faltantes. Uli mais trepava com o piano do que tocava o instrumento. Às vezes só ficava movendo o banquinho para trás e para a frente, acrescentando ao que quer que a banda estivesse fazendo os rangidos das rodinhas e o barulho da tampa fechando. Ele macetava os pedais com um martelo, tocava as teclas com uma bola de praia. Uma vez, para grande diversão do Schwa, ele jogou um camundongo entre as cordas do piano e foi dormir, enquanto o pequeno roedor acompanhava a banda.

Na bateria, Sandra Irrawaddy. Apesar de segurar as baquetas como se tivesse paralisia, ela era capaz de fazer coisas na bateria que Philly Joe Jones só poderia sonhar. O Schwa, roubando uma frase do Duke Ellington, chamava Sandra de uma "expoente da baquetaria", mas o que ela fazia com os pés também não era bolinho. Certa vez durante um intervalo para o cigarro, Sandra tocou um fac-símile mais do que razoável do infame solo de bateria de John Bonham em "Moby Dick" sem as mãos. Em vez de usar baquetas ela mandava ver no bumbo e cuspia sementes de tangerina nos pratos.

E tem o Yong Sook Rhee. Já parou para pensar no que aconteceu com aquele garoto coreano que não se misturava com ninguém, com o cabelo lambido conhecido como o moleque mais inteligente do mundo? Aquele que aos cinco anos tinha QI 210, falava nove línguas, programava em cinco, recitava o pi até dez mil casas depois da vírgula e escrevia poesia?* Eu vou te contar o que aconteceu com o jovem Yong Sook, ele toca trompete na banda do Schwa. Sem ser um grande músico, ele toca com uma ingenuidade desavergonhada que lembra a Halle Berry tentando atuar. Bem quando a atuação insuportavelmente exagerada está te deixando quase maluco, ela mostra rapidamente uma extensão de carne perfeitamente parabólica e tudo está perdoado; e quando você ouve o Yong Sook tocar, ele erra dez mil notas, mas a que acerta é insanamente bonita.

Meu papel na banda era indefinido. Sempre havia toca-discos e um mixer no estúdio, mas eu nunca encostava no equipamento e ninguém me pedia para tocar. Quando faltavam uns dias para o show, alguém me perguntou se eu estava na banda.

"Sim", o Schwa disse.

"Bom, mas e o que ele faz?"

"Ele é nossa arma secreta. É o grand finale que vai botar a casa abaixo."

Depois ele foi até o aparelho de som derretido de Fatima, que sempre mantinha por perto, "ligou" o rádio e começou a dançar um tango com uma parceira invisível.

* Dizem que meu QI oscila entre 89 e 174. Um quociente classificado como "aleatoriamente intelectual".

Enquanto o Schwa fazia sua *caminata* pela sala, Soulemané me deu um tapinha no ombro e disse: "*Brow tron lo, eta ne a ne won oh gike*. O mundo é grande demais, é por isso que a gente não ouve tudo".

Eu mal podia esperar pelo show. Os provérbios africanos estavam começando a fazer sentido.

3

O governo da Alemanha Oriental levou mais de três anos para construir o Muro de Berlim. Depois de conseguir a autorização, a gente levou só três dias para reconstruir. A ideia era dividir em dois o coração da cidade, de Treptow a Pankow, com um muro de som de dez metros de espessura e cinco metros de altura, um som que, se tudo saísse de acordo com o plano, seria um loop contínuo do show que o Schwa iria fazer. A música seria tão real que qualquer pessoa que estivesse perto o suficiente para ouvir acharia que dava para esticar a mão e pegar o som. Eles teriam de decidir por conta própria se o som era confinamento, exclusão ou proteção.

Levando em conta a fama que a Alemanha tem de ser um pântano burocrático onde o sujeito precisa de um carimbo de aprovação para conseguir o carimbo de aprovação, entramos no Departamento Municipal para Desenvolvimento Urbano certos de que íamos ser civicamente enrolados. Que íamos ser mandados, como dizem os alemães, de Pôncio para Pilatos.

O Schwa entregou ao barnabé sua proposta, um documento lacônico de uma só frase, escrito em inglês numa folha de caderno mais amassada que a bunda de um elefante. Herr Müller calmamente pôs o papel sobre o balcão, usou o antebraço como ferro de passar para alisar o documento, e leu em voz alta: "Quero reconstruir o Muro de Berlim usando música em vez de concreto, arame farpado e metralhadora e essas coisas".

Sem dar uma risadinha sequer, Herr Müller apoiou o queixo barbado na mão e disse: "Em alguns aspectos, essa não é uma má ideia".

O entusiasmo discreto dele não devia ser uma total surpresa. Os jornais de Berlim frequentemente perguntam a seus leitores se eles querem ou não o Muro de volta. Pelo menos vinte por cento dos respondentes dizem sim. Portanto tínhamos a aprovação tácita de Herr Müller, mas claro que isso não era nem de longe o suficiente. Fiel ao estereótipo, ele bateu no balcão com uma pequena pilha de vários formulários em tons pastel, matraqueando num alemão superoficial quais deviam ser mandados para quem. Não levou muito tempo para Müller perceber que sua bobajada bizantina não estava sendo registrada por Herr Stone, por isso ele tentou em inglês.

"Perdão, senhor. Se o senhor não for um cidadão alemão com residência formalmente estabelecida em Berlim, isso vai ser um problema. Preciso ver seus documentos."

Quando ouvimos ele mencionar a palavra *documentos*, Klaudia e eu entramos em pânico, achando que a qualquer instante um esquadrão de *Polizei* com cabelos de reco ia entrar rolando no chão e escoltar o Schwa até a fronteira. O Schwa, percebendo que estava diante de algum impasse burocrático, calmamente pegou o mesmo pedaço de papel esfarrapado que mostrou ao policial da motocicleta no dia em que eu o descobri. Herr Müller passou os olhos por ele, de início, cético, depois pegou os óculos de bibliotecário que estavam no peito e pôs lentamente sobre o nariz, sem sequer enrugá-lo. De repente ele estava segurando o papel pelas bordas como se fosse a porra da Magna Carta.

"Udo!"

Udo, um menino impaciente de uns dezoito anos, apareceu ao seu lado, alisando a gravata de raiom e seu topete rebelde ao mesmo tempo.

"Sim, senhor?"

"Quero que você faça uma cópia deste documento e traga de volta para mim imediatamente."

Udo foi pegar o documento, Herr Müller deu um tapa em sua mão.

"Luvas!"

Quando Udo voltou com os documentos de identificação do Schwa, eles estavam dentro de uma proteção de plástico. Uma campainha soou e Herr Müller acenou para nos juntarmos a ele do outro lado do balcão. Agilmente, nos acompanhou pelas tripas do sistema, nos guiando por um saguão cavernoso até chegarmos à porta de vidro jateado do gabinete de Frau Richter. Dava para ver uma mulher pequena, insanamente ocupada, que, a julgar pela batida medrosa na porta e pela gagueira recém-adquirida, era a superior de Herr Müller.

Frau Richter estava ao telefone gritando algo que significava "Diga ao I. M. Pei que a Potsdamer Platz faz o arquiteto, não o contrário!" quando Herr Müller passou a proposta e o misterioso documento diante do nariz de pug dela.

"*Das ist eine geniale Idee*", ela disse, desligando o telefone. Ela mexeu no colar de pérolas por um instante e fez outro telefonema.

Pelas próximas duas horas fomos sendo guindados na cadeia de comando, marchando de um edifício para outro até finalmente chegarmos a uma sala de espera do Reichstag, onde aguardamos nossa vez junto a um cavalheiro idoso e muito elegante. A antessala de um representante federal eleito, cujo nome estou legalmente proibido de citar, era enfeitada. Em meio a tapeçarias históricas havia retratos emoldurados de políticos de alto escalão que também estou proibido de identificar, mas, como uma dica do nível dos retratados que estavam de frente para nós, pense num navio "inafundável" da Segunda Guerra Mundial.

Agora que tínhamos tempo para descansar, pedimos ao Stone para ver a sua identificação. Ele tirou o papel da cápsula protetora e atirou o plástico no peito robusto de um líder alemão de óculos cujo sobrenome traduzido significa "repolho".

O documento de identificação estava escrito naquela caligrafia germânica antiga interligada que lembra uma cerca de ferro forjado. Mal consegui decifrar o cabeçalho, "*Verfolgte des Naziregimes*", uma frase em negrito realçada pela insígnia vermelha berrante da República Democrática da Alemanha.

"Não, não é possível", Klaudia disse, escorregando sem perceber para o sotaque da Saxônia que ela sempre se esforçava tanto para esconder. "Não pode ser."

O político inominado passou pelas portas altas, cor de castanha, acompanhado por um sujeito que tinha uma pasta algemada ao pulso. Caso os chineses tivessem atacado a Alemanha naquele exato instante eu poderia contar a vocês a cor do proverbial "botão do pânico" que transformaria a Terra num inferno.

Mas a Alemanha não tem armas nucleares.

Claro que não.

De todo modo, como a China não atacou, não tenho como dizer qual é a cor do "botão", mas bastará dizer que a pasta é marrom. Pois é, eu também ia chutar preta.

"Herr Stone?"

O Schwa ficou de pé, chapéu na mão, exceto pelo fato de não estar de chapéu.

"Herr Gleibermann, o senhor se importa se eu receber este cavalheiro primeiro?" Nosso estadista anônimo era um sujeito suave mas que tinha presença. Era fácil entender como ele ou talvez ela tinha vencido a eleição na Renânia do Norte-Vestfália com oitenta e seis por cento dos votos.

"*Kein problem...*"

Depois que o Schwa entrou e as portas com maçanetas de bronze se fecharam, perguntei para a ainda-pálida Klaudia qual era o problema com os documentos dele.

"O que significa *Verfolgte des Naziregimes*?"

Klaudia pôs a mão em volta do meu ouvido e sussurrou. Sempre que falava de algo que se referia "à antiga Alemanha Oriental", ela sussurrava. Um instinto de sobrevivência dos tempos em que as paredes tinham ouvidos e os amigos tinham microfones presos com fita no peito.

"*Verfolgte des Naziregimes* significa 'perseguido pelo regime nazista'. Era uma identidade que a DDR dava aos sobreviventes do Holocausto como recompensa. É claro, do ponto de vista do governo, a guerra foi culpa da Alemanha Ocidental."

"Como assim?"

"Nós éramos comunistas bons e inocentes e, não esqueça, os nazistas odiavam comunistas. Meu professor de história dizia: 'Lembrem, pessoal, eles mandavam os comunistas para a câmara de gás junto com os judeus, e se você fosse um judeu comunista, pode esquecer, eles mandavam você para a câmara de gás e queimavam você duas vezes só pra ter certeza'."

"De todo modo", Klaudia continuou, "quem tinha esse *Verfolgte des Naziregimes* recebia uma fatia maior do bolo."

Sorri, imaginando um bando de sobreviventes com chapeuzinhos cônicos, jogando confetes e soprando línguas de sogra, celebrando a vida, mas ela estava falando de privilégios especiais. "Eles tinham direito a abrir uma pequena empresa, vender comida ou guarda-chuvas, montar uma oficina de conserto de bicicletas, embora todo tipo de capitalismo estivesse estritamente proibido. Talvez eles ganhassem uma bolsa. Talvez precisassem esperar só seis anos na fila pra comprar um carro. Mas basicamente ninguém mexia com quem tivesse um documento desses."

Eu nunca tinha entendido como o Schwa se sustentava. Agora eu sabia. Digo, e daí que o cara basicamente tinha desertado para a Alemanha Oriental — o que o atual governo alemão ia fazer, deixar um jazzista negro judeu honorário morrer?

O Schwa saiu do gabinete com o braço do político em torno de seu ombro, um cheque de valor considerável e uma carta branca por escrito para construir seu muro da forma que achasse adequada, desde que não obstruísse o tráfego nem violasse a legislação de poluição sonora.

O velho Herr Gleibermann, agarrando um certificado de vítima exatamente igual ao do Schwa, encostou na mão dele e, num inglês titubeante, perguntou: "Em que campo você esteve, irmão?".

"Campo?"

"Sachsenhausen? Buchenwald? Bergen-Belsen?"

"Não. Nunca."

"Achei que talvez você fosse um sobrevivente. Seus olhos."

"Não, desculpe."

"Nenhum campo?"

"Fiz um passeio ao campo com a escola quando era menino, mas só isso."

O velhinho aceitou bem-humorado a piada e entrou no tabernáculo do chanceler reclamando que o cachorro do vizinho continuava latindo a noite toda.

A Galeria Leste é um trecho remanescente do Muro de Berlim coberto de murais que segue a margem norte do rio Spree, entre a ponte Oberbaum e a estação de trem Ostbahnhof. É um memorial de um quilômetro de extensão que tenta simultaneamente apagar e preservar o legado do Muro de Berlim. Tendo consciência de que neste caso a arte é a tela, os melhores dentre os painéis desbotados e descascados incorporam o Muro em seus temas. O Trabant sedã tridimensional de Birgit

Kinder irrompe para a liberdade atravessando o muro. O artista Suku simplesmente lista as façanhas do muro em um currículo de concreto.

<u>Curriculum Vitae</u>
1961 1962 1963 1964 1965
1966 1967 1968 1969 1970 1971
1972 1973 1974 1975 1976 1977 1978 1979
1980 1981 1982 1983 1984 1985 1986 1987
1988 1989 1990

Os dois últimos anos estão pintados de um vermelho berrante e de um amarelo de alerta, respectivamente.

Foi aqui, cravada na extremidade da Galeria, que a pedra fundamental do novo Muro de Berlim, o aparelho de som portátil de Fatima, foi assentada. Em vários sentidos nosso muro era uma extensão da Galeria — porém uma extensão imune à negligência e às inúmeras camadas de grafite desfiguradoras que nos últimos anos tornaram a obra de arte original quase invisível.

Ninguém sabia onde estava o Schwa, e Lars, Doris e Klaudia me deram a honra de ligar o velho rádio, que foi esvaziado para receber as cinzas de Fatima e novos equipamentos eletrônicos. Ele zuniu com antífonas de estática que avançavam cerca de trinta metros até a metade da calçada larga.

O som atingiu Klaudia em cheio.

"*Was ist los?*"

"Isso está me deixando louca. Agora que me dei conta do que a gente está fazendo."

Ela tirou um rádio pequeno da bolsa e ficou mexendo no botão de ligar e desligar. A luz vermelha apagava e acendia.

"O som torna o Muro mais real."

"Mais real do que a galeria?"

"Num certo sentido, sim. Pra vocês os murais são uma atração turística kitsch, mas, pra mim, às vezes passo por eles e me lembro de coisas."

"Você está dizendo que a gente está banalizando a repressão?"

Olhei para os dois lados da Mühlenstrasse. Ficava cada vez mais difícil diferenciar o lado Oriental do Ocidental. Antigamente era fácil. As ruas de fronteira como a Mühlenstrasse eram como o rio Estige. Afluentes de concreto que não se devia atravessar porque do outro lado estava o Hades, um submundo retrógrado onde os mortos-vivos moravam em casas pré-fabricadas. Atravessei correndo a rua de seis pistas e tentei imaginar como seria a aparência de Berlim Ocidental vista do lado Oriental. Teve gente que morreu tentando cruzar aquela rua, por isso minha suspeita era de que o outro lado devia se parecer com os Campos Elíseos: também parte do submundo, só que com bananas no mercado.

"Você está esquecendo a música do sexo com a galinha", eu disse meio sem fôlego depois de voltar correndo. "O cara pega um acasalamento bestial improvável, tipo homem com galinha, e faz parecer que você está assistindo aos vídeos secretos de Humphrey Bogart e Lauren Bacall na cama. Independente do motivo dele, é impossível que a sua música banalize alguma coisa. A música dele é uma homenagem à vida... às coisas boas, às ruins e às ambíguas."

"A música do sexo com a galinha realmente é um bom argumento", Doris disse, a voz cheia de nostalgia sexual. Achei que a Klaudia pudesse se ofender. Não foi o caso. Em vez disso ela apagou todas as nossas apreensões contando uma história irônica da vida sob o totalitarismo.

Ela segurou o rádio.

"Tá vendo este botão de 'power'? Na Alemanha Oriental não existia esse botão. A palavra 'power' era agressiva demais."

"Que engraçado."

"A gente tinha o botão 'Netz'."

"O que isso quer dizer?"

"É tipo 'rede'. Quando você ligava a tevê ou algum outro aparelho, era como se estivesse se conectando com as pessoas. Todo mundo estava compartilhando a mesma energia."

"Que coisa mais profunda."

Klaudia me passou o rádio.

"Pegue aqui."

A voz dela tinha um toque de resignação que entendi como um vestígio dos tempos de censura.

"Que foi?"

"Não tem onde colocar isso."

Ela tinha razão. Estávamos no único trecho de trinta metros de calçada de Berlim sem árvores. A coisa mais parecida com uma árvore por ali era um poste de iluminação pública. Um caminhão passou zunindo por nós, iluminando nossos rostos aturdidos com sua luz brilhante de xenônio.

O plano era simples. Na maior parte de sua extensão, o antigo Muro de Berlim seguia o trajeto de ruas existentes. Berlim é sem dúvida uma das cidades com mais ruas arborizadas do mundo, e a ideia era pendurar rádios por satélite nas árvores, onde eles ficariam balançando dos galhos como frutas transistorizadas. Onde não houvesse árvores e os rastros do Muro tivessem sido apagados pelo progresso na forma de condomínios ou terrenos baldios que em breve seriam transformados em condomínios, não faltavam artistas dispostos a preencher as lacunas. Por exemplo, Steffi Rödl estendeu um varal feito de arame farpado por cima de um terreno baldio cheio de lixo que ficava atrás de uma fileira de predinhos na Stallschreiberstrasse. Usando pregadores de roupa, ela pendurou uma cortina de quatro metros de altura de seda brilhante cinza-carvão que tremulava majestosamente ao vento, uma representação cintilante do Muro de Berlim estendida como tantas peças de roupa suja. Na Potsdamer Platz, de onde o Muro foi erradicado pelo comércio e pelos arranha-céus, no lugar de rádios — que jamais seriam ouvidos em meio ao ruído do trânsito do centro da cidade —, Michael Harnisch projetou uma pauta musical sobre a base de calcário do Sony Center. Um computador instantaneamente anotava a música e projetava as notas na parede, fazendo a partitura do show ser exibida no centro de Berlim como se fosse uma ópera transmitida por telégrafo. Usando o Portão de Brandemburgo como pano de fundo, Uwe Okulaja alinhou uma infinidade de luzes verdes e vermelhas potentíssimas que, como um equalizador gigante, lançava no céu noturno um painel pulsante de duzentos e cinquenta metros que transformava a música em cores. Havia outras instalações: uma fonte dançante, um osciloscópio e carrinhos de mão onde você podia alugar um daqueles fones de ouvido mequetrefes de museu e fazer uma turnê sônica pelo novo Muro de Berlim; claro, nada disso teria muito significado se a gente não encontrasse um lugar para colocar a segunda caixa de som. Seria como se faltassem só uns poucos metros de trilho para unir a Union Pacific e a Central Pacific e criar a primeira ferrovia transcontinental. Algum CEO de cartola enfiando no bolso a cavilha de ouro com uma encolhida de ombros tipo "Foda-se, valeu a tentativa".

Acima de nossas cabeças as linhas de telefone zumbiam. Um carro passou naquela velocidade nem rápido-demais nem lenta-demais que em Los Angeles significa que o sujeito vai atirar do banco do passageiro, e me abaixei instintivamente atrás do poste de luz para me proteger. Ali, agachado atrás do poste, eu me lembrei das linhas telefônicas zumbindo numa noite quente em Westwood, na Califórnia. A gente estava matando as aulas da Escola Secundária Emerson. Morgando no amplo gramado da Julie Koenig para comemorar o aniversário do Martin Luther King antes do feriado existir. Tragadas em bongs. Dois engradados de cerveja Hamm. Devin Morris escutando "Take It Easy", dos Eagles, e dizendo que, assim como Glenn Frey, ele tinha sete mulheres na cabeça. Um espirituoso debate comparando *Let's Get Small* do Steve Martin com *That Nigger's Crazy* do Richard Pryor. Dando uma escapadinha para a casa de hóspedes para perder minha virgindade com Lori Weinstein (e "What You Won't Do for Love", do Bobby Caldwell). O Fagulha e o resto dos amigos descobrindo o que tinha acontecido e inaugurando minha vida adulta com uma chuva de pancadas, me prendendo no chão, arrancando meus All-Star Converse branquíssimos e atirando os tênis nos cabos telefônicos sobre a Comstock Avenue. Aqueles tênis foram parceiros leais. Doze pontos no campeonato da Robinson Park. Pularam a cerca quando o dobermann da Loretta White me atacou sem motivo. Permitiram que eu me esgueirasse pelo beco Sherbourne coberto de cacos de vidro, passando pela família Boyd, da Crip. Aqueles tênis eram tão leais que fiquei esperando que eles se desembaraçassem dos cabos, deslizassem pelo poste e voltassem para meus pés. Mas a noite caiu e meus tênis número 41 ainda estavam pendurados naquelas linhas telefônicas que zumbiam, como algum rejeito surreal do Duchamp. Voltando descalço para casa, mascando um canudinho de plástico, um Tom Sawyer negro assobiando o "Tom Sawyer" clássico do Rush. *The world is, the world is...*

A policial da ronda me chamando para ir até a viatura preto-e-branco com um dedo curvo e um sorriso irônico.

Love and life are deep...

"Fazendo o que aqui, garoto?"

"Fui visitar minha namorada; ela mora..."

"Não tô nem aí pra onde ela mora, não quero te ver nunca mais por aqui. Agora cai fora daqui... e cadê seu sapato, porra?"

His eyes are open wide.

Klaudia me pegou pensando longe. "No que você está pensando?"

"Só ouvindo as linhas telefônicas zumbindo e pensando no 'Tom Sawyer'", eu disse, tirando os sapatos.

"O livro?"

"A música."

Eles me viram dar um nó nos cadarços em volta do rádio e depois atirar aquilo como se fosse um gaúcho jogando umas boleadeiras por cima dos cabos de telefonia.

O Novo Muro Sonoro de Berlim estava quase completo. Só restava assentar a cavilha de ouro: o Schwa tocar a primeira nota no show do dia seguinte. Até lá o Muro Sonoro de Berlim permaneceria silencioso.

Fomos para casa. A Mühlenstrasse estava quente sob meus pés cansados. A sensação era a mesma da Comstock Avenue ou do Robertson Boulevard. Era a sensação de estar em casa.

4

Lars tomava um ar em frente ao Slumberland, olhando para o relógio e fazendo anotações. Em cima dele, pendurada entre duas árvores, a faixa de divulgação do show cedia ao meio como um arco-íris doidão de pó de anjo. TURNÊ DO NEGRO OBSOLETO — ERGUENDO MUROS, DESTRUINDO PONTES. Ele parecia orgulhoso. Se tudo corresse de acordo com o plano, em duas horas ele salvaria a negritude.

Doris parou do nosso lado para dar um oi. Ela também estava orgulhosa. Orgulhosa do seu homem que, depois de encontrar há pouco tempo um objetivo de vida, aparentemente tinha parado de beber — *aparentemente* sendo a palavra-chave. Ela se inclinou para um selinho que estava mais para teste de bafômetro do que para demonstração de afeto.

Valeu a tentativa. Infelizmente para ela, Lars estava com um o.b. enfiado na bunda. Um absorvente superpotente, com cheiro suave, projetado por uma ginecologista para garantir oito horas de proteção diária ou noturna *e* aquele algo a mais. O absorvente dele de fato tinha o algo a mais prometido na embalagem, tendo passado os dois últimos dias embebido em absinto.

O supositório de álcool é uma técnica repassada por bandas finlandesas de rockabilly para jornalistas e gente da indústria musical do mundo inteiro. Os “bebuns” são um grupo étnico na Finlândia, e aqueles encrenqueiros tocadores de Stratocaster são os beberrões mais famosos do país. Foi a engenhosidade alcoólica deles, associada aos avanços nas ciências menstruais, que permitiu a muitos trabalhadores da indústria musical comparecer ao trabalho bêbados-como-quem-foi-numa-despedida-de-solteiro sem ninguém dar por isso, porque o seu hálito fica inodoro.

Tentei consumir álcool pelo reto. É o equivalente dipsomaníaco de uma injeção na veia. A porosidade das paredes retais e sua proximidade com o sistema digestivo tornam o início da insobriedade instantâneo e profundamente espiritual. A inundação de embriaguez deve ser parecida com os sintomas da síndrome fetal alcoólica.

"Você está bêbado?"

"Tô, cara, completamente doidão", Lars respondeu. "Quer um? Tenho vodca, gim e um uísque bem bom no carro."

A oferta era tentadora, mas lembrei que eu tinha que tocar à noite — e além disso, tirar um absorvente de um ânus desidratado envolvia o uso de luvas de borracha, lubrificantes perfumados, pinças e um limiar de dor bem alto.

"Tranquilo. Ao contrário de você, não bebo pra ficar bêbado, bebo pelo gosto da bebida."

A maior parte das críticas do show nos jornais do dia seguinte descreveria a plateia que se amontoou no Slumberland como "diversificada", sem dizer o que a tornava assim. Numa sociedade democrática bem-educada é importante observar que existe estratificação, mas não cai bem rotular as camadas. Para os jornalistas presentes, *diversificada* significava que eles foram a um show num lugar pequeno numa ruazinha estreita de Berlim Ocidental e que não conheciam todo mundo que estava lá. O leitor astuto olhava para a foto do show com a cabeça encarapinhada do Schwa e presumia que *diversificada* implicava que na plateia havia gente de várias idades e origens sociais, e que uma porcentagem significativa era de negros. Porém nem o mais experiente criptologista seria capaz de inferir por essa palavra que as ruas em volta do Slumberland estavam entupidas de berlinenses de todo tipo reunidos para celebrar a ressegregação da cidade. Um camelô negro africano tentou em vão vender rosas e sanduíches para um pelotão de skinheads com camisetas da cruz de ferro que estavam sem grana, sem apetite e sem namoradas. Três japoneses estilosos, levando presentes e memorabilia não assinada, se arrastavam com sandálias abertas, tendo devidamente em mãos o legado dos Reis Magos orientais para o nascimento (neste caso ressurreição) de todos os messias musicais de Scott Joplin ao DJ Scott La Rock. Yippies, yuppies, rappers e noiados se reuniram nas escadarias da Igreja de São Matias e compartilharam baseados e histórias. No meio da praça, perto da imagem do santo padroeiro do alcoolismo, um sujeito despenteado viciado em batidas de uns dezesseis anos apertava com força os fones nos ouvidos. De olhos vermelhos e tenso, eu conhecia o tipo... era um DJ. Um filhote de vinileiro absorto na melodia. Dependente do overdub. Tentando com todas as forças impedir que um único hertz de som escapasse de sua audição.

Embora não tivesse um prazo a cumprir, Lars fazia anotações por hábito. Os registros dele eram lacônicos, em geral frases de uma ou duas palavras em alemão e inglês com erros de ortografia. Uma jovem árabe com um véu na cabeça e uma camiseta preta dos Stooges passou por nós fazendo um moonwalk. Ela deslizou até seus amigos, olhou nos olhos de um branco com um boné dos Yankees e começou a dançar estilo pop-locking. Depois de um medley de movimentos incrivelmente flexíveis, ela pôs as mãos sobre a cabeça do garoto e, como uma evangelista prometendo cura, passou a energia para ele. O moleque irrompeu num choque espasmódico de dança elétrica. Apertando forte a caneta no papel, Lars escreveu "Daliniano".

"Isso aqui é uma multidão, uma turba ou uma galera?", ele perguntou.

Estou acostumado com as perguntas dele sobre as sutilezas da língua inglesa, que serviam como substitutos para uma conversa de verdade. "O que é mais curto, um *momento* ou um *instante*? Quando alguém te diz que ficou feliz de saber que você está são e salvo, o que quer dizer *são*? Para expressar o objeto indireto de uma ação você usa um pronome objetivo diretamente depois do verbo ou uma frase preposicional?"

"Eu diria que é uma turba."

"Por que não uma multidão?"

"Em inglês você rotula os grupos de pessoas de acordo com as suas intenções morais e necessidades coletivas. Uma multidão tenta se convencer de que está certa e precisa provar isso. Uma galera sabe que está certa porque caso contrário todos eles precisariam estar em algum outro lugar. Uma turba está pouco se fodendo para imperativos morais, só quer e precisa que alguma coisa aconteça."

A maioria daquelas pessoas estava ali graças aos esforços de Lars. Suponho que a cena não fosse muito diferente ao longo das antigas fronteiras do Muro. Por conta do alarde que o Muro Sonoro de Berlim estava causando, a entrevista que ele fez com o Schwa foi reimpressa pela *Der Spiegel*, e de repente a redescoberta de Charles Stone era equivalente ao revival dos músicos do Delta blues nos anos 1960 ou ao achado pelo dr. Leakey de uma até então apenas teorizada espécie hominídea. Para muitos, o Schwa, como Muddy Waters, Mance Lipscomb e Ötzi, o homem do gelo de cinco mil anos de idade encontrado em uma geleira alpina, era uma múmia bem conservada, um músico primitivo aparentemente não danificado pelo comércio e pela modernidade. Lars era o paleontólogo musical e eu era seu assistente aborígene que empunhava a picareta. Eu não ligava que ele ficasse com a fama e com o crédito; tudo o que eu queria do Schwa era uma música. Ele queria respostas. Queria testar o DNA do Schwa e fazer um carbono-14 em seu instrumento para poder teorizar quando e como exatamente a negritude se tornou obsoleta.

Lars tirou do bolso um pacote de tabaco Drum. O ruído do bolso crepitando me lembrou a estática do rádio na época em que a KROQ era boa. O DJ Fagulha e eu estacionávamos nas escarpas de Malibu ao entardecer estragando nosso cérebro com maconha tailandesa e Jane's Addiction.

Exalando uma lenta coluna de fumaça de cigarro, Lars anotou no seu bloco a palavra *Turba*. Aquela aglomeração de fato era uma turba e, dependendo de como fosse a noite, aquilo podia acabar tanto numa briga quanto numa orgia. Me dei conta de que em ambos os casos eu ia precisar de energia, por isso decidi comprar um sanduíche do camelô. Ele tentou me empurrar uma rosa junto com o sanduíche, e quase teve êxito, mas não consegui me decidir: Para quem você dá uma rosa em uma orgia? Para a primeira pessoa com quem você trepa ou para a última?

Enquanto abríamos caminho para entrar, Lars apontou para os cabos rastejando pelas janelinhas lá em cima da porta e por baixo dos batentes. "Aquele é para a transmissão simultânea para a rádio internacional... gravação em DAT... saca só..." Ele mexeu numa alavanca e um interruptor do tamanho de uma caixa de fósforos desceu silenciosamente do teto.

"Quando o Stone apertar aquele botão vermelho, o Muro Sonoro de Berlim vai ganhar vida."

Eu não estava preocupado com a tecnologia audiovisual. Havia muito tempo tinha me acostumado com o fato de que neste país tudo funciona. As máquinas de venda de salgadinhos nunca dão troco errado, os orelhões nunca deixam de emitir aquele tom de discagem europeu que faz o ouvido ficar zumbindo, e o poder de sucção dos aspiradores é tão grande que aspirar o tapete da sala dá a mesma sensação não-mexe--comigo que encher de furos de bala uma silhueta humana no estande de tiro. Charles Stone, por outro lado, era tão confiável quanto as canetas dos bancos americanos.

Observei a multidão. Embora o Schwa não estivesse entre eles, aqueles rostos pareciam todos tremendamente familiares, e fui esmagado por uma sensação devastadora de culpa. Músicos locais, donos de bares, clientes, barmen e fãs, eu devia alguma coisa a praticamente todo mundo que estava naquele lugar, várias combinações de dinheiro, retornos de telefonemas, desculpas e a minha vida. Na Alemanha de hoje as pontes interpessoais não queimam tão facilmente quanto as que passavam sobre o Reno em 1944; quanto mais egoístas minhas ações, mais irascível meu comportamento, mais essas pessoas eram atraídas por mim.

Muitas das mulheres que tinham ficado comigo estavam lá, e Ute, Astrid e Silke, mulheres que eu tinha esquecido até mesmo que existiam, todas me encararam como se eu tivesse acabado de sair da cadeia. Bernadette, Karin, Petra, Ulrike — essas mulheres eram herdeiras, fitoterapeutas, engenheiras de rádio, encadernadoras, modistas, mas tratei todas como mulheres de malandro. Dia após dia eu fazia promessas para elas e prometia a mim mesmo que ia ficar longe delas. Só para voltar a cair em seus braços, um reincidente vaginal condenado a repetir meus crimes.

Eu não tinha tempo para a culpa.

Só tinha tempo para mandar beijos à distância e sussurrar gracinhas no ouvido delas.

"Onde está o Stone?"

Lars apontou com o queixo para os fundos. Lá, empoleirado acima de nós, no galho mais grosso da bananeira, estava o Deus do Improviso. A visão e o simbolismo perturbador de um gênio negro numa bananeira me desanimaram, mas entendi por que ele estava lá — o *Lebensraum* mental. Às vezes você precisa se elevar acima do burburinho; danem-se as bananas, as referências a macacos e a apropriação indébita da terminologia nazista.

Ele conversava com um repórter, mexendo timidamente nos punhos da camisa e falando com seus sapatos. Eu não conseguia ouvir a conversa por causa do barulho e do Rahsaan Roland Kirk que tocava no último volume no jukebox.

"Você acha que eles estão falando do quê?"

Lars dublou o diálogo com a fala afetada, arrastada e arrogante peculiar do homem negro pensante. "Rothko... translucência harmônica... Gerhard Richter, certo, certo, campos cromáticos de cor... exatamente..."

Stone parecia de um cinza-pálido, em estado de choque. Seus olhos tinham um inchaço paranoico maior do que o normal. Entre as perguntas, ele piscava para mim deliberadamente como um prisioneiro de guerra tentando transmitir uma mensagem para o pessoal na sala de comando. Sem ter certeza se ele estava olhando para mim ou para algum lugar atrás de mim, fiquei em dúvida sobre qual saudação afro usar — uma leve batida do punho no meu coração ou o aceno com o queixo — e acabei me decidindo por um discreto sinal de paz.

"... Leibniz... um alfabeto de pensamento..."

Imaginei que Stone, como todo convidado de honra, quisesse chegar elegantemente atrasado, evitar o alvoroço, mas a pontualidade pró-forma do sistema de transporte público alemão não permitiria isso. Este é um dos problemas da confiabilidade germânica: Não há desculpas, e metade da graça de ser preto está nisso, nas desculpas. A atenção negativa.

"Pollock... harmonia linear... pontilhismo visceral..." Lars estava com tudo. "Entrevistei uma centena de músicos de jazz, e toda vez que pergunto: 'Quais são suas influências, sr.

Negro?', eles respondem com a mesma ladainha impressione-o-cara-branco-citando-caras-brancos — Rothko, Bartók, Pollock, John Cage."

Lars olhou para mim esperando uma resposta, mas eu não podia contar para ele que a outra metade de ser preto é ficar citando Rothko e Leibniz numa entrevista. Creditar o impressionismo abstrato e os estoicos como as maiores influências de sua arte de vanguarda, e não os dois períodos que você serviu como operador de metralhadora no Exército, Muhammad Ali ou a branquela ingênua (e elas não são todas ingênuas?) que partiu seu coração ao optar por estabilidade econômica e não por vinte e dois centímetros de pinto.

"Do que ele está falando agora?"

"Heidegger."

"Heidegger?"

"Heidegger, negro!" Lars gritou, fazendo abruptamente de brincadeira uma saudação fascista que a culpa o levou a baixar a mão imediatamente.

"Wow, é a primeira vez que faço isso."

"Sei, a primeira vez sem estar de uniforme."

"Vamos começar quando acabar essa música, o.k.?" Depois de dizer isso, Lars foi para o balcão, me deixando sozinho com meus pensamentos e com Roland Kirk.

No momento, eu precisava do Rahsaan Roland Kirk mais do que Ronald Reagan e Eazy-E precisaram de seus ghost-writers. Kirk, como está acostumado a fazer com renitência, se comportava cegamente mal como um primo do interior no jantar de Dia de Ação de Graças, mastigando de boca aberta. Fechei os olhos e me concentrei na música dele. Stritch, tenor e manzello, ele tocava três saxofones ao mesmo tempo, de algum modo trançando os timbres distintos de cada instrumento numa melodia elástica. Em vez de tocar as notas, ele brincava *com* as notas; mastigando e roendo cada uma até que elas se transformassem em bolas de chiclete açucaradas que ele arrancava do instrumento, depois puxava de novo, começando o mesmo processo outra vez. Rahsaan Roland Kirk estava me dizendo para relaxar. Me avisando que não havia problema em se comportar mal. De vez em quando era perfeitamente aceitável brincar com a comida, com a sua negritude e com a sua arte. Era uma mensagem que eu precisava ouvir, especialmente porque quando a música acabasse eu ia ter de apresentar o Schwa, em toda a sua falta de modos musical, para o mundo.

Apresentações são uma coisa séria, cuja importância acho que só a Máfia realmente compreende. No submundo do crime há consequências quando você amplia o círculo de amizades. Você apresenta alguém para a família e se o seu amigo da vizinhança acaba fazendo merda ou era um policial disfarçado, você é responsabilizado, e a pessoa que avalizou você é responsabilizada pela sua transgressão e assim por diante. Eu me sinto assim também com a música: O problema é, não há repercussões. Algum tio irresponsável te arrasta para o show do GBH no Roxy antes de você estar preparado e é como ter uma bad trip de ácido. Você nunca mais vai ser o mesmo. Mas em função de toda a minha preocupação com apresentações, insisti em fazer eu mesmo a apresentação do Schwa para o mundo, e estava disposto a assumir total responsabilidade pelas consequências.

Eu tinha me preparado estudando todos os grandes mestres de cerimônias. Valentes apresentadores como Symphony Sid, cujo programa de rádio vespertino, se equilibrando entre o blazer xadrez e o "Ah, bicho, que é isso, meu chapa", deu início à era do swing. Passei noites olhando para capas de discos e mexendo os lábios sem falar enquanto ouvia o "Bem-vindos ao Birdland" arrastado, cheirando a uísque com voz de castrato de

Pee-Wee Marquette. Achei que esses mestres de cerimônias iam me inspirar, mas quando sentei para escrever a apresentação só me ocorreram tolices; um monte de palavras começando com *in-* e terminando em *-ável*: *in-dom-ável*, *in-cans-ável*, *in-dubit-ável*, e juro que tirei a mão da caneta, e como uma pianola reproduzindo mecanicamente um ragtime cafona da Bourbon Street, ela rabiscou: "Senhoras e senhores, um homem que dispensa apresentações...". Se alguém já precisou de uma apresentação, esse alguém era o Schwa.

Eu tinha uma vaga ideia de inverter o protocolo e apresentar a plateia para a banda. Pigarrear e dizer: "Caros músicos que ensaiam muito e ganham pouco, permitam-me apresentar os aduladores fãs de vocês. Charles Stone e membros da banda, eis aqui o último grupo de terráqueos que ainda têm uma certa capacidade de concentração — os ouvintes de free jazz".

Acabei ligando para o Schwa e perguntando como ele queria ser apresentado.

Ele disse simplesmente: "Em alemão".

A resposta me surpreendeu porque eu nunca tinha ouvido o cara falar lhufas de alemão. Ele era o estereótipo do expatriado preguiçoso que achava o alemão uma língua sisuda e desnecessariamente séria. Ele acha que a vida já é chata o bastante sem os tremas mugidos e os ditongos de irritar garganta. Embora eu soubesse a resposta, perguntei educadamente se ele falava alemão.

"Trinta e poucos anos", ele disse, orgulhoso, "faz trinta e poucos anos que moro neste país, e a única coisa que sei dizer em alemão é: '*Kann ich reinspritzen?*'. Posso entrar em você? Como é que vou te explicar, bicho? Parece que a língua deixa um gosto ruim na minha boca."

Ele tinha conseguido atingir os poucos pontos sensíveis que eu tenho, e eu estava prestes a desligar quando a voz dele saiu às pressas do telefone. "Espera, sei dizer mais uma coisa", disse numa empolgação ofegante, "'*Kann ich in Ihnen kommen?*'. Posso entrar em você, mulher que não conheço bem o suficiente para usar uma variação mais informal do pronome de *segunda pessoa*?"

"Se você não fala alemão, por que quer que eu te apresente em alemão?"

"Pra eu não entender a mentirada."

"Mentirada?"

"Você vai dizer: 'Senhoras e senhores, quero apresentar Charles Stone, um velho implicante, impotente todo-dia-exceto-às-quartas, que-toma-moscatel-num-copinho-de-plástico-às-quatro-da-tarde. Vamos dar uma salva de palmas e torcer pra esse dinossauro do jazz terminar a apresentação antes de morrer'? Não, não vai. Então, seja lá o que você for dizer, diga em alemão. Enrolação soa bem em alemão."

Ele tinha razão, enrolação realmente soa bem em alemão. Em qualquer variante, seja o alto-alemão, o baixo-alemão, o alemão-meia-boca ou o alemão de trabalhador estrangeiro, nunca sei dizer se a pessoa está mentindo. Na verdade, acabei de me dar conta de que nunca nem suspeito que a pessoa esteja mentindo. Acho que isso começou com os cigarros e com o Günter Grass, mas principalmente com os cigarros. Nunca fui de fumar muito, um maço por semana, um maço e meio se eu estivesse esperando o resultado de um teste de HIV, mas quando meu alemão foi melhorando comecei a ler *O tambor* e *O gato e o rato* e os alertas nos meus maços de Marlboro. A letra era do tamanho de uma manchete de jornal e o texto era igualmente direto: FUMANTES MORREM MAIS CEDO, FUMAR DANIFICA O ESPERMA E DIMINUI A FERTILIDADE, FUMAR É UM SINAL DE BAIXA AUTOESTIMA, SENSAÇÃO DE INFERIORIDADE E ESTÁ CIENTIFICAMENTE ASSOCIADO A PENSAMENTO EM BLOCO E MULTIDÕES VIOLENTAS. Nada das frases microscópicas aguadas dos selos de alerta americanos. Nada de "pode causar" ou "pode levar a". Pouco a pouco parei de fumar e passei a acreditar em tudo que lia e ouvia desde que estivesse em alemão ou no *New York Times* (um jornal impresso em uma fonte suspeitamente semelhante às alemãs). No entanto, aceitar fazer a apresentação dele em alemão não resolvia os meus problemas. Eu continuava sem saber o que dizer.

Não sou DJ por acaso. Sou um imitador por natureza e, como plagiário do ritmo, preciso de uma fonte. Uma ideia de outra pessoa que eu possa copiar e colar em uma criação "original", mas eu não podia traduzir Alan Freed, Funkmaster Flex ou Symphony Sid — não existem palavras para *meu chapa* ou *lugar novinho em folha* em alemão. Tentei pensar em um produtor cultural alemão e só um nome me veio à cabeça. Rudolf Hess, o mestre de cerimônias da raça superior. A frase que era sua assinatura ecoou na minha cabeça. "*Hitler ist Deutschland! Deutschland ist Hitler!*"

Estremeci, embora com uma pequena alteração e um pouco de jato de saliva a menos a frase pudesse render um belo fechamento. Eu estaria parafraseando o agente publicitário do Terceiro Reich, que por sua vez estava apenas parafraseando Keats.* Estou racionalizando, eu sei, mas me dá um certo consolo o fato de que a humanidade está unida por seu fascismo latente, e que isso é tão verdadeiro hoje quanto em qualquer época do passado e do futuro.

Me aproximei do microfone e gostei da provocação sensual do aço hachurado nos meus lábios. Nada soa tão crível quanto pequenas mentiras brancas ditas em alemão amplificado.

"*Ich bin sehr stolz, jetzt den Star unserer Show zu präsentieren. Sein Klang ist der Klang des Jazz, der Klang der Freiheit — ein Klang, der nicht zu imitieren ist, die durch hundert berühmte Platten in aller Welt bekannt geworden ist. Er wird von Uli Effenberg*

* "Ode a uma urna grega": "Beleza é verdade, verdade é beleza".

am Piano, Yong Sook Rhee an der trompete, Sandra Irrawaddy, Soulemané Eshun und Willy Wow begleitet. Meine Damen und Herren... Charles Stone ist Jazz. Jazz ist Charles Stone."

Os aplausos foram benevolentes, calorosos e alegres, e embora nada daquilo fosse para mim, desci do palco e fui andando em meio à ovação, deixando que as palmas e os vivas envolvessem meu corpo em pequenas ondas exuberantes. As mentiras não eram nem um pouco graves, estavam mais para exageros de opinião do que para falsidades. O que eu disse foi: "Ele é o som do jazz, o som da liberdade, um som que não pode ser imitado, que ficou conhecido no mundo todo por meio de uma centena de discos celebrados. Com Uli Effenberg no piano, Yong Sook Rhee no saxofone, acompanhado por Sandra Irrawaddy, Soulemané Eshun e Willy Wow. Senhoras e senhores... Charles Stone é o jazz. O jazz é Charles Stone". Tudo bem, a parte das "centenas de discos" era uma mentira deslavada. E, confesso, plagiei o texto da apresentação que Leonard Feather fez para Billie Holiday em Colônia em 1954.

O Schwa subiu no palco diante de uma plateia imóvel como uma manada de antílopes que sentiu o cheiro de um predador. Foi aquele raro momento de completa imobilidade que só ocorre depois de você quebrar por acidente a janela do vizinho, atirar na barriga do seu melhor amigo ou antes da criação do universo. E tendo estilhaçado várias janelas, testemunhado um ou outro tiroteio e criado vários universos em fitas cassete, eu sabia que aquele silêncio sobrenatural normalmente é momentâneo e muitas vezes seguido por um frenesi de estourar os tímpanos. Por isso, para um sujeito assombrado por uma vida de sons, o silêncio era uma condição a ser protegida, mantida e apreciada, do mesmo modo que uma mãe exausta aprecia o sono do bebê.

A banda estava no palco havia mais de dez minutos e não tinha tocado uma única nota. Até ali o show se resumia à atração principal dando uma de Marcel Marceau andando de meias de um lado para outro do palco. Eu não estava nem aí se o silêncio era uma reverência assombrada pelos minuetos levemente embriagados de guarda de trânsito de butô que ele fazia ou uma polidez impaciente causada pelas suas contorções altamente flexíveis de stripper tailandesa. Isso era o mais perto da tranquilidade da surdez que eu jamais conseguiria atingir. Pela primeira vez na vida esqueci meu passado sonoro. Minha cabeça ficou silenciosa como os dezoito minutos de fita apagada de Watergate tocados no espaço. Era a extasiante quietude de ser enterrado vivo em algodão. Um vácuo indelével de que eu me lembraria pelo resto da vida.

O corpo do Schwa começou seu diminuendo físico. Ele trançava as pernas pelo palco como um dos três patetas com uma concussão, tentando recuperar o equilíbrio pastelão depois de uma pancada na cabeça. Ele recolocou seus sapatos oxford como se fossem chinelos e arrastou os pés até o centro do palco. Do fundo da sala veio um grito. Os skinheads, liderados por Thorsten, gritaram e bateram os pés no chão porque o silêncio finalmente tinha sido rompido. Liguei meu gravador digital. No ambiente que ficava paulatinamente mais escuro, a luz vermelha do gravador brilhava como uma estrela distante num universo escuro como o breu.

O Schwa apertou o botão vermelho e foi tipo: Mundo, este é Charles Stone. Charles Stone, Mundo. Como vai? Bom te conhecer. Muito prazer.

A experiência auditiva

Desafiando todas as leis da acústica e contendo apenas as mais vagas características de tonalidade e melodia, o som do Shwa era música no mesmo sentido que a gororoba da cadeia é comida. A composição de abertura, um dilúvio fúnebre chamado "Fatima", era uma inundação de tirania auditiva que jorrava morro abaixo com uma força que literalmente me derrubou. Me senti como se estivesse ouvindo uma família de caipiras lendo Philip Roth em voz alta num vale entre montanhas; cada movimento uma obstrução congressual densa e pedante a ponto de tornar todo orador, todo parágrafo e todo instrumento indistinguíveis dos demais.

Enquanto eu lutava para me manter à tona, fiquei imaginando como os ouvintes leigos do lado de fora estariam lidando com o tsunami de free jazz. Imaginei uma cena bastante semelhante àquela que abria *2001: Uma odisseia no espaço* — os primitivos berlinenses, nos trajes inapropriados de macaco de hoje em dia, rosnando e se aglomerando em torno do malvindo monólito sonoro. O caos duraria até que uma alma corajosa estendesse o braço para tocar no muro; depois haveria uma mudança. Uma mudança essencial do tipo que não tem volta.

Existe um velho ditado budista: "Antes da Iluminação, corte madeira, carregue água. Depois da Iluminação, corte madeira, carregue água". Então recolhi meus restos do chão — resisti àquela tempestade torrencial de gritos de porcos e de berros de tuba voltando ao básico. Desesperadamente tentei concentrar meus pensamentos na bateria, mas Irrawaddy entrou numa tagarelice de paradiddle sêxtuplo rufado, e o leve contato que eu ainda tinha com a sanidade e com a música se perdeu. Mais trinta segundos do trabalho impecável dela na bateria levaram meu ego a escorregar por um ratamacue invertido no ostinato como se fosse um pedregulho molhado, escorregadio, coberto de musgos numa corredeira apalachiana categoria cinco. Mal conseguindo manter a cabeça fora d'água, me deixei levar pela corrente. Cercado pelo som, torcendo, rezando para que o próximo redemoinho de cacofonia me pegasse, esmagasse meu crânio nas pedras e acabasse com a minha agonia. No entanto, flutuando em meio aos destroços de detritos metálicos, passando às pressas pelos meus ouvidos — uma simples nota prolongada. Uma arenga de um distante trompete aéreo que tinha mais a ver com o sinistro zumbido de um B-52 voando a oito mil metros de altura do que com jazz.

Me agarrei a esse tronco acadiano enviado pela Providência Divina, mas ele não era pesado o suficiente para me aguentar. Outra onda de acordes diatônicos e voltei a submergir no rastro deixado pelo deslizar dos metais. Cansado demais para me render, decidi simplesmente sentar ali no chão até que a tempestade passasse. Sabendo que pela manhã as autoridades iam encontrar meu corpo inchado, encharcado de improviso no chão do Slumberland, soterrado por camadas de jazz sedimentares. Vindo de trás, bem quando eu tinha perdido toda a esperança, um braço moreno e bronzeado de salva-vidas me agarrou pelo peito e me arrastou até a margem do rio. De costas para a parede, caímos no chão. A mão batucou uma batida no meu coração. *Doomp-doomp tshk da-doomp-doomp tshk doomp-doomp tshk...* E eis que ali estava um irônico trocadilho sonoro enterrado sob o piano pulsante, os metais chorosos e a linha de baixo epiléptica: o violinista silenciosamente citando "My Melody" de Eric B. e Rakim, essa era a melodia. *Doomp-doomp tshk da-doomp-doomp tshk doomp-doomp tshk...* Com a mão dela ainda batendo no meu peito, Klaudia von Robinson e eu voltamos para as águas velozes, determinados a atravessar o inatravessável.

5

Sabe quando um soprano atinge aquela nota e a taça de vinho quebra? A música do Schwa faz isso, só que em vez de quebrar vidro, ela estilhaça o tempo. Faz o tempo parar, na verdade.

Nunca me impressiono quando ouço falar de um método de viagem no tempo que envolva buracos de minhoca, capacitores de fluxo ou cordas cósmicas. Se existe um veículo que pode fazer você viajar no tempo é a música: pergunte a qualquer fã de Luther Vandross na fossa.

Eu era obcecado por paradas no tempo. Sempre que via um cachorro agindo de modo estranho, eu achava que ele está prevendo um terremoto. Aí corria para casa e pendurava o relógio da cozinha precariamente na pontinha do prego porque assim, quando o grande terremoto chegasse, o relógio estraçalhado da minha família iria se juntar a outros famosos instrumentos de medição do tempo parados por cataclismos, como o relógio de parede congelado do Grande Terremoto do Alasca e o relógio da praça de Waiakea esmagado e encontrado em meio aos destroços depois do tsunami de 1960. No ensino médio eu era um atleta acima da média que raramente entrava em campo porque pedia tempo sem motivo nenhum, só para ver o relógio do placar parar. Sempre que ia começar o horário de verão, eu ligava para o número que informava a hora certa torcendo para ouvir o tempo parar e se repetir. Em Los Angeles o número era 264-1234; três toques surdos, e a hora certa respondia. A hora certa era uma mulher. Uma moça de voz rouca que ia direto ao ponto. "Ao soar do toque, serão onze horas, trinta e três minutos e dez segundos." *Bipe*. Nada de alô nem coisa alguma. "Ao soar do toque..." Cara, que saudades dela. Com a banda do Schwa abrindo um buraco no continuum espaço-tempo musical, tive vontade de ligar para a hora certa ali mesmo. Pôr o telefone no ouvido para escutar a moça dizer: "Ao soar do toque o Negro Americano estará obsoleto, e para falar a verdade eu estou feliz da vida". *Bipe*.

Quando o Schwa me chamou para subir ao palco para o bis, me aproximei do tablado como um sonâmbulo. O massacre estava em toda à nossa volta. Era como se um homem-bomba sonoro tivesse detonado seu cinto explosivo no meio da sala. As pessoas, as cadeiras e as sensibilidades estavam estilhaçadas. Embora a banda tivesse parado de tocar, a música ainda soava no ouvido de todo mundo. A plateia continuava se desequilibrando e balançando na estranha desarmonia de uma trupe de ginastas norte-coreana celebrando o Dia do Trabalho viajando de ácido e só tendo comido meia ração. Na escuridão eu me peguei passando por cima de corpos prostrados e esbarrando em pessoas da plateia que tinham sido transformadas em zumbis. A apresentação do Schwa tinha feito cabeças explodirem, e só restavam estilhaços de uma consciência pré-Schwa, pós-comercial.

Assumi meu lugar atrás dos toca-discos, as mãos tremendo tão incontrolavelmente que eu mal conseguia colocar o disco no prato.

"TEPT!", alguém gritou.

Uma onda de risos agitou o salão. Eles tinham razão, claro; todos estávamos sofrendo de transtorno de estresse pós-traumático. Meu caso era especialmente agudo porque eu tinha que seguir o rastro brilhante dele. Para acalmar meus nervos fiz o que faço em todo momento de crise: apelei para o clichê.

Olhando na escuridão para a casa lotada, imaginei a plateia nua, mas nesse caso o velho adágio não ajudou porque a plateia de fato estava nua. No fundo da sala casais se dependuravam um no outro na infame pose Yoko-e-John-Lennon na *Rolling Stone*. Um trenzinho de peladões dançando a conga, que incluía o Thorsten e a Nordica, se livrava das roupas e serpenteava delirante em meio à plateia. Um sujeito estava de pé na frente do tablado da banda fazendo caretas de dor enquanto arrancava pelos dos mamilos. O simpático camelô africano que vendia sanduíches deu a ele uma rosa e um abraço.

Abotoaduras cintilando sob os holofotes, Stone ergueu os braços e silenciou a plateia.

"Nos dias em que acordo e me dou conta de que vivi minha vida em vão, venho ao Slumberland. Deixa eu reformular isso: Eu nunca soube que minha vida tinha sido em vão antes de vir ao Slumberland e ouvir aquele jukebox."

"*Die größte Jukebox in der Welt!*", gritou alguém com uma voz suspeitamente parecida com a da Klaudia.

Em seu canto o jukebox acendia e piscava suas luzes em agradecimento.

"Este homem transformou o jukebox num oráculo moderno. Você põe seu dinheiro na máquina e Bill Withers responde uma dúvida que você nem sabia que tinha, Aretha Franklin dá conselhos que você não achava que precisava, Tom Petty and the Heartbreakers predizem o seu futuro. Este homem sintetizou cada som que você já ouviu e cada sentimento que você já teve. Senhoras e senhores, quero apresentar a vocês..."

Ele nunca terminou a frase. Ele tinha esquecido meu nome, e torceu para que "o olhar" bastasse como desculpa pelo seu lapso mental e pelo meu anonimato.

"O olhar" bastou. Esperei a vida toda para alguém me dar aquele olhar. O olhar que Duke dava para Johnny Hodges. Que Bob Marley dava para Peter Tosh. Que George Clinton dava para Bootsy. Que Benny Goodman dava para Charlie Christian. Que Billie Holiday dava para Lester Young. Que Chuck D dava para Flavor Flav. Que Alvin dava para os Esquilos. O olhar que dizia: "Vai lá e faz o que você sabe fazer, seu puto".

Não peguei leve com a música. Dei um tapa no crossfader e fui pra cima deles direto com a batida. Sem lubrificante. O lugar se encheu de reverência. As pessoas se sentaram e ouviram com o êxtase e a atenção de alguém que ouve pela primeira vez uma história de fantasma ao lado de uma fogueira num acampamento. Quem estava do lado de fora comprimiu o rosto cheio de remorso contra as janelas e a claraboia. Eu sabia que em algum lugar meu mano Fagulha estava ouvindo em seu feed internacional, batendo palmas e sacudindo a cabeça. "Aí sim, puta que pariu. Demorou, malandro."

Eu estava com medo. Com medo de morrer antes de terminar. Queria que o tempo parasse, mas não para sempre.

O Schwa também estava com medo. Embora estivesse esperando um milagre, ele não estava exatamente pronto para a plenitude da batida. Suas mãos tremiam. Ele vacilava, inseguro. Foi aí que eu lancei *a ele* o olhar. *Faz o que você sabe fazer, seu puto.*

O Schwa se jogou na faixa. Lutando com seu instrumento e tentando dominá-lo como se fosse um crocodilo que acabara de acordar de um sono profundo e satisfatório. A primeira nota que ele soou foi a quintessência do patriarcado. Suas ondas sonoras concussivas a ponto de fazer vibrar minha camisa, sacudir as paredes e levar uma pessoa na plateia a dizer: "Sim, pai?".

Se você for a uma oficina de poesia ou jazz para aprender sobre a mística arte do improviso, invariavelmente o instrutor vai dizer: "A primeira ideia é a melhor ideia". É um falso axioma budista que no máximo gerou uma literatura beatnik altamente desigual e alguma jogada duvidosa dos Los Angeles Rams no segundo tempo do Super Bowl XIV, mas a frase soa bem. Eu, pessoalmente, nunca acreditei em improviso. Ouça qualquer músico que você quiser tocando freestyle ou fazendo um solo — Dizzy, Biggie, Bessie ou Ashbery —, eles não estão tocando do jeito que queriam tocar, estão *tentando* tocar do jeito que queriam tocar. Ninguém jamais soou exatamente do jeito que queria soar. Mas naquela noite o Schwa me convenceu do contrário. Sem tentar, ele tocou exatamente como queria, e quando digo que ele não estava tentando, não estou dizendo que ele não precisou se esforçar, digo simplesmente que não houve afetação. Ele simplesmente tocou pra caralho, abençoando minha batida com interstícios brilhantes de novo neo-bop e de retrocool que preenchiam tanto os vazios musicais quanto os espirituais.

Na oficina avançada de improviso em poesia ou jazz o instrutor invariavelmente vai dizer: "Não pense. Se pensar, você está morto". Claro, a verdade é exatamente o oposto. Se você não está pensando, você está morto, e eu não precisava olhar para a testa franzida nem para o rosto fechado para saber que Charles Stone estava imerso em pensamentos profundos. Era só escutar.

Ele estava acelerando o tempo. Fazendo a transição de um frenético fortíssimo para um lânguido legato com uma citação de "Lift Every Voice and Sing", o hino nacional do Negro. É uma música bonita mas ao mesmo tempo aflitiva, principalmente nas mãos dele. Pedreiro musical que era, o Schwa erigiu uma série de marcos afro-americanos sobre a fundação que eu tinha realizado. O efeito de contraponto de nossos estilos arquitetônicos discordantes criou um amálgama maravilhoso. Num momento a batida era um negro obelisco gigante, no momento seguinte era um Taj Mahal de paredes pretas. A música era tão singularmente majestosa que tive a sensação de estar saindo da canção. Um DJ descorporificado flutuando sobre a plateia, colocando um braço orgulhoso em torno do filho ainda por nascer, e dizendo: "Está vendo essa canção? Está ouvindo essa música? Papai ajudou a construir isso".

Apesar da genialidade da melodia, na minha paisagem mental em que a negritude está obsoleta, a citação que ele fez do hino nacional do Negro era uma clara violação das leis de zoneamento. Ao construir um novo Muro de Berlim negro tanto na minha cabeça quanto na minha cidade; ele estava me pedindo para improvisar. Me incitando a produzir uma batida não premeditada nos pads da bateria, comprimir a linha de baixo e acrescentar um *shama lama ding-dong* ao groove. Ele estava me desafiando a ser "preto".

Mas a negritude está obsoleta e permanecerá para sempre assim, e defendi com firmeza meu território composicional, disparei meus presets e inclinei os toca-discos, com um scratch furioso na coda. A plateia urrou e pediu mais. Mãos tão suadas que meus dedos escorregadios mal conseguiam ficar sobre o vinil, continuei com o scratch, enfeitando a batida com um zumbido ondulante que plagiei de um ninho de vespas agitadas numa caminhada de fim de noite ao longo do Spree:

I shall not be moved
Like a tree that's planted by the water
I shall not be moved

Forçado a ceder à minha teimosia racial e aos meus toca-discos, o Schwa desconstruiu "Lift Every Voice and Sing" pulando como um mergulhador suicida que salta dos penhascos de Acapulco sem dar a mínima para a escolha do momento mais propício da maré. Ele fez uma pausa, respirou fundo e mergulhou em sua própria música, fazendo saltar da água uma volumosa saraivada de respingos de quiálteras que estilhaçaram e dispersaram a canção numa onda de mínimas, semínimas e colcheias que flutuaram rumo ao chão em gotículas globulares negras e úmidas.

Com a minha batida perfeita completa, me aproximei do microfone: "Senhoras e senhores, Charles Stone. Obrigado por virem, dirijam com segurança e lembrem: 'Toda arte é propaganda'."

Exaustos e cobertos de suor, o Schwa e eu nos encontramos no centro do palco. Durante aqueles dois minutos e meio que tinham acabado de passar, tínhamos deixado vazar mais segredos do que Anna Freud e o Garganta Profunda somados, mas estando há tempo demais na Alemanha e influenciados por um país onde você tem dois ou três amigos, e todas as outras pessoas que passam pela sua vida são meros conhecidos, não sabíamos se devíamos nos abraçar, apertar as mãos ou dar um beijo.

Do lado de fora eu ouvia as sirenes da polícia soando e a meninada, agitada pelas bebidas cafeinadas e pelo nosso bis excepcionalmente poderoso, entrando nos carros e incendiando coisas. Não era um caso de música do diabo estimulando a juventude a fazer bobagem. Não dá para colocar a culpa no rock ou no hip-hop: Afinal de contas, a ópera *La Muette de Portici*, de Daniel Auber, foi o que detonou a Revolução Belga, e muito tempo antes dos motins do rap em Paris, um bando de senhorinhas ricas ficou absolutamente ensandecida no Champs-Élysées depois da estreia da *Sagração da primavera* do Stravinsky. É o toque do som. O som é toque, e nada consegue te tocar como uma música realmente boa. É como ser masturbado pela mão de Deus. Como ter o siroco arrulhando suavemente no seu ouvido. É uma canção de ninar da mamãe acariciando gentilmente seu córtex auditivo.

Os policiais estavam chegando mais perto e Doris tentou apressar nossa saída antes que fôssemos presos. O Schwa me agarrou pelos ombros como um homem que tenta ser paternal e que ao mesmo tempo quer manter distância. Nossa conversa foi curta e doce.

"Obrigado, cara", murmuramos um para o outro.

"Não, sério", ele disse, "o muro, o show, Fatima, queria que você soubesse... você sabe."

"Claro, cara, idem idem."

"Maravilha."

"Escuta, posso perguntar uma coisa?"

"Claro, manda ver."

"Durante aquele último solo, no que você estava pensando?"

"Estava pensando naquela frase na faixa, 'Negro Obsoleto'. Em como ser obsoleto é ter liberdade. Você pode fazer o que quiser. Sem exigências. Sem expectativas. A única pessoa que preciso agradar sou eu mesmo."

"Você nunca vai ser obsoleto."

"Porra, se você continuar tocando desse jeito, nem você."

"Aí já não sei. Para ser obsoleto você tem que acontecer em algum momento, e eu nunca aconteci nem vou acontecer."

O Schwa riu. Doris finalmente conseguiu que a gente saísse. A rua estava cheia de carros incendiados. As pessoas se amontoavam em volta do Schwa e imploravam por um autógrafo. Atrás do Schwa vi o menino de cabelos claros que anos atrás escreveu "*Ausländer Raus!*" na janela do Slumberland molhada de orvalho, parado num círculo de skatistas sudaneses. Um clarão de luz e a rodinha desmanchou, deixando o menino branco parado ali segurando um coquetel molotov. Ele jogou aquilo no pátio da igreja, depois ficou ali galvanizado pelas chamas que se espalhavam.

"*Lauf!*", eu gritei para ele. Corra!

Tyrus, o bibliotecário do Slumberland, apareceu do nada, me chacoalhando pelo cotovelo. Imaginei que ele fosse me dar um livro. E eu queria um livro. Precisava de uma história gratuita, multigeracional, sobre os sofrimentos das pessoas de cor que garantisse ao leitor branco e ao leitor-que-aspira-a-ser-branco que tudo vai ficar bem apesar do predomínio de indícios de que nada nunca está bem.

"Cara, você sabe o que você fez?"

"Hein?"

"Você desasnou este puto aqui. Ferrou a porra toda pra sempre. Essa porra agora tá toda fodida, mas isso é bom."

"Hein?"

Percebendo minha confusão, Lars me deu um o.b. encharcado em absinto. No meio da Goltzstrasse arriei as calças, e no maior ato de amor desde que Julieta tentou beber o restinho da cicuta de Romeu, Klaudia pegou a adaga de algodão e enfiou na minha bunda. Agradeço aos céus pelo design, que garante uma entrada suave.

O efeito do absinto foi imediato e pelo resto da noite todas as conversas tinham aquelas legendas brilhantes verde-e-rosa de programas de variedades japoneses.

幸せ家族計画の勝者です！

E por mim isso estava absolutamente o.k.

Epílogo do dia antes de ontem

Dizem que o muro do Schwa soa diferente dependendo de qual lado você está. Ouvido do lado ocidental, a repetição do show invoca a Berlim Ocidental de trinta anos atrás. Dá à cidade a sensação da velha intimidade que em outros tempos a tornava tão especial. A música faz quem está daquele lado do muro se sentir seguro. É o som da inspiração, do encorajamento e da esperança. Por outro lado, se você anda dez metros para o leste, a mesma música dispara um conjunto diferente de emoções. Você é tomado pela melancolia de uma balada poderosa que te deixa refletindo sobre a distância que a cidade e seus habitantes percorreram. Em contraste com os moradores do Ocidente, que recebem algo do muro, os ouvintes do lado oriental são levados a se doar. Eles tratam esse muro e suas lamentações como um templo musical. Há orações penduradas nas árvores próximas. O chão no entorno está coberto de oferendas que vão de fotos de parentes desaparecidos a eletrodomésticos antiquados da Alemanha Oriental, como o Mixer RG-28.* Esse foi o impacto do muro na cidade. Pelo menos até os alto-falantes entrarem em curto por causa da chuva e da neve, e até Christo ou algum outro artista especializado em instalações decidir tingir o rio Spree de laranja e embrulhar o Reichstag em papel mata-moscas.

* Formalmente conhecido como o Schaumschläger-28, mas o "batedor" em Batedor de Ovos-28 era muito, você sabe, agressivo.

Aparentemente minha batida perfeita reverberou muito menos. Não que eu esperasse muito, embora um Grammy instantâneo enviado por via aérea para minha mesinha de cabeceira tivesse sido um bom começo. Seria pedir demais que o secretário-geral da ONU ligasse perguntando se podia transformar minha música no hino do planeta Terra? Uma demonstração de gratidão das crianças doentes e aleijadas que se recuperaram graças aos poderes curativos do meu domínio sobre a edição criativa cairia bem. Cacete, faz só dois dias que transformei a música moderna aqui mesmo neste bar e ninguém nem me pagou uma bebida. Paguei minha primeira bebida hoje. Não vou pagar a segunda.

Doris e Tyrus sentaram à minha mesa, me comprimindo contra a parede, entrando de penetras na minha festa de autocomplacência sem sequer botar uma cerveja de três marcos na mesa. Tyrus mal consegue conter seu entusiasmo. Ele sacode um cheque de uma bolsa da Fundação Guggenheim na minha cara e insiste que só eu posso fazer justiça ao seu novo musical.

"Como se chama?"

"*O mano e a mina*. É uma performance de uma só pessoa sobre um expatriado afro-americano de Los Angeles que volta da Alemanha com o espécime perfeito de fêmea branca a reboque, uma saxã loura chamada Vênus Ô-Tem-Dote. Ele e a Vênus fazem uma turnê pelo circuito dos restaurantes de frango-com-waffle cobrando para que homens negros sexualmente frustrados possam tocar na peculiaridade corporal dela, uma bunda completamente chata. Uma condição que os cientistas denominam amorfoanalpigia."

"Vou pensar no caso", menti. Eu jamais faria trilha para algo cujo título usasse o dialeto negro das ruas. Mas foi o único elogio que recebi, por isso não vou dizer não por enquanto. Certamente se eu enrolar o cara por tempo suficiente ele acaba me pagando uma cerveja ou duas.

"Ei, a gente foi visitar o muro hoje. Ficamos lá por duas horas e não tocou a sua batida. O que aconteceu?"

"Apaguei a batida do loop. Não queria que minha batida fosse só mais um tijolo no muro dele."

"E onde ela está?"

"Em cima da minha geladeira."

Doris não diz nada. Ela sabe que o espaço em cima da minha geladeira é onde guardo minhas coisas de valor. Eu poria meus sonhos lá se pudesse. Silenciosamente ela me entrega dois pedaços de papel. O primeiro é um telegrama do DJ Fagulha que diz apenas "NEGÃO!".* O outro é uma longa lista de músicos que telefonaram para o bar pedindo para entrar em contato comigo. A lista tem um cheiro estranhamente familiar. Ponho o papel perto do nariz.

"O seu..."

Ela dá uma piscadinha.

Agora o Lars se atira no pufezinho da mesa. "O Negro voltou, meu amigo!"

Suspiro.

"Você não quer ser relevante?"

"De jeito nenhum. Quem precisa da porra da pressão?"

"É isso que eu acho bonito em vocês. Vocês continuam amargos. Aposto que quando o Martin Luther King Junior entrou no ônibus integrado pela primeira vez, ele disse: 'Fala sério, não dá pra fazer essa joça ir um pouquinho mais rápido?'."

Graças a meus esforços equivocados, a negritude está de volta. A magnanimidade musical do Schwa não tornou a negritude irrelevante, apenas a enegreceu ainda mais. Dizem

* Engraçado, você consegue transmitir tom de voz num telegrama, mas não num e-mail. Acho que é porque mandar um telegrama custa dinheiro. Se alguém se importa o suficiente para pagar para te dizer uma coisa, não é tão difícil inferir o que a pessoa quer dizer. E se você não consegue dar a entonação certa no telegrama do Fagulha, bom...

que os cinquenta anos são os novos trinta. Que o Iraque é o novo Vietnã. Que o gim é a nova vodca. Agora que o negro é o novo negro, Lars tinha planos. Grandes planos.

Ele já tinha conspirado com uma grande fabricante de computadores para levar o Schwa numa turnê que passaria por cidades historicamente divididas por muros. Já haviam sido reservadas datas provisórias em Jerusalém, Bagdá, Belfast e a fronteira entre Calexico e Mexicali. O Schwa faria uma série de confrontos contra a mais nova obra-prima da empresa, o Deep Blues. Um programa que toca jazz e que, segundo os rumores, derrotou Wynton Marsalis por três jams a zero.

Na comparação, meu itinerário é bem limitado. Aparentemente fui chamado para aparecer no *Wetten, dass...?*, um game show alemão cujo título pode ser traduzido por *Pessoas Desesperadas por Atenção sem Nenhum Talento Perceptível Fazem Coisas Aparentemente Extraordinárias.* Adoro esse programa e é fácil imaginar o que vai acontecer no horário nobre.

Vou competir contra um cara que afirma saber diferenciar marcas de água mineral pelo modo como as bolhas de gás se assentam numa colher mergulhada dentro do copo. Ele falha. A seguir vou superar um operador de guindaste que se gaba de conseguir identificar, numa sala escura, qualquer carro fabricado depois de 1978 simplesmente pelo brilho e pelo jeito como a luz da seta para a esquerda pisca. Ele consegue, mas ninguém está nem aí. Depois, num confronto semifinal muito aguardado, vou constranger uma menina cega de Bremerhaven que insiste ter a capacidade de identificar qualquer pássaro da Europa continental tocando numa única pena. As pessoas votarão nela por compaixão até as delicadas pontas dos dedos dela se enganarem ao tocar na plumagem do porfírio-búlgaro-de-peito-azul.

Invicto e confiante, vou enfrentar Karl-Heinz Schmidt, um operador de telemarketing de Colônia capaz de identificar a cor de lápis coloridos pelo paladar. Sendo o primeiro a participar, vou devidamente deixar impressionadíssimos os juízes e a plateia do estúdio com minha lembrança fonográfica. "Isso é um canudinho do McDonald's sendo mergulhado num milk-shake de baunilha... um jogador de video game derrotando uma tartaruga, capturando uma estrela e comendo um cogumelo com bolinhas no mundo 1, fase 3 do Super Mario Brothers... mais uma vez, por favor... Norma Desmond descendo as escadarias a caminho de seu close-up... esse é o som do outro sapato tocando no chão, e sim, essa é a minha resposta final."

Vendado, Karl-Heinz vai tomar seu lugar no centro do palco enquanto a orquestra toca ao vivo o *Bolero*. O apresentador vai segurar um lápis marrom apontado para que todos vejamos, e à medida que a insidiosa melodia do *Bolero* passa das flautas para os piccoli, ele vai rabiscar na língua rugosa que nosso prodígio põe para fora. Nosso astro vai estralar os lábios várias vezes como se provasse um delicado vinho de primeira qualidade, depois uma pausa dramática e um palpite ousado: "Siena queimada?".

"*Unglaublich!*"

A Alemanha ficará estupefata. Os oboés de Ravel cantarão em celebração. Ele limpará seu palato, e enquanto a melodia sobe de intensidade, o apresentador trocará de lápis e rabiscará.

Trompas.

"Cinza-escuro."

Correto.

Clarone.

"Verde-musgo."

Correto.

Fagote.

"Azul-turquesa."

Correto.
Violas.
Verde-claro malaquita.
Correto.
Será uma exibição impressionante, sem dúvida, no entanto nada estará decidido até que o apresentador simplesmente coloque um lápis debaixo do nariz de Karl-Heinz. Ele vai fungar duas vezes como um cão de caça, e em perfeita sincronia com o crescendo do *Bolero*, afirmará corretamente que a cor é rosa salmão.

Ninguém se ofereceu ainda para pagar uma cerveja. Eu mesmo pagaria, mas ia ser como fazer uma festa de aniversário surpresa para mim mesmo apagando a luz do banheiro, acendendo em seguida de novo e gritando "Surpresa!" para o espelho.

Olho para a Klaudia, com a bolsa de judô pendurada no ombro, chutando a areia e sorrindo com aquele sorriso envergonhado de a-gente-precisa-conversar. Já imagino nossos encontros depois da separação. A maioria dos casais quando para de transar se encontra para tomar chá e cada um finge estar feliz com o sucesso do outro ou contente com a ausência dele. Nossos encontros vão ser mais espontâneos. Vão ser tentativas de roubo e estupro que vão acontecer em escadas escuras e lavanderias vinte e quatro horas. Ataques surpresa em câmera lenta tirados literalmente dos exemplos dos livros didáticos. Vou ter que me preparar para passar o resto da vida com armas de festim apontadas para as costas e facas de cozinha sendo colocadas no meu pescoço.

Como era de esperar, Klaudia agarra meu pulso e o torce, causando uma dor de mijo-de-gonorreia, e sobe na mesa, me puxando atrás dela.

Eu não tinha notado como o bar havia ficado lotado.

Até Thomas, o dono sempre ausente do Slumberland, que eu não via desde que ele me entregou as chaves do bar, estava lá. Quando ele olha para mim, viro um copo invisível na direção dos lábios, o sinal universal para "Posso tomar uma cerveja de graça?". Ele me mostra o dedo do meio.

Klaudia me dá um *Bruderkuss* vigoroso e úmido, à la Brejnev, achatando meu nariz até encostar nos meus lábios e até meus lábios encostarem nos meus incisivos.

"Um minuto de sua atenção, por favor?"

Parado ali, incapaz de evitar os olhares, percebo que os últimos trinta minutos da minha vida foram como um episódio de *Esta É a Sua Vida*. Fico meio que na expectativa de que a sra. Belfour, minha professora de terceira série, apareça. *O jovem Ferguson era um bom aluno, mas não era ótimo.*

"Ferguson Sowell, nós, os clientes do bar Slumberland, em homenagem a seus extraordinários serviços à arte, à cultura e à economia do Slumberland e do país, orgulhosamente concedemos a você a Ordem de Karl Marx e editamos este decreto que lhe dá o status de *Verfolgter des Selbstgenuss und Selbstsabotage*, ou vítima de autoindulgência e autossabotagem". Depois de dizer isso ela põe a medalha dourada no meu peito e aperta a minha mão e me dá outro *Bruderkuss*, mas aposto que Brejnev nunca enfiou a língua na boca do Nixon.

Passo o dedo pela imagem de Karl Marx em relevo sobre uma estrela vermelha soviética e sussurro por cima dos aplausos.

"Este troço é de ouro maciço? Onde vocês arranjaram isso?"

Ela aponta para o vestíbulo. Ali está o fodedor de galinha da Stasi debaixo da placa de Ausgang, tomando um mojito. Nunca tinha percebido antes como ele era parecido com Klaudia.

"Esse é o seu..."

Ela me interrompe e me entrega uma moeda.

"Uma última coisa..."

Lars tira um lençol que cobria uma cintilante Wurlitzer 2100 novinha em folha, de última geração, e com uma reverência graciosa me concede a honra de tocar a primeira música. Pulando da mesa enfio a moeda na máquina, ávido para correr os olhos por uma lista de músicas que tenho certeza que será imensa e maravilhosa. Só há uma opção. 0001 — A BATIDA PERFEITA/DJ DARKY.

A música entra em caravana no bar. Um irmãozinho que eu nunca tinha visto antes, seu blusão cinza com o imprimatur da Universidade Yale, vem na minha direção com um aperto de mão todo esquisito.

"Ei, cara. Só queria te contar que sua batida deixou todo mundo atordoado na faculdade de música."

"Eles não gostaram?"

"Não, todo mundo pirou na batida. Eles só não conseguem chegar a uma conclusão sobre o que é aquilo."

Conversamos rapidamente sobre a Alemanha. Ele está fazendo doutorado em estudos afro-americanos e veio a Berlim pesquisar para a tese. "Sabia que setenta por cento dos estudos de pós sobre afro-americanos são em alemão?" Eu não sabia, mas não fico surpreso. Há muitas semelhanças entre os alemães e os negros. Os próprios substantivos estão a tal ponto carregados de bagagem histórica que ninguém consegue ficar indiferente a uma simples menção de um dos dois grupos. Somos dois povos perspicazes sempre em busca de motivos para amar a nós mesmos; e não vamos esquecer que os dois adoram carne de porco e usam sandálias com meias.

Esse aprendiz não quer saber dessas coisas. Ele quer o que todo novato quer, conselhos sobre como conquistar mulheres brancas. Se ele tivesse se oferecido para pagar uma cerveja, eu o teria recompensado com pérolas de sabedoria como "Mulheres brancas com piercing no nariz adoram caras negros. Uma narina com um anel de diamante e ela é sua, cara".

Peço licença e saio do bar. Tem uma fila de gente esperando para entrar e poder ouvir a batida perfeita. Não é uma fila longa, mas é uma fila.

Uma mulher corpulenta de cabelos ruivos arranjados em tranças pontiagudas me oferece um cigarro que não pedi, mas que aceito. Se eu quisesse poderia acendê-lo nos olhos azuis-de-chama-de-fogão dela.

"Você ouviu a batida?"

Faço que sim com a cabeça e dou uma tragada de lábios cerrados típica da resistência francesa no Gauloise.

"Hoje de manhã, na aula de etnografia, meu professor tocou um cântico africano, um spiritual negro, uma balada do Robert Johnson, um pouco de Louis Armstrong, Charlie Parker, Marvin Gaye e Kool Moe Dee, e perguntou para a turma se a gente conseguia ouvir alguma semelhança."

"E vocês conseguiram?"

"Não, fora uns *Arschlecker* na primeira fila, ninguém ouviu. Mas quando ouvi a batida naquela noite, ouvi todas essas músicas e muito mais. Ouvi minha avó tirando as folhas do quintal com um ancinho. Ouvi um motor de Fusca em ponto morto. Ouvi meu pai torcendo pelo Borussia Dortmund. Minha irmã se penteando de manhã. Ouvi Sade. Ouvi Motown."

"Náá, de jeito nenhum. Você não ouviu Motown coisa nenhuma. Stax pode ser, mas nada de Motown."

"Pode ser que não. Mas sabe o que eu mais ouvi? Ouvi os Estados Unidos."

"E o resto do mundo tentando soar como os Estados Unidos."

Não me aguentei de curiosidade.

"O que dos Estados Unidos você ouviu na batida?"

"Eu estive nos Estados Unidos. Eu tinha quinze anos. Minha família foi passar um mês. Ouço os poços de piche borbulhando em La Brea e o ruído da escada rolante do metrô da avenida Lexington com a rua 63 em Nova York. Ouço o nada soprando em meio às árvores de Josué do Deserto de Mojave. Ouço negros numa calçada de Cleveland brigando por causa de dez dólares. Ouço mexicanos que trabalham em lanchonetes falando coreano e se provocando, chamando um ao outro de '*mojados*'. Ouço o falso otimismo no tilintar e no murmúrio das máquinas caça-níqueis numa reserva indígena. Ouço a correnteza do monte Shasta passando por um leito de pinheiros. Ouço o shabu-shabu fervendo no Fisherman's Wharf. Ouço ondas quebrando no píer de Santa Monica à meia-noite debaixo de uma lua crescente vermelha. Ouço o meu pai falando por cima do guia turístico na Universal Studios. 'Bem-vindos [aos Estados Unidos]! Antes de começar, queria lembrar algumas regras que vocês devem seguir enquanto estiverem [nos Estados Unidos] hoje: Em primeiro lugar, é proibido fumar. Por favor, apaguem seus cigarros [e seus pensamentos antipatrióticos] imediatamente. Em segundo lugar, crianças com menos de vinte quilos ficam nos bancos internos do bondinho; algumas atrações animadas [como minorias étnicas e pessoas sem-teto] podem ser intensas. Mantenham braços e pernas [e partes íntimas] dentro do bonde [e das calças] o tempo todo e não se levantem [nem tirem a carteira do bolso] enquanto o bonde [ou algum negro] estiver em movimento. Se precisar de ajuda durante o passeio, puxe a cordinha localizada acima da janela de ambos os lados do carro. [O mais provável é que não aconteça nada, mas nunca se sabe.]'."

"Você ouviu tudo isso?", pergunto a essa alma irmã de memória fonográfica.

Ela não responde. Ocupada demais olhando para a cor da minha pele de um jeito que já não me acontece muito. Num filme antigo de gângster seria o olhar vazio, sem expressão, que Edward G. Robinson lança a um tira abelhudo enquanto decide se apaga o cara ou não. Aqui nas ruas de Berlim, é o olhar que a pessoa dá enquanto decide se xinga ou não um negão.

Fico esperando uma aula de etnografia improvisada sobre orientalismo e o infantilismo dos negros ou a crítica "Hitler deve ter se esquecido de você" a que já estou acostumado. Em vez disso ela para do meu lado ombro com ombro e mede a diferença entre nossas alturas.

"Altura... um pouco acima da média."

Agora ela pega meu queixo e empurra em direção à luz do poste para ver melhor minha compleição.

"Cor da pele... obsidiana luminescente com um toque de púrpura."

Grosseiramente, como uma míope excitada num encontro às escuras, ela começa a passar os dedos carregados de anéis de compromisso pelo meu rosto. "Nariz leptorrino... cabeça de kinkan dolicocefálica... lábios finos, quase escandinavos, as orelhas pequenas conchoidais, o prognatismo comum à maior parte da raça negroide... cabelos em tufos, não, lanosos... Aposto que você ou é de Lagos ou de Los Angeles. Agora, me mostre seu pênis, posso dizer pelo tamanho, diâmetro e curvatura de qual tribo vêm seus ancestrais do sexo masculino. Garanto que vai ser para fins puramente etnográficos."

Cara, esses alemães, ou eles querem trepar com você, ou te matar.

Às vezes as duas coisas.

Igual a todo mundo.

Agradecimentos

Obrigado a Barbara Richter, Thomas Wohlfahrt, Lou Asekoff, Britt-Beyer, Susanne Burg, Nicola Lauré al-Samarai e Markus Schneider.

Sarah Chalfant e Colin Dickerman, um agradecimento especial pela sua paciência e por sua fé inabalável.

Grafia atualizada segundo o Acordo Ortográfico da Língua Portuguesa de 1990, que entrou em vigor no Brasil em 2009.

capa
Pedro Inoue
composição
Bloco Gráfico
preparação
Jane Pessoa
revisão
Ana Alvares
Tomoe Moroizumi

Dados Internacionais de Catalogação na Publicação (CIP)

— —

Beatty, Paul (1962-)
Slumberland: A batida perfeita: Paul Beatty
Título original: *Slumberland*
Tradução: Rogerio W. Galindo
São Paulo: Todavia, 1ª ed., 2019
272 páginas

ISBN 978-65-80309-33-7

1. Literatura americana 2. Romance 3. Música 4. Berlim
I. Galindo, Rogerio W. II. Título

CDD 813

— —

Índice para catálogo sistemático:
1. Literatura americana: Romance 813

todavia
Rua Luís Anhaia, 44
05433.020 São Paulo SP
T. 55 11. 3094 0500
www.todavialivros.com.br

fonte
Register*
papel
Munken print cream
80 g/m²
impressão
Geográfica

FSC
www.fsc.org
MISTO
Papel produzido
a partir de
fontes responsáveis
FSC® C019498